教育部人文社会科学研究一般项目"美国当代女性小说的共同体意识研究"(18YJC752052)成果

江苏高校优势学科建设工程三期项目成果(优势学科代码:20180101)

江苏省社会科学基金项目成果(批准号:12WWB004)

安·泰勒小说叙事艺术研究

王晓英　赵岚　著

东南大学出版社
SOUTHEAST UNIVERSITY PRESS

·南京·

内 容 提 要

本书以安·泰勒的主要作品为蓝本,分析了其作品中的家庭叙事、宗教叙事及空间叙事特征,并通过作品中的具体人物,剖析上述叙事艺术特征在作品中的具体运用,为读者更好地理解安·泰勒的作品、更好地理解其作品所反映的美国社会现实提供了一个独特的视角。

图书在版编目(CIP)数据

安·泰勒小说叙事艺术研究 / 王晓英,赵岚著. --南京:东南大学出版社,2020.1
 ISBN 978-7-5641-8587-9

Ⅰ. ①安… Ⅱ. ①王… ②赵… Ⅲ. ①安·泰勒—小说研究 Ⅳ. ①I712.074

中国版本图书馆 CIP 数据核字(2019)第 241749 号

安·泰勒小说叙事艺术研究
An Taile Xiaoshuo Xushi Yishu Yanjiu

著 者	王晓英 赵 岚	责任编辑	刘 坚	
电 话	(025)83793329/83790577(传真)	电子邮箱	liu-jian@seu.edu.cn	
出版发行	东南大学出版社	出 版 人	江建中	
地 址	南京市四牌楼 2 号	邮 编	210096	
销售电话	83794561/83794174/83794121/83795801/83792174/83795802/57711295(传真)			
网 址	http://www.seupress.com	电子邮箱	press@seupress.com	
经 销	全国各地新华书店	印 刷	江苏凤凰数码印务有限公司	
开 本	700 mm×1000 mm 1/16	印 张	10.75	字 数 268 千
版 次	2019 年 11 月第 1 版	印 次	2020 年 1 月第 2 次印刷	
书 号	ISBN 978-7-5641-8587-9			
定 价	40.00 元			

* 未经许可,本书内文字不得以任何方式转载、演绎,违者必究。
* 本社图书若有印装质量问题,请直接与营销部联系。电话:025-83791830。

前言
PREFACE

当代美国文坛的小说家无外乎两大类,一类用传统的叙事方式讲故事,如安·泰勒(Anne Tyler)、约翰·欧文(John Irving)、加里森·凯勒(Garrison Keillor)等,这些作家擅长用现实主义手法,编织一幅幅现代世界纷繁复杂的立体图景,尽管方法老套,但其故事内容并不简单;另一类倾向尝试充满实验性元素的写作方式,探索人类的复杂情感和光怪陆离的社会现实,给美国的小说带来了一种开创性的叙事风格,如大卫·福斯特·华莱士(David Foster Wallace)、乔治·桑德斯(George Saunders)、克里斯·巴彻尔德(Chris Bachelder)、大卫·米恩斯(David Means)等。不论属于哪一类,传统也好,实验性也罢,当代杰出的美国小说家们在创作中都投入了他们的思想和灵魂,为读者提供了许多值得阅读和思考的好作品,在当代美国丰富多元的文学图景中,都是不可或缺的一抹色彩。因此,对于我国研究美国文学的学者来说,无论哪一类小说家都应在我们的研究视野之内。

然而,作为美国当代现实主义文学代表作家之一的安·泰勒却在我国美国文学研究领域没有得到应有的重视,尽管她的作品经常出现在美国畅销书的榜单,尽管她获得了一连串包括普利策奖在内的各类文学奖以及文学奖项的提名。这或许与她的作品并不涉及时髦或宏大题材而她的叙事风格又趋于传统有关。

事实上,安·泰勒是一位在艺术上十分具有特色的小说家。大学毕业之后,20岁的安·泰勒便开始了文学创作。她是一个多产作家,但多数小说只写一个城市:巴尔的摩;只写一种人:中下阶层普通人;只写一个题材:婚姻家庭,在以炫目的多样性为特征的美国文化中独树一帜。她的创作是日积月累的,是真正的笔耕不辍,更像一位匠人在"编织"小说。和大多数作家不同,她并不等待灵感,她曾说:"若要等灵感来才写,那什么也办不成。"她的写作就好比是一件日常家务:她不用电脑,就是那么一支笔、一沓纸,在早晨料理完家务后,就开始慢慢写作,一直写到天光暗下来,再转身去料理晚上的一餐。在这样一天天日常的写作中,她完成了二十余部小说的创作,可谓丰产。这些小说初稿写完以后,她往往从头到尾念一遍,录音下来,细细去听,觉得不通顺或不满意的地方,再一一修改。这样细腻的"编织"过程,展现了安·泰勒小说的叙事风格。也正是这样的叙事风格,安·泰勒那些描写爱情、婚姻、养育孩子和家庭责任等古老题材的作品能够轻易走进当代美国读者的内心,触及读者最柔软的情感,赚足了读者的笑声和眼泪。安·泰勒也因此被称为当代简·奥斯汀。

总体而言,安·泰勒的叙事风格清新质朴而又浑然天成,是对美国现实主义文学传统和南方女性文学传统的继承。然而,她的叙事方法又能创造出新意,将现代主义和后现代主义文学的写作技巧融会其中,拓展了现实主义叙事的边界,展现了安·泰勒式的独特叙事艺术。

家庭是安·泰勒小说贯彻始终的主题。泰勒笔下的家庭,通常是大家庭,成员间有着密不可分的关系。她所描绘的角色,不论是作为家庭叙事核心的母亲,还是常常缺席的隐形父亲,抑或是若即若离的夫妻,反哺父母的子女,以及针锋相对的手足,几乎都是在这错综复杂的家庭关系中得到自我定义的。在反映家庭主题时,她善于采用赋格式的多重叙事聚焦,以不同家庭成员的视角进行切换,形成如复调乐曲中的多声部效果。赋格曲式的圆形篇章显露出泰勒家庭叙事的独特魅力,她通过主题与答题、对题相映对位,赋予小说叙事调性的变化,强化了家庭以及家庭关系对角色身份认同的重要作用。

宗教深刻影响了安·泰勒的小说创作。她出身于笃信基督教贵格会的家庭,曾举家搬迁至贵格会的"世外桃源"希洛社区居住,其早期教育是在家庭和社区中完成的,正如她所言,她"一切的开端都在荒无人烟处的贵格会社区"。安·泰勒的小说可以称得上是一个"贵格会教堂",构架起了贵格会的"圣灵",即内化的自我心灵,以及与神"对话"的态度,即外化的交际。她通过塑造一系列"天使"和"教徒"的形象,阐述了爱与谦卑才铺造了"救赎"之路;而其叙事中的默想语言,则强调了同存性,通过一系列修辞和内化的语言展现了角色在人生中的思考与顿悟。

安·泰勒作品中的空间叙事显现出后现代主义特征。她笔下的作品展现的多数是她熟悉的美国南方场景,其空间叙事作品往往是贴合现实,又不等同于现实的异质空间。这样的空间常常以家庭或者社区的样貌出现,不仅指涉地理空间,还包含着时间、内部个体和外部联系等诸多要素,具有"并置"和"共时"的特性,以异质的、充满矛盾与张力的形式包容其内部并置的个体,与其外部空间既共存又相对孤立。通过这样的空间叙事策略,泰勒不仅仅通过展现南方城市的文学地理学景观进行空间实践,铺陈"文本场景空间";还以虚拟话语建构来进行空间的再现,塑造"文本意义空间";更在部分作品中以平行的可能世界叙事来将两条并置的虚拟事件线索现实化,通过同时展开叙事的线性时间及非线性空间,构建充满想象且彻底开放的,容纳多种同存性的"可能世界空间"。

本书以安·泰勒的主要小说为研究对象,从家庭叙事、宗教叙事、空间叙事三个方面着力探讨和揭示安·泰勒的叙事风格和艺术特色。事实上,相对于故事情节,安·泰勒的叙事风格更多地体现在小说人物的塑造上。正是在那一个个形象生动、个性鲜明的人物身上,体现了作者的世俗情怀和温情悲悯的人文关怀。安·泰勒曾经说过:"就我而言,小说中的人物就是一切。我的创作是一个整体,我所做的就是给一个小城镇繁殖人口。很快,这个城镇就会有很多我编织出来的人。"我们似乎可以想象,当暮色初起,安·泰勒结束了一天的"编织"工作,暂别她笔下的人物,转身回到自己的烟火气中。此时,想象与现实之门并未闸上,她的叙事便是她的人生。

目录
CONTENTS

绪　论 ……………………………………………………………（001）

　　一、安·泰勒的小说创作与接受 ………………………………（002）

　　二、安·泰勒小说研究综述 ……………………………………（012）

　　三、安·泰勒小说的叙事特征 …………………………………（020）

第一章　安·泰勒小说的家庭叙事 ………………………………（027）

　　第一节　动态的家庭结构 ………………………………………（029）

　　第二节　在场的缺席：家庭叙事中的父亲 ……………………（034）

　　　　一、逃离的父亲 ……………………………………………（034）

　　　　二、隐形的父亲 ……………………………………………（039）

　　　　三、转型的父亲 ……………………………………………（043）

　　第三节　永恒的核心：家庭叙事中的母亲 ……………………（046）

　　　　一、阴性的母亲 ……………………………………………（048）

　　　　二、阳性的母亲 ……………………………………………（051）

　　　　三、回归的母亲 ……………………………………………（055）

　　第四节　家庭叙事中的子女与手足 ……………………………（063）

　　　　一、反哺的子女 ……………………………………………（063）

　　　　二、竞争的手足 ……………………………………………（069）

　　　　三、手足之情 ………………………………………………（073）

　　第五节　家庭叙事中的夫妻 ……………………………………（075）

　　第六节　家庭叙事的赋格式结构 ………………………………（082）

　　　　一、圆形篇章的展开：叙事结构的赋格特征 ……………（082）

　　　　二、"救赎真理"的消解：赋格化叙事的调性变化 ………（086）

第二章　安·泰勒小说的宗教叙事……………………………………(091)

第一节　西方文学传统中的宗教叙事………………………………(092)
第二节　贵格会:宗教对安·泰勒小说创作的影响…………………(099)
第三节　恩典与自由:宗教叙事中的人物形象………………………(105)
　　一、牧师 …………………………………………………………(106)
　　二、基督与天使 …………………………………………………(108)
　　三、教徒 …………………………………………………………(110)
第四节　冥想与顿悟:宗教叙事的语言特征…………………………(112)

第三章　安·泰勒小说中的空间叙事……………………………………(118)

第一节　希洛社区………………………………………………………(118)
第二节　异托邦…………………………………………………………(121)
第三节　南方场景………………………………………………………(125)
第四节　城市中的村庄…………………………………………………(130)
第五节　可视的文学空间………………………………………………(134)
　　一、"三元辩证法"下的空间叙事理论 ………………………(134)
　　二、Y 轴:文本场景空间 ………………………………………(135)
　　三、X 轴:文本意义空间 ………………………………………(137)
　　四、Z 轴:可能世界空间 ………………………………………(139)

结　语………………………………………………………………………(143)

附录…………………………………………………………………………(146)

参考文献……………………………………………………………………(148)

绪 论

安·泰勒(Anne Tyler,1941—)是当代美国享有盛名的小说家之一,她的创作已成为当代美国主流文学的重要代表。她的小说大多以家庭为题材,以现实主义为主要艺术创作手法,聚焦当代美国家庭生活,在平凡琐碎的日常生活中捕捉社会风貌,刻画时代特征,特别是美国中产阶级人物的精神世界,被评论家誉为"我们这个时代最好的现实主义作家"。安·泰勒精湛的写作艺术引人注目,她的作品语言清新、结构精致、笔法细腻,笔调幽默且蕴含反讽,在平实之中显示精妙绝伦。她的大多作品一经出版便成为畅销书,并且常销不衰。

作为畅销书作家,安·泰勒获得过许多重要的文学奖项。她的作品曾多次获得普利策文学奖最终提名,其中1989年出版的小说《呼吸呼吸》斩获了当年的普利策文学奖(小说类)(Pulitzer Prize for Fiction);此外,泰勒还获得了不少其他文学奖项,比如美国国家书评家小说奖(National Book Critics Circle Award for Fiction)、大使小说奖(Ambassador Book Award for Fiction)、卡夫卡奖,以及福克纳文学奖(PEN/Faulkner Award)、美国国家图书奖(National Book Award)等。近年来,虽然年事已高,但泰勒依旧一直保持着两到三年出版一部小说的创作节奏,并不断获得出版界和读者的高度评价。2012年,英国的《星期日泰晤士报》(The Sunday Times)将"杰出文学奖"(Award for Literary Excellence)颁发给安·泰勒,肯定了她在小说创作方面的成就;而她2015年出版的小说《一轴蓝线》也获得了百利女性小说奖(原柑橘奖)的最终提名,以及布克文学奖的最终提名:这三大英国奖项的最终提名意味着安·泰勒的文学声望已经获得了欧美文学界的普遍认同。同时,安·泰勒在美国文学界的重要地位早已获得了认可,《当代作家》(Contemporary Authors)、《当代小说家》(Contemporary Novelists)、《文学传记词典:二战之后的美国小说家》(The Dictionary of Literary Biography：American Novelists Since World War Ⅱ）、《美国现代女性作家》(Modern American Woman Writers)、《美国女性作家：从殖民时期至今的评论导读》(American Women Writers：A Critical Reference Guide from Colonial Times to the Present）、《当代美国女性作家：叙事策略》(Contemporary American Women Writers：Narrative Strategies）、《分裂的国家：美国南方文学之旅》(Separate Country：A Literary Journey through the American South）、《20世纪以来的五十位南方作家：传记文献资料集》(Fifty Southern Writers After 1900：A Bio-bibliographical Sourcebook）、《新生代南方女作家》(Southern Women Writers：The New Generation）中均收录了对于安·泰勒及其著作的介绍或书评，高度肯定了泰勒作品的文学价值，其中特别强调了安·泰勒对于美国南方文学的传承和贡献，以及她在叙事技巧上的不俗功力，这些评价确立了她在美国当代文学，特别是当代美国女性作家中的重要地位。

一、安·泰勒的小说创作与接受

安·泰勒从20岁起即开始了她的小说创作生涯，她完成的第一部长篇小说《骑士，我认得你》(I Know You, Rider)虽然没有出版，但已显露了她在文学创作上的灵气和天赋。这部打印在泰勒父亲废弃的办公用纸背面的小说稿，如今收藏在杜克大学图书馆特别馆藏库安·泰勒文献库中。小说讲述了发生在北卡罗来纳州某个小城里的故事，其情节和背景都体现了浓郁的南方文学色彩。罗伯特·克劳福特(Robert Croft)认为这部小说是作者对美国南方文学作品的模仿，其中卡森·麦卡勒斯(Carson McCullers)和弗兰纳里·奥康纳(Flannery O'Connor)的影响十分明显[①]。安·泰勒的这部处女作事实上奠定了她作为南方作家的基调。这部小说虽然没有出版，但对于安·泰勒研究而言，其重要性是毋庸置疑的，它不仅体现了泰勒早期作品的叙事风格，其中的主题和人物特征也一直延续于泰勒之后的大部分作品中。

安·泰勒正式出版的第一部小说是《如果黎明曾来到》(If Morning Ever Comes，1964)，其中的故事仍然发生在北卡罗来纳州的一个城市。小说主人公本·乔·霍克斯(Ben Joe Hawkes)从小生活在一个女性成员众多的大家庭，一直以来他都觉得自己是这个家庭中的局外人。然而，当父亲为了情妇抛弃家庭，继而又死于心脏病之后，作为家庭中的唯一男性，本·乔·霍克斯主动担当起照顾母亲和五个姐妹的责任，从纽约回到阔别多年的老家，但他也因此陷入对家人

---

① Robert W Croft. Anne Tyler：A Bio-Bibliography. London：Greenwood Press，1995，p. 15.

爱恨交织的迷茫中,从此成为他所自谓的忧愁者。这个故事最初的版本是安·泰勒于 1961 年 4 月发表在《档案》(Archive)杂志上的一部短篇小说《我从未见过黎明》(I Never Saw Morning)。小说于 1964 年 10 月出版后,获得了许多评论者的好评,他们更多的是赞叹泰勒如此年轻就创作出这样高质量的作品。奥维尔·普雷斯科特(Orville Prescott)对安·泰勒大加赞赏,说她似乎生来就知道如何创作一部佳作①;沃尔特·沙利文(Walter Sullivan)惊叹道:"对于一位几乎刚刚到投票年纪的作家而言……真是太值得尊敬的处女作了。"②然而,也有一些评论者指出这部小说的局限性,认为作者采取了男性叙事视角的创作,显得笔力不逮。纵观安·泰勒的小说,可以看出她一直致力于以两性叙事视角来进行创作,也许她本人并未感到她的女性身份会对其创作产生影响。评论者对此褒贬不一:有的评论者赞叹于"一个 22 岁的姑娘居然如此了解男性感受"③,也有评论者认为泰勒在这一男性角色的塑造上并不成功,认为男主人公本·乔·霍克斯的"男性气质很微弱"④。此外,一些评论家注意到了安·泰勒这部小说在人物塑造上的独特技巧。克利福德·里德利(Clifford A. Ridley)认为,这部作品体现出安·泰勒对大家庭中复杂的人际关系观察入微⑤;也有评论者认为,安·泰勒过度关注于人物塑造,造成了情节铺展方面的不足,他们称该小说只是"一系列的人物群像"⑥,"没什么大事发生"⑦。对此,泰勒后来曾回应道:"我关注人物塑造,是因为我认为人物才是一切。我从不认为写作应该倾注于情节。"⑧

与第一部小说不同,安·泰勒正式出版的第二部小说《锡罐树》(The Tin Can Tree, 1965)得到了评论者的一致肯定。《锡罐树》的故事围绕派克(Pike)家六岁的女儿珍妮·罗斯(Janie Rose)的意外死亡展开。由于女儿的不幸去世,

---

① Orville Prescott. "Return to the Hawkes Family". *New York Times* (11 Nov. 1964), p. 41.
② Walter Sullivan. "Worlds Past and Future: A Christian and Several from the South". *Sewanee Review* 73 (Autumn 1965), p. 719.
③ Katherine Gauss Jackson. "Mad First Novel, but Without Madness". *Harper's* (Nov. 1964), p. 52.
④ 参见:Julian Gloag. "Home Was a House Full of Women". *Saturday Review* (26 Dec. 1964), pp. 37-38.
⑤ Clifford A Ridley. "From First Novels to the Loves of William Shakespeare". *National Observer* (16 Nov. 1964), p. 21.
⑥ *Virginia Quarterly Review* 41(Winter 1965), p. viii.
⑦ Rollene W Saal. "Loveless Household". *New York Times Book Review* (22 Nov. 1964), p. 52.
⑧ George Dorner. "Anne Tyler: A Brief Interview with a Brilliant Author from Baltimore". *The Rambler* 2 (1979), p. 22.

派克一家人因悲伤过度而感情麻木,又因内疚和相互指责,使得家庭中充满了痛苦。在这部小说中,安·泰勒探讨的是家庭中的每一个成员应该如何学会以自己的方式面对生活中突发的变故和未来。在一个破碎的家庭中,每一个人都应该学会勇敢面对自己隐藏的悲伤和安慰亲人,如果时间不能把他们从黑暗中拉出来,那么爱可能是他们唯一的希望。一些评论者探讨了泰勒在这部小说中所表达的主题,如约翰·康利(John Conley)认为,小说"贯彻了一种传统的洞见:人只有在一系列选择中保持原则性……方能活出有意义而真切的自我"[①]。D. E. 理查森(D. E. Richardson)则看到了泰勒所展示的个体与家庭共同体的关系,认为她指出了家庭中的每个人"必须学会与他人共处,虽然他们牺牲了自我,也遭受了打击,但他们最后还是成功的"[②]。然而,尽管获得了大多数文学评论家的高度赞赏,安·泰勒本人对自己最早出版的这两部小说的评价却是并不高,她甚至认为"《锡罐树》和《如果黎明曾来到》都应该被烧掉"[③]。她曾这样表达创作这两部作品的动机:"仅仅是因为我希望创作小说,这两部作品缺乏激情,并无多大价值……我真希望我够富有也够古怪,能把这两部小说所有的印本都买光。"[④]虽然《锡罐树》和《如果黎明曾来到》与安·泰勒之后发表的小说相比,在主题深度和艺术性上还显得比较青涩,然而它们还是体现出了泰勒独具特色的创作主题和叙事风格,而这些特点一直贯穿于她整个小说创作中。因此,对于安·泰勒研究而言,这两部作品同样具有不可或缺的重要价值。

安·泰勒发表的第三部小说《直线下滑的生活》(*A Slipping-Down Life*, 1970)依然以北卡罗来纳州为故事背景。这部小说的灵感来源于报纸上的一则通讯,这是泰勒最短的一部长篇小说,当时她正"照顾着两个婴儿,只能在晚上找到片刻的时间工作"[⑤]。由于被误贴了青少年读物的标签[⑥],这部小说的销量并不理想,也少有评论者问津。第四部小说《时钟发条》(*The Clock Winder*, 1972)的故事发生地不再是北卡罗来纳州,而是切换到了安·泰勒定居的

---

① John Conley. "A Clutch of Fifteen". *Southern Review* NS 3 (July 1967), p. 782.
② D E Richardson. "Grits and Mobility: Three Southern Novels". *Shenandoah* 17 (Winter 1966), p. 105.
③ Wendy Lamb. "An Interview with Anne Tyler". *Iowa Journal of Literary Studies* 3(1981), p. 64.
④ Helene Woizesko, Michael Scott Cain. "Anne Tyler". Northeast Rising Sun 1 (June-July 1976), p. 28.
⑤ Mary Ellen Brooks. "Anne Tyler". In James E Kibler, ed. *The Dictionary of Literary Biography: American Novelists Since World War* II, vol. 6. Detroit: Gale Research, 1980, p. 337.
⑥ *Booklist* 把这本书列为"1970 年度最佳青少年读物"。

马里兰州巴尔的摩市。并且此后,她的小说都以巴尔的摩作为故事的地理空间场景。在这部小说中,安·泰勒依旧注重人物塑造而非情节推进。评论家们此时对这种手法已然失去了兴趣,他们纷纷诟病小说的结构和手法,认为"小说和其中的女主角一样,只是在毫无目的地游荡。作者似乎对于其笔下的角色并无太多驾驭能力,就好比伊丽莎白(小说女主角)不知道该如何度过其人生一样"[①]。《时钟发条》与《直线下滑的生活》同样销量不佳,也未引起小说评论界的关注。

直到第五部小说《天文导航》(*Celestial Navigation*,1974)的出版,安·泰勒才摆脱了一直以来被贴上的"年轻女作家"的标签而得到评论界和读者更多的关注。该书的责任编辑认为,这部小说是安·泰勒第一部真正的佳作[②]。小说描写的故事发生在20世纪60年代巴尔的摩的一家小旅社,38岁的艺术家杰瑞米·鲍林(Jeremy Pauling)自从母亲去世后,就接手了这家旅社的经营。杰瑞米性格内向,有强烈的广场恐怖症和自闭症症状,当他遇见独自带女儿前来住宿的玛丽·泰尔(Mary Tell),便产生了强烈的想要帮助她们的愿望。随着两人的接触和交流,杰瑞米爱上了玛丽,但却不知如何去追求他的爱。小说通过对杰瑞米·鲍林面临两难困境的生动刻画,反映了艺术创作者普遍遭遇的矛盾心理。杰瑞米和玛丽这两个性别的人物角色正是安·泰勒本人两个身份的写照——一方面作为作家进行文学创作,另一方面作为母亲照顾家庭。评论界普遍认为泰勒在这部小说中第一次不再小心地保护自身的隐私,而是创作出了与其个性极为相似的人物[③],这或许是她这部小说成功的一个重要原因。此外,在这部小说中,安·泰勒采用多重视角转换的叙事方式,从杰瑞米、杰瑞米的姐姐到玛丽等角色,每一章节在叙事视角转换的同时,都以第一人称的叙事方式叙述,有评论认为这样的叙事方式反映了"杰瑞米作为艺术家的表演欲,去扮演、去学习、去评价人们"[④]。事实上这种叙事方式后来一直为安·泰勒所沿用,比如在小说《圣徒叔叔》(*Saint Maybe*,1991)中,叙事视角在各个主角之间转换,造成了小说赋格化的叙事效果,这种叙事策略体现了生活的本质,即人们从不同的视角和立场去看待生活,从而使得生活具有了多样性。这种转换叙事视角的叙事形式正体

---

① Elizabeth Easton, *Saturday Review* (17 June 1972), p. 77.
② Telephone conversation between Judith Jones and the author, 23 June 1993.
③ Robert W Croft. *Anne Tyler*:*A Bio-Bibliography*. London:Greenwood Press, 1995, p. 45.
④ Alice Hall Petry. Understanding Anne Tyler. Columbia:University of South Carolina Press, 1990, p. 109.

现了安·泰勒小说家庭叙事的艺术特征。

安·泰勒的第六部小说《寻找凯莱布》(Searching for Caleb，1975)得到了著名作家约翰·厄普代克(John Updike)的关注和推荐。此后，评论界对安·泰勒作品的评价也上升到了前所未有的高度。《寻找凯莱布》描写了巴尔的摩市一个上流社会的家庭——派克(Peck)一家的故事。该故事时间跨度在泰勒所有作品中是最长的，从1880年至1973年，延续了几乎一个世纪。贾斯汀·派克是在内战之后出现于巴尔的摩的神秘人物，无人知晓他自何处来，他在巴尔的摩从事进口生意并很快建立了其经济帝国。他两个儿子丹尼尔(Daniel)和凯莱布(Caleb)反映了派克家人性格中相互矛盾的两个极端。长子丹尼尔是典型的"派克家人"，他先是成为律师后来又做了法官，有着体面的社会地位，住在派克家建于罗兰花园(Roland Park)的大宅里。次子凯莱布则是个自由主义者，不愿意受到大家庭的约束，为了追寻音乐梦想，于1912年离家出走，一走就是60年，其间音讯全无。小说开篇的时间设定在1972年，丹尼尔因年迈而变得宽容，雇用了私人侦探艾利·艾佛强(Eli Everjohn)[①]去寻找弟弟凯莱布。他在给弟弟的信中称自己与"现在"的关系已经日渐衰弱，而"过去"还紧紧抓在手中[②]。凯莱布则表示他对过去无甚兴趣，更喜欢现时之乐[③]。小说所描述的派克家第二代和第三代人，也都试图逃离"过去"的捆绑，寻求"改变"的新生。这个历史与变化的主题在安·泰勒之后的作品中经常呈现，这也是典型的南方文学主题之一。在这部小说中，安·泰勒第一次将人物塑造、情节编排、主题意义同时驾驭得得心应手，或许正是如此，约翰·厄普代克赞叹道："这个作家不仅仅是出色，而是出色得了不得。"[④]其他评论者也对这部小说大加赞赏，认为它是泰勒到那时为止最好的作品[⑤]，是现实主义作品高度心灵化的典范[⑥]，标志着安·泰勒小说创作的大获成功[⑦]。

第七部小说《世俗之物》(Earthly Possessions，1977)虽然继续展现了

[①] 此人在《圣徒叔叔》中同样作为私家侦探出现过。参见：安·泰勒：《圣徒叔叔》，宋伟航译，台北：校园书房出版社，2009年，第288页。
[②] Anne Tyler. *Searching for Caleb*. New York: Knopf, 1976, p. 247.
[③] Anne Tyler. *Searching for Caleb*. New York: Knopf, 1976, p. 268.
[④] John Updike. "Family Ways". New Yorker (29 Mar. 1976), p. 112.
[⑤] Katha Pollitt. "Two Novels". New York Times Book Review (18 Jan. 1976), p. 22.
[⑥] *Choice* (July 1976), p. 668.
[⑦] Walter Sullivan. "Gifts, Prophecies, and Prestidigitations: Fictional Frameworks, Fictional Modes". Sewanee Review 85 (Winter 1977), p. 122.

安·泰勒对家庭成员个体与家庭之间矛盾关系的深刻洞察和愈加娴熟的叙事手法,但这部小说还是被不少评论家贴上"陈旧的'主妇逃离家庭牢笼'模式"的标签,并认为其中的人物塑造并不如安·泰勒之前的小说,尽管他们同时也承认小说确实有别于其他政治化女性小说,塑造了真实的女性形象①。第八部小说《摩根的逝世》(*Morgan's Passing*,1980)使得评论者注意到了泰勒的南方文学风格,有评论认为她对南方文学传统的继承,尤其明显地表现在偏爱撰写怪人和失败者方面②。《摩根的逝世》中的主人公摩根是个怪诞的角色,他喜爱穿着制服扮演各类人,他长期观察梅瑞狄斯(Meredith)一家人的生活,并最终取代里昂(Leon Meredith)成为艾米莉(Emily Meredith)的丈夫和工作伙伴。安·泰勒曾担心这样的角色设定会使读者在道德上不能接受,因而在访谈中解释道:"摩根并无害人之心,他有点不太道德,但本质还是好的。"③这部小说的编辑当时对这部小说寄予厚望,可惜最后销量却不尽如人意。不过《摩根的逝世》还是为泰勒打开了成名之路,这部小说获得了卡夫卡奖,并获得了美国图书奖(American Book Award)和美国国家书评家小说奖的提名。

安·泰勒发表的第九部小说《思家饭店的晚餐》(*Dinner at the Homesick Restaurant*,1982)是她公开表示最喜爱的作品④,在这部小说中她终于能在自己一直心仪的主题——家庭上深入挖掘了,她曾表示:"我对家庭的兴趣是由于我对人们如何相处感到好奇——适应、习惯、使彼此厌烦、放弃,然后第二天重新再来——家庭是对此进行研究的最佳媒介。"⑤她直言这部作品能让读者"看看我眼中家庭真正的样子"⑥。家庭在这部小说里成了一个沉重而微妙的话题。故事以波尔·塔尔(Pearl Tull)临死前的回忆开始,通过回忆控制时间流是泰勒小说典型的叙事技巧之一,回忆能使得角色一生的事件一一展现。波尔的一生是坎坷而寂寥的,她大龄待嫁,三十来岁嫁给销售员贝克·塔尔(Beck Tull),生了三个孩子——考迪(Cody)、艾兹拉(Ezra)和珍妮(Jenny)。某天,丈夫不告而

---

① *Progressive* (July 1977), p. 44.
② David Evanier. "Song of Baltimore". National Review (8 Aug. 1980), p. 973.
③ Bruce Cook. "A Writer-During School Hours". Detroit News (6 Apr. 1980): E3.
④ 在《业余婚姻》出版后,泰勒接受 Michelle Huneven 的访谈时称:"《思家饭店的晚餐》是我最喜欢的书,如果有人告诉我要把我所有的书毁掉而我只能选一本的话,那么我会毫不犹豫选择这本书。"
⑤ George Dorner. "A Brief Interview with a Brilliant Author from Baltimore". *The Rambler* 2 (1979), p. 22.
⑥ Sarah English. "An Interview with Anne Tyler". In *The Dictionary of Literary Biography Yearbook*: 1982. Detroit: Gale Research, 1983, p. 194.

别,留下波尔独自照顾三个孩子,临终时波尔嘱咐孩子们让贝克参加她的葬礼,显现出她对完整家庭的期望。三个孩子中,艾兹拉忠厚老实,对家的理解最为深刻,他继承了斯卡拉蒂太太的饭店,改为思家饭店,一次次邀请家庭成员在此聚会,期望实现波尔团聚的愿望,可惜没有一次聚成,即便是最后给波尔送葬的聚会也搞得不欢而散。评论家们通过这部小说看到了安·泰勒已然成熟的艺术创作手法,《纽约时报书评》卷首刊登的书评称这部作品为泰勒的"大跨步",赞美她作品中的人物已愈发丰满,叙事手法更为精妙①。这部作品为泰勒赢得了普利策文学奖(小说类)②、福克纳小说奖和美国图书奖这三大奖项的最终提名,同年,泰勒入选了美国艺术与文学学会(American Academy and Institute of Arts and Letters)。可以说,《思家饭店的晚餐》是安·泰勒小说成熟期开始的标志,评论家普遍认为它标志着泰勒的创作达到了前所未有的艺术高度。

  第十部小说《意外的旅客》(*The Accidental Tourist*,1985)中的主角梅肯·利里(Macon Leary)是个旅行指南作家,他和妻子因为儿子的意外死亡而分开。梅肯与其儿子的狗爱德华(Edward)相伴,这只狗由于严重缺乏训练而伤及梅肯,于是梅肯雇用缪丽尔·普瑞切特(Muriel Pritchett)照料这只狗,梅肯与缪丽尔之后发生感情纠葛。故事的最后,梅肯的妻子再度出现意图与他和好,梅肯也因此不得不面临选择。小说在处理梅肯情感变化的时候细致入微,有评论认为他情感的多重变化从心理层面体现了人生的复杂性③;也有观点认为,梅肯从本质而言带着明显的女性气质④。梅肯面临的选择事实上反映了"变或不变"这个主题,这一主题在安·泰勒之前和之后的小说中都有所体现。在小说的最后,梅肯成功逃离了过去,泰勒对于改变的态度也不言自明了。这部小说依旧以家庭主题吸引了评论家的注意力,他们认为"在泰勒小说中,家庭就是命运"⑤,也有人认为泰勒以家庭来凸显美国自相矛盾的两方面:对于共同体、自我认同和安

---

  ① Benjamin De Mott. "Funny, Wise and True". *New York Times Book Review* (14 Mar. 1982), pp. 1,14.
  ② 同年,艾丽丝·沃克的《紫色》获得了该奖。
  ③ Barbara Harrell Carson. "Complicate, Complicate: Anne Tyler's Moral Imperative". *Southern Quarterly* 31 (Fall 1992), pp. 24–34.
  ④ Rosalie Murphy Baum. "Boredom and the Land of Impossibilities in Dickey and Tyler". *James Dickey Newsletter* 6 (Fall 1989): 12–20; Alice Bloom. "George Dennison, *Luisa Domic*, Bobbie Ann Mason, *In Country*, Anne Tyler, *The Accidental Tourist*". *New England Review and Bread Loaf Quarterly* 8 (Summer 1986), pp. 513–525.
  ⑤ Larry McMurtry. "Life Is a Foreign Country". *New York Times Book Review* (8 Sept. 1985), p. 1.

全感的渴望,以及对于逃亡、冒险和独立的需求①。这部小说获得了 1985 年美国国家书评家小说奖、1986 年大使小说奖以及普利策文学奖(小说类)的最终提名。小说于 1988 年被改编为电影,并获奥斯卡奖②。

第十一部小说《呼吸呼吸》(*Breathing Lessons*,1988)再次展现了安·泰勒对家庭主题中夫妻关系的探讨,玛吉和艾拉(Maggie and Ira Moran)是泰勒笔下性格迥异的夫妇的典型代表,妻子玛吉热情、富有同情心,丈夫艾拉冷漠、与人疏离,他们不断争吵却长久相伴。这部作品对于婚姻中的忍耐与磨合主题比安·泰勒之前的小说探讨得更为深入。故事以这对夫妇驱车参加玛吉童年好友丈夫的丧礼开始,到他们经历一天漫长而疲劳的旅程回到家结束,这种"原地打转"的环形叙事结构是泰勒小说的特点之一,反映了其中角色抑或世人生活的本质:"从来都在重复着,而且也从来都缺乏希望。"③安·泰勒终于凭借这部小说成功获得了 1989 年的普利策文学奖(小说类),同时小说也获得美国国家图书奖的提名,《时代周刊》将它评为 1988 年"年度好书"之一,次年又将其评为 20 世纪 80 年代"十佳小说"之一。这部小说不仅成为畅销书还被改编为电影,受到了严肃文学界读者和通俗文学界读者的一致好评。自此,评论家开始将安·泰勒与简·奥斯汀相提并论,认为她们都重视家庭主题,并不盲从自我孤立、异域情调等时髦议题,而是关心爱、亲子、孝等人与人之间的关系④,这部小说被视为安·泰勒小说创作上的一个里程碑。1989 年 4 月,在巴尔的摩市举办了首次安·泰勒研讨会,这可以算是学术界开始泰勒作品研究的一个重要标志,学者们普遍认为安·泰勒已经在美国当代文学中占有重要的地位。

第十二部小说《圣徒叔叔》(*Saint Maybe*,1991)触及了宗教主题,虽然宗教在泰勒之前的小说中都有所涉及,但还鲜有以宗教为主题的作品。在为主角伊恩·贝德罗(Ian Bedloe)选择教派时,泰勒非常小心,"为避免冒犯现存各教,我觉得最好还是用一个想象的教派"⑤。小说立足于宗教,拷问的却是:一个人会在何种程度上影响另一个人的生活。伊恩一句玩笑话害得兄嫂先后身亡,他继而辍学,毅然承担起照顾侄子女的责任,他将精神寄居于"自新教会",希冀能通

---

① Michiko Kakutani. "Book of the Times". *The New York Times* (28 Aug. 1985): C21.
② Geena Davis 获 1988 年度奥斯卡最佳女配角奖。
③ 安·泰勒:《呼吸呼吸》,胡允桓译,上海:上海译文出版社,2002 年,第 5 页。
④ Edward Hoagland. "About Maggie, Who Tried Too Hard". *New York Times Book Review* (11 Sept. 1988), p. 1.
⑤ Patricia Rowe Willrich. "Watching through Windows: A Perspective on Anne Tyler". *Virginia Quarterly Review* 68 (Summer 1992), p. 516.

过某种方式获得原谅。评论家认为这部小说反映出了泰勒笔下人物"作为平凡人坚持不懈的精神"①，更妙的是，在多数作家通过文学想象而作为审判者的情况之下，伊恩悄然逃离了这一审判现场。这部小说被改编为影视作品，受到大众的欢迎。可惜之后的两部作品《岁月之梯》(Ladder of Years, 1995)与《补缀的星球》(A Patchwork Planet, 1998)反响平平，有评论家认为它们只是延续了泰勒的风格而并无其他可圈可点之处。事实上，这两部作品都是安·泰勒对现代社会中个体自我认同的探究。《岁月之梯》中的家庭主妇蒂莉娅为了追寻独立的自我，不惜离家出走到陌生小镇，自食其力开始新的生活；《补缀的星球》中，盖特林家族的败家子为了摆脱失败的人生，努力寻找自己的"天使"，历经坎坷终于明白依靠自己而非"天使"来实现自身价值的重要性：这都是现代人追寻自我认同的路程的写照。

第十五部小说《昨日当我们盛年》(Back When We Were Grownups, 2001)讲述了人到中年的女主人公雷贝嘉因反思年轻时的人生选择而引发的自我怀疑与困惑，小说延续了《意外的旅客》及《圣徒叔叔》中借助梦境的叙事手法，并呈现出更为明显的空间叙事特征。小说的第一空间——地理空间，展示了小说的文学地理学景观；第二空间——文本空间，并置交汇，展示人物的矛盾与困惑；第三空间——可能世界空间，实现了小说文本的空间叙事从现实叙事向虚拟叙事的扩展。第十六部小说《业余婚姻》(The Amateur Marriage, 2004)跨度60年，涉及战争、社会、婚姻、家庭等各个方面，被称为具有史诗意义的小说，荣登2005年《纽约时报》畅销书排行榜②。继第十七部小说《掘近美国》(Digging to America, 2006)被《美国时代周刊》评为畅销书之后，第十八部小说《挪亚的罗盘》(Noah's Compass, 2010)延续了《昨日当我们盛年》中对祖孙情的描写，此外，小说带着浓重的南方特点，人生失败的主角、诡异的遭劫与失忆、莫名又带有喜剧色彩的记忆追寻，最后都在三代人家庭的温情中结束了。英国《卫报》认为这是"一则美丽又细腻的故事，优雅地思索何谓快乐"。在因为第十九部小说《学着说再见》(The Beginner's Goodbye, 2012)而接受的访谈中，安·泰勒坦言小说的思考来自自己去世已久的丈夫，一个活生生的人去了哪里，这或许是作家安排突然过世的桃乐丝回来看她丈夫的缘由。再次是对性格迥异夫妇的描写，而他们的真心相倾却是在妻子死亡之后。涉及鬼魂的小说不免带着诡谲，却也不失为对南方文学的继承。这部小说与泰勒之前的现实主义作品不同，可已然往生的

---

① Robert Wilson. "'Saint Maybe,' A Sure Thing". *USA Today* (23 Aug. 1991): D1.
② 安·泰勒：《业余婚姻》，林学明等译，北京：朝华出版社，2006年，第1页。

妻子在任何方面似乎都与活生生的人并无二致,鬼魂的描写并未妨碍泰勒展现真实细腻的文风。安·泰勒的第二十部小说《一轴蓝线》(*A Spool of Blue Thread*, 2015)于 2015 年 2 月正式出版,故事以母亲的一轴蓝线为线索,讲述了巴尔的摩一个普通人家怀特杉柯(Whitshank)三代人的故事,小说时间跨度从 20 世纪 20 年代到 2012 年,几近一个世纪,是继《寻找凯莱布》之后,其小说中时间跨度最长的。这部小说首先获得了百利女性小说奖最终提名,又获得了布克奖的提名,在评论界反响强烈。2016 年安·泰勒发表的小说《悍妇》(*Vinegar Girl*, 2016)取材于莎士比亚的《驯悍记》,描述了大龄剩女凯特(Kate)的故事。

2018 年,安·泰勒出版了她的第二十二部小说《时钟舞》(*Clock Dance*, 2018)。小说的主人公名叫薇拉·德雷克,是一个胆小温顺的女人,在一个喜怒无常、装腔作势的母亲抚养下长大,薇拉从小就非常自律和听话。小说前半部分轻描淡写地交代薇拉几十年的生活,从童年到母亲,再到寡妇,然后再婚,她的生活可以说是平淡无奇。尽管她可能在某种程度上渴望冒险,但她总是按照别人的吩咐去做事,总是使别人的注意力从自己身上转移开。虽然日子过得挺舒适,但薇拉总觉得生活空虚。直到她 61 岁时,一个误打给她的电话改变了她的生活。小说的后半部也因此变得有趣起来。一个来自巴尔的摩的陌生人打电话来说,威拉的小孙女在她母亲住院期间需要有人照顾她。薇拉实际上没有孙女,但是一向不会反驳别人的薇拉竟然就答应了,于是她飞到巴尔的摩去提供帮助。薇拉和 9 岁的女孩谢丽尔之间发展的关系形成了"时钟舞"的情感核心,它展现泰勒所说的"甜蜜的沉重、愉快的疼痛"。在这里,薇拉才认识到自己大半辈子谨小慎微地生活,虽衣食无忧,但并不是一种有尊严的生活,自己也一直被这个世界所忽视,现在她给谢丽尔母女带来帮助的同时,终于体会到了人生的尊严和价值,她也重新感受到了年轻、自由的自我。

评论家罗恩·查尔斯在一篇评论《时钟舞》的文章中指出,泰勒的小说对家庭生活的描写过于宽容,又因缺乏战斗力而不能归为女性主义作品,但她的小说往往涉及女性主义运动关注的核心问题:如何想象并实现超越传统限制的可能性?正如薇拉的一位老邻居告诉她的那样,"弄清楚为什么而生活,这是我这个年纪最大的问题"。事实上,任何年纪都是如此。这也是安·泰勒从 22 岁开始,在一本又一本让读者感到亲切温馨的小说中思考的最大问题[①]。

---

① Ron Charles. "Clock Dance, Anne Tyler's 22nd Novel, Feels Familiar—for Better and Worse". https://www.washingtonpost.com/entertainment/books/clock-dance-anne-tylers-22nd-novel-feels-familiar—for-better-and-worse/2018/07/02

二、安·泰勒小说研究综述

安·泰勒可谓作家中的劳模。她从 22 岁出版第一部小说以来,一直保持着积极的创作热情,并且佳作迭出,作品长期位列畅销书榜单。但是,最初文学评论界对她并不热衷,除了少量书评赞叹她年少成名、文笔老练之外,并未对其小说艺术性有太多评价,甚至有评论认为,泰勒如果不努力拓宽创作主题、提升创作手法,恐怕才华终将慢慢消隐①。直到厄普代克在小说《寻找凯莱布》的书评《家庭之途》(*Family Ways*)中高度评价了安·泰勒的小说创作艺术,才使得安·泰勒的作品被真正纳入学界视野。此后,随着《呼吸呼吸》获得 1989 年普利策文学奖(小说类),安·泰勒终于摆脱了"通俗小说作家"的标签而获得学界的全面认可。与此同时,越来越多的研究者将目光投向安·泰勒的小说创作,相关研究成果也不断出现。

国外的安·泰勒研究目前主要集中在美国,《走近当代美国文学丛书》(*Understanding Contemporary American Literature*)中的《走近安·泰勒》(*Understanding Anne Tyler*,1990)是较早对安·泰勒进行全面评述的专著之一。作者爱丽丝·霍尔·佩特里(Alice Hall Petry)在《走近安·泰勒》一书中,梳理了泰勒前 11 部小说,对小说的情节、主题、人物塑造、叙事手法进行了详细的解读,此外,她还全面细致、深入透彻地分析了安·泰勒所接受的文学影响,以及她在小说创作中展现出的文学风格。佩特里认为,泰勒在创作思想上沿袭了爱默生和梭罗超验主义,在小说风格上更倾向于霍桑的浪漫主义风格,在创作手法上则深受契诃夫、陀思妥耶夫斯基等俄国作家的影响,更为重要的是美国南方文学的传承在她作品中得以充分体现,威廉·福克纳(William Faulkner)、卡森·麦卡勒斯、弗兰纳里·奥康纳以及尤多拉·韦尔蒂(Eudora Welty)都在一定程度上影响了泰勒的创作,其中以韦尔蒂的影响最为巨大,也最为安·泰勒本人所认可。

另一部研究安·泰勒的重要专著是保罗·贝尔(Paul Bail)的《安·泰勒:批评指南》(*Anne Tyler:A Critical Companion*)。贝尔选择了安·泰勒创作的黄金时期,即 1970 年至 1998 年间创作的长篇小说进行分析。这部专著是对泰勒代表性小说评介较为全面的著作之一。在书中,贝尔一方面认为泰勒是难以被归类的作家,另一方面从多个视角探求对其创作造成影响的因素。他认为作家 15 岁之前的童年时期生活经历对其创作有着至关重要的影响,基于这一点,贝

---

① Paul A Doyle. "Tyler, Anne". In: James Vinson. *Contemporary Novelists*. 1st ed. New York: St. Martin's Press,1972,pp. 1264-1266.

尔认为贵格教派和《小房子》(The Little House)对泰勒的影响是不可忽视的。泰勒的父母是贵格教派的活动家,也是贵格会社区的领导成员,而对自小在"社区"(community)中成长起来的泰勒来说,其成年之前所受的宗教影响几乎都来自贵格派教会。贵格派重视内在体验,其强调"内心圣灵"的教义影响广泛,其中就包括超验主义的代表人物梭罗与爱默生①,贝尔认为他们正是安·泰勒创作中平等主义和极简主义思想的源头。《小房子》是泰勒童年时期母亲给她的床头读物,描述了一所古老的小房子是如何历经周围的人事变迁和城市建设的。尽管是一本儿童读物,但是安·泰勒本人也一再强调这部儿童作品对自己的重要影响②。在当今消费文化大行其道的美国,流动性造成的迷惘已成为普遍的问题,而安·泰勒笔下的一系列"旧宅"就如同这座小房子,背负着历史,带着与过去密不可分的联系,体现了安·泰勒笔下家庭共同体和地缘共同体的中心地位③。此外,贝尔认为安·泰勒在美国南方文学的传承与发展上功不可没,他认为泰勒作品深受三位南方女性作家卡森·麦卡勒斯、弗兰纳里·奥康纳、尤多拉·韦尔蒂的影响,其中尤其以韦尔蒂的影响为最,她的作品让安·泰勒意识到小说完全能以人人耳熟能详的日常生活为素材,从而鼓舞了泰勒的创作。

总体来说,佩特里和贝尔在观点上是大体相似的。第一,他们都认为安·泰勒的创作思想带着不可磨灭的超验主义烙印,佩特里认为这是受泰勒父亲是一个"爱默生式的理想主义者"的影响④;而贝尔则更将这一思想的根源归于贵格教派的影响,同时,他还指出了梭罗的极简主义思想对泰勒的影响同样重要。第二,他们都指出安·泰勒是较为典型的南方作家,佩特里通过将泰勒的创作与众多美国内外的作家创作进行对比,最终认为南方作家对于泰勒的影响最为巨大;而贝尔则更为直接地指出泰勒的作品是对美国南方女性文学的继承。第三,他们都发现泰勒是难以被简单归入某个流派的作家。贝尔坦言"泰勒不是某个流派的作家,故此难以被简单归类"⑤;佩特里甚至得出结论认为泰勒与其说是某

---

① 事实上,爱默生所信奉的教派是唯一神教(Unitarism),唯一神教信仰上"上帝一体论"(monarchianism),只相信有唯一的上帝,否定圣父、圣子、圣灵三位一体的教义。由于在某种程度上否定了耶稣的神性,因此与隶属基督教新教的贵格派不同,唯一神教不算是严格的基督徒。然而,唯一神教相信人类心灵的直觉,这一点与贵格派对"内心圣灵"的强调极为相似,两者在多数教义上有重合。
② Anne Tyler. "Why I Still Treasure 'The Little House'". *New York Times Book Review* 9 Nov. 1986: 56.
③ Paul Bail. *Anne Tyler: A Critical Companion*. London: Greenwood Press, 1998, p. 15
④ Alice Hall Petry. Understanding Anne Tyler. Columbia: University of South Carolina Press, 1990, p. 9.
⑤ Paul Bail. *Anne Tyler: A Critical Companion*. London: Greenwood Press, 1998, p. 13

一流派作家,不如说是一个"人文主义者"①。换言之,他们都肯定了泰勒在创作思想上所体现的博爱平等与俭朴至简的超验主义特征,在创作主题和表现手法上体现了对南方文学的继承,但同时他们也意识到了泰勒多变的创作风格和剖析人心的力道使得她除了"人文主义者"外几乎难以被归类。

伊丽莎白·伊凡(Elizabeth Evan)的著作《安·泰勒》(*Anne Tyler*)一书则不仅仅囿于泰勒的长篇小说作品,还涉及了泰勒为数众多的短篇小说及书评。她在著作中重点比较了安·泰勒作品中的角色与其他南方作家及女性作家笔下的角色,试图找出其相关性;同时,伊凡还对泰勒作品的黑色幽默、女性角色特征以及家庭主题做了深入的探讨。卡琳·林顿(Karin Linton)的《时间视域:泰勒主要小说的时间主题研究》(*The Temporal Horizon: A Study of the Theme of Time in Anne Tyler's Major Novels*)基于法国心理学家保罗·弗雷斯的"时间视域"理论,从角色分析入手,研究了泰勒前11部小说中的时间主题。该著作通过分析角色对于生活变故的反应,剖析他们的时间观,探究其是否具有平衡的时间视角。鲍林通过分析发现,泰勒小说中的主角,除了《天文导航》中的杰瑞米·鲍林以外,都基本具备较为平衡的时间观,这也是他们最终都能坦然面对人生变迁的重要原因。然而值得指出的是,安·泰勒本人则对其中一些角色的时间观以及其是否拥有面对改变的能力提出过质疑,比如她认为《如果黎明曾来到》中的"本·乔身上最具南方特点的地方,就是他意识不到随着时光流转,总会带来物是人非这样的改变。这是非常典型的南方式的缺陷"②。

约瑟夫·沃尔克(Joseph C. Voelker)的著作《安·泰勒小说的艺术性和偶然性》(*Art and the Accidental in Anne Tyler*)通过解读除《摩根的逝世》以外的安·泰勒的前11部小说,分析了贵格教派对泰勒创作的影响,以及泰勒笔下人物的独立性。该著作还研究了《天文导航》的叙事视角和艺术手法、《呼吸呼吸》的抒情模式、《寻找凯莱布》中的遗传模式、《世俗之物》的"理想主义"精神、《意外的旅客》中的心理成长,以及泰勒早期作品中主题和艺术手法的发展变化。玛格丽特·摩根罗斯·格莱特(Margaret Morganroth Gullette)在其著作《中年终安:中年成长小说的创始:索尔·贝娄、玛格丽特·德雷伯尔、安·泰勒与约翰·厄普代克》(*Safe at Last in the Middle Years: The Invention of the*

---

① Alice Hall Petry. Understanding Anne Tyler. Columbia: University of South Carolina Press, 1990, p. 17.

② Jorie Lueloff. "Authoress Explains Why Women Dominate in South". Baton Rouge *Morning Advocate* (8 Feb. 1965), p. A11.

Midlife Progress Novel: Saul Bellow, Margaret Drabble, Anne Tyler, John Updike）中的第五章专门讨论了安·泰勒的小说作品,这一章节通过分析《天文导航》《时钟发条》《直线下滑的生活》《意外的旅客》《世俗之物》以及《摩根的逝世》,考察了泰勒对于责任、家庭与个体的关系、个人成长、童年、母亲以及性别角色的观点①。

罗伯特·克劳福特的《安·泰勒:一本传记文献》（*Anne Tyler: A Bio-bibliography*）一书可以说是对泰勒生平的详尽介绍,书中同时较为全面地收录了泰勒研究参考文献书目,具有较高的研究参考价值。作为泰勒研究文集,爱丽丝·霍尔·佩特里编撰的《安·泰勒研究文集》（*Critical Essays on Anne Tyler*）以及拉尔夫·斯蒂芬斯(Ralph Stephens)编撰的《安·泰勒小说研究》（*The Fiction of Anne Tyler*）均收录了重要的采访、书评和研究文献,其中不乏著名作家对于泰勒作品的评论文章,尤其是对安·泰勒推崇备至的约翰·厄普代克(John Updike)的评论文章收录得最多。

美国学界对安·泰勒的研究文献（包括博士论文）中,有不少将泰勒的小说作品与其他作家的作品做对比研究,分析泰勒所受的文学影响,从而试图在当代美国文学界中给泰勒以清晰的定位。

在安·泰勒的创作思想研究方面,多数论文与佩特里和贝尔的观点基本一致,大多数学者也意识到超验主义对泰勒的影响,例如克伦·盖尼(Karen Fern Wilkes Gainey)从符号学的角度出发,对安·泰勒和同时期的其他女作家进行对比研究,发现泰勒笔下的角色颠覆传统自我认同的力量源泉正是来自超验主义思想的矛盾性和自我质疑特质②,而桑福德·马罗威茨(Sanford Marovitz)通过分析《时钟发条》《世俗之物》以及《思家饭店的晚餐》这三部小说中主要角色所达到的或未曾达到的爱默生式的"有机的统一体",探讨泰勒将时间视为一个连续统一体的超验主义时间观③。

---

① Margaret Morganroth Gullette. "The Tears (and Joys) Are in the Things: Adulthood in Anne Tyler's Novels". *New England Review and Bread Loaf Quarterly* 7 (Spring 1985), p323-334. (Reprinted as Chapter 5 in *Safe at Last in the Middle Years: The Invention of the Midlife Progress Novel: Saul Bellow, Margaret Drabble, Anne Tyler, John Updike*. Berkley: University of California Press, 1988, pp. 105-119.)

② Gainey K F W. "Subverting the Symbolic: The Semiotic Fictions of Anne Tyler, Jayne Anne Phillips"转引自 Caren J. Town. "Rewriting the Family During Dinner at the Homesick Restaurant." *Southern Quarterly* 31 (Fall 1922), pp. 14-23.

③ Sanford Marovitz. "Anne Tyler's Emersonian Balance". In Alice Hall Petry. *Critical Essays on Anne Tyler*. New York: G. K. Hall, 1992, pp. 207-220.

在创作手法上,大部分学者认为安·泰勒受到美国南方文学的巨大影响,其中包括海明威(Ernest Hemmingway)、福克纳、韦尔蒂、麦卡勒斯等作家的影响。例如,埃德里安娜·邦德(Adrienne Bond)①、宝拉·艾克德(Paula Gallant Eckard)②和玛丽·埃尔金斯(Mary J. Elkins)③都意识到了安·泰勒的小说《思家饭店的晚餐》与福克纳的小说《我弥留之际》(*As I Lay Dying*)中两位女主角波尔和安迪(Addie Bundren)之间的相似性。邦德认为,尽管两部小说的场景展示了美国南方文化场景在20世纪这几十年间的巨大变化,但就这两个角色本身而言是极为相似的;而埃尔金斯则认为从这两个角色可以看出,安·泰勒在对历史和过去的态度上与福克纳并无二致,只是相较于福克纳一成不变的态度而言,安·泰勒对改变的态度更为乐观,也更倾向于让角色接受变化。作为美国南方文学的前辈,韦尔蒂与麦卡勒斯对泰勒的影响不言而喻,保罗·道尔(Paul A. Doyle)④、宝拉·艾克德⑤和卡罗尔·曼宁(Carol S. Manning)⑥都不约而同地聚焦于安·泰勒的代表性作品之一《思家饭店的晚餐》,并将之与麦卡勒斯的《伤心咖啡馆之歌》及韦尔蒂的《金苹果》这两部短篇小说集相比较。他们不仅指出这三部作品在主题上的相似性,还分析了安·泰勒在长篇小说创作中所使用的短篇小说叙事策略。

伊兰娜·沃尔珀特(Ilana Paula Wolpert)将安·泰勒的创作提到了一定的文学历史高度,她将泰勒与乔治·艾略特、夏洛蒂·勃朗特、弗吉尼亚·伍尔芙、托尼·莫里森等代表性女作家相比较,试图阐述其在现代女性作家中的重要地位⑦。除此之外,学者们还热衷于从女性主义视角探讨泰勒与同时期的当代女

---

① Adrienne Bond. "From Addie Bundren to Pearl Tull: The Secularization of the South". *Southern Quarterly* 24 (Spring 1986), pp. 64-73.

② Paula Gallant Eckard. "Family and Community in Anne Tyler's *Dinner at the Homesick Restaurant*". *Southern Literary Journal* 22 (Spring 1985), pp. 33-44.

③ Mary J Elkins. "*Dinner at the Homesick Restaurant*: The Faulkner Connection". *Atlantis: A Women's Studies Journal* 10 (Spring 1985), pp. 93-105.

④ Paul A Doyle. "Tyler, Anne". In: James Vinson. *Contemporary Novelists*. New York: St. Martin's Press, 1972, pp. 1264-1266.

⑤ Paula Gallant Eckard. "Family and Community in Anne Tyler's *Dinner at the Homesick Restaurant*". *Southern Literary Journal* 22 (Spring 1985), pp. 93-105.

⑥ Carol S Manning. "Welty, Tyler, and Traveling Salesmen: The Wandering Hero Unhorsed". In: C Ralph Stephens. *The Fiction of Anne Tyler*. Jackson: University Press of Mississippi, 1990, pp. 110-118.

⑦ Ilana Paula Wolpert. "Crossing the Gender Line: Female Novelists and Their Male Voice". Diss. Ohio State University, 1988.

作家的相似之处,常常与泰勒相提并论并被比较研究的作家主要有鲍比·安·梅森(Bobbie Ann Mason)[1]、玛格丽特·德雷伯尔(Margaret Drabble)[2]、盖尔·戈德温(Gail Godwin)[3]等,其中以在当代美国文学界举足轻重的托尼·莫里森(Toni Morrison)[4]和艾丽丝·沃克(Alice Walker)[5]最为引人注目。芭芭拉·库柏(Barbara Eck Cooper)在其博士论文《家庭生活的艰难:六位当代女作家家庭小说中的创造性力量》(*The Difficulty of Family Life: The Creative Force in the Domestic Fictions of Six Contemporary Women Novelists*)中选择了莫里森的《所罗门之歌》(*Song of Solomon*)、沃克的《紫色》(*The Color Purple*)和泰勒的《思家饭店的晚餐》来阐述其中的家庭主题,认为艾兹拉·塔尔(Ezra Tull)试图以一系列完美的家庭聚餐来修复家庭冲突的努力,不仅为家庭,也为他个人创造了希望[6]。而芭芭拉·罗文海门(Barbara Pitlick Lovenheim)则将视野投向了泰勒笔下的双性同体角色,认为她和莫里森一样,将家庭的疆域拓宽了,创造出了兼具父、母特质的双性同体角色[7]。

此外,安·泰勒小说中的婚姻、亲子与家庭主题也是研究的重点之一。多丽丝·贝茨(Doris Betts)在《泰勒笔下的两极婚姻》(*Tyler's Marriage of Opposites*)一文中,基于小说《呼吸呼吸》分析了安·泰勒善于以性格迥异的夫妻之间

---

[1] Alice Bloom. "George Dennison, *Luisa Domic*, Bobbie Ann Mason, *In Country*, Anne Tyler, *The Accidental Tourist*". New England Review and Bread Loaf Quarterly 8 (Summer 1986), pp. 513-25.

[2] Sue Ann Johnston. "The Daughter as Escape Artist". *Atlantis: A Women's Studies Journal* 9 (Spring 1984), pp. 10-22.
Rose Maria Quiello. "Breakdowns and Breakthroughs: The Figures of the Hysteric in Contemporary Novels by Women". Diss. University of Connecticut, 1991.

[3] Laurie L Brown. "Interviews with Seven Contemporary Writers". *Southern Quarterly* 21 (Summer 1983), pp. 3-22.
Jonathan Yardley. "Women Write the Best Books". *The Washington Post* 16 May 1983, P. B1+.

[4] Barbara Eck Cooper. "The Difficulty of Family Life: The Creative Force in the Domestic Fictions of Six Contemporary Women Novelists". Diss. University of Missouri, 1986.
Barbara Pitlick Lovenheim. "Dialogues with America: Androgyny, Ethnicity, and Family in the Novels of Anne Tyler, Joanne Greenberg, and Toni Morrison". Diss. University of Rochester, 1990.

[5] Barbara Eck Cooper. "The Difficulty of Family Life: The Creative Force in the Domestic Fictions of Six Contemporary Women Novelists". Diss. University of Missouri, 1986.

[6] Barbara Eck Cooper. "The Difficulty of Family Life: The Creative Force in the Domestic Fictions of Six Contemporary Women Novelists". Diss. University of Missouri, 1986.

[7] Barbara Pitlick Lovenheim. "Dialogues with American: Androgyny, Ethnicity, and Family in the Novels of Anne Tyler, Joanne Greenberg, and Toni Morrison". Diss University of Rochester, 1990.

的矛盾来表现婚姻中的冲突,从而凸显忍耐和妥协在人生中的重要作用[1]。格雷丝·法瑞尔(Grace Farrell)[2]和帕特丽夏·诺尔迪(Patricia Mary Naulty)[3]均以母子/母女关系为切入点,考察了安·泰勒笔下的母亲角色,并指出她们与传统女性作品中的母亲角色的不同。特丽萨·卡诺莎(Theresa Kanoza)[4]则关注了泰勒笔下的继母角色。对于安·泰勒小说中家庭议题的探讨,大多数学者聚焦于个体与家庭的联系与冲突这一矛盾性之上。朱迪·盖特纳(Judi Gaitens)的博士论文《关联之网:安·泰勒小说中的家庭模式研究》(*The Web of Connection: A Study of Family Patterns in the Fiction of Anne Tyler*)通过考察安·泰勒笔下的大家庭与小家庭,发现泰勒倾向于通过各种方式让小家庭吸纳外部个体而扩大为欢乐的大家庭[5]。卡伦·唐以《思家饭店的晚餐》中考迪、艾兹拉和珍妮对于家庭和个体的不同认知,说明每个角色都需要以自己的理想家庭来充实和滋养自己的情感世界[6]。史黛拉·娜莎诺芬奇(Stella Nesanovich)则通过细读安·泰勒前7部小说中的家庭关系来分析个体与家庭在泰勒作品中的关联与意义[7]。罗莎莉·鲍姆(Rosalie Murphy Baum)从女性主义视角探讨《意外的旅客》中的梅肯·利里是如何在家庭幸福和与家人关系中寻求自我认同与人生的根本意义的,并将这种追寻视为迷惘时代的女性主义解决方案[8]。维吉妮亚·卡罗尔(Virginia Schaefer Carroll)在其所撰写的《安·泰勒小说中的亲属关系的本质》(*The Nature of Kinship in the Novels of Anne Tyler*)中认为,安·泰勒笔下的家庭在20世纪以来美国文化趋同的境况之下,保持了其独

---

[1] Doris Betts. "Tyler's Marriage of Opposites". In: C Ralph Stephens. *The Fiction of Anne Tyler*. Jackson: University Press of Mississippi, 1990, pp. 1-15.

[2] Grace Farrell. "Killing off the Mother: Failed Matricide in *Celestial Navigation*". In Alice Hall Petry. *Critical Essays on Anne Tyler*. New York: G. K. Hall, 1992, pp. 221-32.

[3] Patricia Mary Naulty. "'I Never Talk of Hunger': Self-Starvation as Women's Language of Protest in Novels by Barbara Pym, Margaret Atwood, and Anne Tyler". Diss. Ohio State University, 1998.

[4] Theresa Kanoza. "Mentors and Maternal Role Models: The Healthy Mean between Extremes in Anne Tyler's Fiction". In: C Ralph Stephens. *The Fiction of Anne Tyler*. Jackson: University Press of Mississippi, 1990, pp. 28-39.

[5] Judi Gaitens. "The Web of Connection: A Study of Family Patterns in the Fiction of Anne Tyler". Diss. Kent State University, 1988.

[6] Caren J Town. "Rewriting the Family During Dinner at the Homesick Restaurant". *Southern Quarterly* 31 (Fall 1922), pp. 14-23.

[7] Stella Nesanovich. "The Individual in the Family: A Critical Introduction to the Novels of Anne Tyler". Diss. Louisiana State University, 1979.

[8] Rosalie Murphy Baum. "Boredom and the Land of Impossibilities in Dickey and Tyler". *James Dickey Newsletter* 6 (Fall 1989), pp. 12-20.

特的个性。卡罗尔考察了泰勒作品中个体与家庭共同体之间的关系,认为家庭共同体对于个体而言具有两面性:一方面家庭共同体滋养着其中的个体,另一方面家庭共同体使得其中的个体更为孤立。同时她指出,安·泰勒笔下的家庭善于以更大的类家庭的联盟形式而获得新生[1]。而类似的观点也在朱莉·帕帕蒂玛斯(Julie Persing Papadimas)的《美式泰勒风格:替代家庭与流动性》(*America Tyler Style: Surrogate Families and Transiency*)中有所阐述[2]。事实上,在安·泰勒的小说作品中,家庭不仅仅是传统意义上血缘和婚姻联结的共同体,还是更为开放和宽容的共同体,没有血缘关系的个体通过各种方式聚集到了同一个共同体之中,而这个共同体中的个体自我认同则是基于个体与共同体关系之上的,换言之,个体在共同体之中的位置和身份决定了其对自我的身份认同。这与19世纪以来的社会身份认同观将"自我与社会一分为二,转而强调社会作用,尤其是社会对于个人存在和意识的决定性"[3]的观点在本质上是类似的,只是安·泰勒更加强调家庭共同体而非社会的塑造力量。

国内对安·泰勒的小说推介较早的是《读书》杂志,该杂志在1986年及1990年分别介绍过安·泰勒的小说《偶然的旅游者》(即《意外的旅客》)和《预产期》(即《呼吸呼吸》)[4]。近年来,《外国文学动态研究》较为关注安·泰勒的创作动态,对泰勒的新作品《补缀的星球》《挪亚的罗盘》和《学着说再见》[5]均及时做了介绍。在研究论文方面,李美华于2003年发表的《安妮·泰勒[6]在美国当代女性文学中的地位》对安·泰勒前15部小说及文学成就做了较为全面的梳理与介绍。其他关于安·泰勒研究的论文为数不多,多数聚焦于泰勒代表作之一《思家饭店的晚餐》,如杜涵的硕士论文《〈思家餐馆中的晚餐〉里的黑色幽默功能探析》(2007)、丁慧的硕士论文《渐行渐远——〈思家饭店的晚餐〉之叙事解读》(2009)、梁建伟的硕士论文《并置、陌生化和人物塑造——〈思家饭店的晚餐〉的

---

[1] Virginia Schaefer Carroll. "The Nature of Kinship in the Novels of Anne Tyler". In: C Ralph Stephens. *The Fiction of Anne Tyler*. Jackson: University Press of Mississippi, 1990, pp. 16-27.

[2] Julie Persing Papadimas. "America Tyler Style: Surrogate Families and Transiency". *Journal of American Culture* 15 (Fall 1992), pp. 45-51.

[3] 赵一凡等编著:《西方文论关键词》,北京:外语教学与研究出版社,2006年,第467页。

[4] 当时撰文的译名为《偶然的旅游者》及《预产期》,《意外的旅客》《呼吸呼吸》为其后国内译本的译名。

[5] 《外国文学动态研究》发表的新书评介译名分别为《拼凑而成的星球》《挪亚的指南针》和《初学者的再见》,本书采用的是这几部作品台湾地区译本的译名。

[6] 对于Anne Tyler姓名的翻译,国内许多学者译为安妮·泰勒,本书作者根据英文发音,译为安·泰勒。我国港台地区学者也译为安·泰勒。

空间形式研究》(2012);也有的从女性主义视角解读《岁月之梯》,如谷萍的硕士论文《〈岁月之梯〉女性主义角度解读》(2006),左冬的硕士论文《女性主义视角下艾德娜和迪莉娅①不同命运的探析》(2013);有对于主题的解读,如《迷失与回归——〈麦田里的守望者〉与〈拼凑而成的星球〉主题对比分析》(2012);也有从存在主义角度考察泰勒对人性的刻画,如王玉梅的硕士论文《创造自我——评安妮·泰勒〈活生生的教训〉②中的存在主义人生观》(2006);这些硕士论文虽然从不同角度考察了泰勒的作品,但均局限于单部小说的分析解读,缺乏纵览安·泰勒全部作品的视野。印加荣的硕士论文《个性的抗争及为家庭和谐而做的让步——安妮·泰勒小说中自由而然的诗意栖居》(2008)看到了泰勒小说中个体与家庭共同体之间错综复杂的矛盾关系,在人本主义视角下探讨了泰勒平衡责任与自由的方式。张训澳的硕士论文《慧交长情,愚交失亲——借③"社会交换理论"解读安妮·泰勒小说中人际关系》同样着眼于个体、家庭之间的关系,以"社会交换理论"解读分析了《呼吸呼吸》《业余婚姻》《学着说再见》3部作品,认为它们体现了家庭中成功的社会交换需要交换对象相互持之以恒地包容、有效沟通、及时调整对交换关系及参与对象的认知和定位这一原理。除此以外,研究安·泰勒作品的期刊论文非常罕见,几乎鲜有有价值的安·泰勒研究论文刊登在国内外国文学界知名刊物上,同时,国内也缺乏以安·泰勒为研究主体的博士论文。可以说,作为一名蜚声美国文学界的普利策文学奖获得者,安·泰勒在国内外国文学界所引起的重视是远远不够的。

三、安·泰勒小说的叙事特征

叙事学产生于20世纪60年代,华莱士·马丁(Wallace Martin)在其《当代叙事学》一书中曾指出:"叙事理论已经取代小说理论成为文学研究主要关心的论题。"④发展至20世纪90年代,叙事学从"经典叙事学"(Classical Narratology)转向"后经典叙事学"(Post-Classical Narratology)。以热奈特(Gérard Genette)等为代表的经典叙事学研究学者重视叙事话语和叙事结构的分析,从时间、语式、语态等方面关注叙事者陈述故事的方法,"将注意力从文学的外部转向文学的内部,着重探讨叙事作品内部的结构规律和各种要素之间的关联。"⑤

---

① 即《岁月之梯》女主角蒂莉娅。
② 即《呼吸呼吸》。
③ 原标题中为"藉",参照《现代汉语词典(第7版)》改为"借"。
④ 华莱士·马丁:《当代叙事学》,伍晓明译,北京:北京大学出版社,1990年,第1页。
⑤ 申丹:《叙述学与小说文体学研究》,北京:北京大学出版社,2004年,第4页。

然而，经典叙事学在突破传统小说研究的同时，又流于结构主义，肯定了文学的语言和结构形式，却在某种程度上割裂了文学与外部环境之间的关系，从而孤立了文学文本，削弱了文学的感受力。在解构主义的大潮下，兴起了以苏珊·兰瑟（Susan Lansler）、詹姆斯·费伦（James Phelan）为代表的后经典叙事学。苏珊·兰瑟所提出的"女性主义叙事学"（Feminist Narratology）以女性作家的叙事作品为研究样本，既保留了文学的感受力和审美活力，又通过语言符号进行叙事解读，从而更全面地展开叙事学研究。我们认为，对于叙事作品而言，首先必须正视作家、作品、读者、社会、历史、文化背景等错综复杂的交互关系，其次应通过叙事中的主题与人物、叙事结构和语言模式来分析叙事作品的范式。在本书中，我们尝试以这样的研究方法去解读当代美国著名作家安·泰勒的小说叙事艺术。

安·泰勒主要以现实主义的手法展现其创作的叙事特征，她的写作聚焦于当代美国家庭生活和美国中产阶级人物的精神世界，注重反映普通人群的凡俗的日常生活和普通情感。她的语言简明生动而不失幽默，行文自然流畅，表达准确精当，于琐碎平实中蕴含精妙深邃。她较少对笔下的人物进行任何道德评判，而只对生活进行准确精当的反映，然而正是在对平凡生活的描写中展现出了人生真谛。与此同时，在她清新质朴、浑然天成的现实主义写作风格中，不难找到她对现代主义和后现代主义文学写作技巧的融会贯通，其特点包括：小说叙述的不连贯性和跳跃性；注重琐事和细节的描写，依靠精心选取的生活琐事和细节来揭示人物性格，体现作品主题；注重心理揭示。安·泰勒的小说叙事艺术可以归纳为以独特的写作技巧和风格来展示她所熟悉并生活其中的美国社会的道德风貌与情操，在继承美国文学的现实主义传统的同时，融入现代及后现代元素，拓展了现实主义的表现方式，体现了独特的叙事艺术和审美价值。可以说，安·泰勒的小说是当代文学对现实主义小说叙事艺术的发扬光大。

安·泰勒小说的叙事特征可以从家庭、宗教、空间三个主要方面进行分析而得以呈现，因此，本书以安·泰勒的小说文本为研究对象，结合家庭伦理学、宗教心理学、哲学、叙事学、修辞学、空间理论、女性主义文学批评等理论，从家庭叙事、宗教叙事和空间叙事三方面，对安·泰勒的小说艺术展开分析和论述。

首先，安·泰勒被誉为当代简·奥斯汀，正是因为她专注于美国当代家庭、婚姻以及家庭关系的描写。她的作品继承了美国南方文学的一个传统，即以错综复杂的家庭关系为主题，描写普通人的生存状态，尤其是个人与家庭、家人之间、个人与社会之间的矛盾冲突。在她出版的 22 部小说中，多数作品是以各类平凡普通的美国家庭为描绘对象。安·泰勒的家庭叙事，固然延续着南方文学的家庭叙事特征，但却并未完全复制传统南方文学中以庄园为核心的家庭叙事模式。作为当代作家，泰勒以真实的笔触描绘了20世纪后期以来美国家庭结构的动态变化，由之折射了变革中的当代美国社会现实。在泰勒的笔下，核心家庭、隔代家庭、多代同堂家庭、重组家庭、非血缘家庭、合作家庭等各种纷繁复杂的家庭模式尽数出现。但是，泰勒所关注和刻画的重点在于家庭内部个体之间的关系，以及个体与家庭之间的关系，她的家庭叙事主要从不同人物的角度透视当代社会家庭、婚姻、亲子等种种相互交错的关系，运用多重视角着重探讨家庭与追求事业、实现自我之间的矛盾与统一。她的小说一再重复着这样一个观点：人作为个体无论何时都不是孤立的，而是存在于与家庭相关的各类关系之中的。因此，如同现实主义小说对人物塑造的重视，在安·泰勒的小说叙事中，作品意义也往往通过人物形象塑造来呈现。

在安·泰勒的家庭叙事中，作为家庭主要成员的父亲角色，常常被描写为一个在家庭生活或在精神层面上缺席的父亲，不少父亲角色是以徘徊在家庭叙事边缘的冷漠形象出现的，他们沉默严肃，缺乏趣味，不谙与人沟通的技巧，多数缺乏耐心。他们大多不是家庭的主要角色，因为他们根本没有真正参与到家庭生活中来。而母亲则是安·泰勒一系列小说中的家庭核心人物，一般而言，泰勒笔下的母亲不同于"南方罗曼司"中隐形的边缘角色，而是代表了能力与韧性的家庭养育者。安·泰勒笔下的母亲角色细腻而生动，非常富有感染力，她们不像在19世纪文学中时常出现的被理想化的母亲形象，既不是当代媒体或娱乐影视渲染的"超级妈妈"，也不是一些故事里的"恶母"——她们是现实中真真实实生活在人们身边的人。安·泰勒对母亲们赋予深切的同情，她笔下的母亲是在一个需要她们投入巨大精力的家庭系统中为个人身份而苦苦挣扎的个体。有些时候，内心的挣扎会严重到让她们逃离，但最终离家出走的母亲还是回了家，因为似乎对泰勒而言，家庭力量和家庭成员之间的纽带更为强大。尽管在"南方罗曼司"中父亲角色有着毫无疑义的中心地位，但在泰勒的笔下，母亲角色才是整个家庭叙事中真正的核心所在。

安·泰勒在她的家庭叙事中全面敏锐地触及了各种家庭关系，其中包括亲子关系和兄弟姐妹关系，相对而言，亲子关系在泰勒的家庭叙事中较为紧密，而兄弟姐妹关系在泰勒的笔下往往呈现出种冲突与竞争的张力。安·泰勒小说中手足之间的竞争关系反映了这样的问题：兄弟姐妹的关系存有偶然性，他们只是由于共同的父母才成为了手足，彼此之间不存在相互间"原始的和本能的中意和天然的相互认识",他们之间的关系同母子关系、夫妻关系等相比,其在心灵上的纽带是最为脆弱的,最强的联系则是习惯和记忆。通常而言,他们的父母相同、住所相同、成长过程相同,但他们本身却并不相同,如何在相同的环境中发展出不同的个性,是兄弟姐妹成长的难题之一。正是由于他们寻求个体化的自我认同,所以往往选择不同的人生道路。他们在成年后,虽然会或多或少地维系彼此之间的联系,但却很少是亲密的朋友。他们之间的竞争关系是延续一生的,而当成年后,性的背叛成为这一竞争的影响因素以后,兄弟姐妹间则很可能会加剧竞争关系,直至反目,给双方带来巨大伤害。然而,兄弟姐妹的关系却是泰勒家庭叙事中重要的组成部分,它们谱写着家庭中延续未来希望的子辈的故事。虽然安·泰勒将较多笔墨放在了对家庭中手足之间竞争关系的刻画上,但她并没有忽略对现实生活中美国家庭中存在的手足亲情关系的描写。在泰勒的家庭叙事中,兄弟姐妹的手足之情往往会在家庭遭遇不幸或强弱对比悬殊的情形之中迸发出来,从而显现出手足之情在家庭结构中的重要作用。

对婚姻中夫妻关系的描写,是安·泰勒家庭叙事中的重点,体现了泰勒对婚姻关系的精准描绘、深刻洞察,在捕捉典型细节方面目光敏锐、手法独特,在对夫妻关系的刻画上尤为幽微深刻。泰勒在许多作品中真实地描写了她所处的20世纪后期美国婚姻家庭的情况,她对婚姻的描写不是浪漫的故事,有的甚至如同社会学者对现实的家庭日常生活的研究记录。在她的家庭叙事中没有完全相似的婚姻,每一对夫妻的结合其实是两个婚姻:他的婚姻和她的婚姻。尽管丈夫和妻子住在一起,然而因为彼此看问题的角度不同而实际却过着各自的生活。因此,当夫妻在人生路上一起遇到了一些普通或不普通的问题时,在处理时就会产生各种各样的矛盾。尽管如此,她笔下的夫妻,往往仍然会维持着长久的婚姻,伴随着爱与恨、失望和希望。

围绕这些家庭人物和各种家庭关系的描写,安·泰勒经常采用的叙事方式是多重叙事聚焦,这样的艺术手法在表现家庭主题时尤其有益,其环绕式聚焦如同复调乐曲中不同声部的协奏,不仅将家庭中的主要角色塑造得更为惟妙惟肖,还淋漓尽致地展示了家庭共同体之间的彼此联系。

其次,作为成长于一个笃信基督教贵格会家庭的成员,安·泰勒作品中的宗教救赎主题和宗教性叙事自然无可避免。安·泰勒的整个童年是浸润于基督教贵格会教友之中的,基督教教义与教会文学深深影响了泰勒,使得她笔下的小说创作呈现出宗教性叙事特征。在安·泰勒作品中很难看到宏大叙事,她的小说叙事总是在日常生活的细致描绘中缓缓前行,鲜少直接涉及社会或政治题材,然而,正如贵格会对世俗的无限关怀与同情,泰勒的小说叙事也无一不体现出对宗教伦理和对社会正义的深切关怀。贵格会深信人人心中存有"圣灵",并能通过它受神的感召,极其强调人类的心灵力量,泰勒也一再强调小说来自"我心中那些圣洁的部分",她笔下的主角常有顿悟的启示,有可能看到或说出令人讶异的真理,在自身难以控制的外部世界中,突破偶然性事件的影响,成为自身命运的主宰。总之,贵格会的宗教思想深深嵌入了安·泰勒所有小说作品的基调中,使之呈现出以"爱"为主题的宗教伦理叙事特征。在泰勒笔下刻画的宗教人物形象中,基督、牧师和教徒的形象都具有浓重的人文主义色彩。然而最能体现出安·泰勒作品的宗教叙事特征的,则是一种诗性宗教语言,这类语言将宗教语言中的宗教特性提炼抽离,并置于世俗与日常生活之中,通过文学的方式对其进行再加工,从而扩大了宗教语言的范畴,使之成为某种带有灵性的文学语言。

再次,安·泰勒的小说创作还体现了空间叙事的艺术特征。首先,她笔下的各类作品,表现出来了异质空间的特征,泰勒笔下的理想主义社区希洛社区,正是以异托邦为表现形式的地缘共同体。它们首先是设计缜密、制度完备的空间场域;其次,这些社区是以人与自然融合或人与人和谐相处等美好愿景为创办理念的虚拟作品中的真实空间,兼具了想象与真实的双重性;再者,在这些社区中,家庭主体性和多元化被提到了一个较高的要求上,各个家庭可被视为并置于社区异托邦中的多元异托邦;同时,社区相对于外部社会而言是封闭的空间场域,但如果通过某些方式(如希洛社区要求获得列席居民75%的赞成票)则可以进入,具有开放和封闭的双重特性。最为重要的是,在这些地缘共同体中,居民之所以会聚集于此,乃是由于其秉持相同的理念,践行相似的生活方式,这些居民之间的关系相较于外部社会是更为紧密的,而社区相对于外部空间而言,又由于有着不同的制度、理念、构建方式而相对孤立。通过比照紧密的内部关系和疏离的外部关系,这些以异托邦为表现形式的空间叙事得以建构起其精神空间。

南方对于安·泰勒而言,不仅仅是其在美国版图上的地理空间,更重要的是其所继承和表达的文学及文化层面的精神意义,在这个层面上,"南方"作为其空间叙事的场景,以其地理场域为依托,承载着历史传承的精神文化,是无法与"时间"割裂开来的。作为异托邦的南方空间叙事虽然是以地理空间场域为背景的,但其真正含义是建立在其内部空间及外部空间的各种错综复杂的关系网络之上的,安·泰勒将之归纳为"人与人之间的细微联系"。她明确指出:"北方小说家忽略了……文静的、委婉的人。在他们的小说里,没有多少安静、文弱、天性纯良的人。小说到处都是破坏和毁灭,人与人之间交往过程中那些细致微妙的小事,在北方小说中却得不到体现。而大部分南方作家都(将创作视野)聚焦于人与人之间的细微联系。"

安·泰勒的小说场景主要分为两地,一是她成长和攻读大学(杜克大学)的北卡罗来纳州,二是她自1976年起居住的马里兰州的巴尔的摩。在泰勒截至2015年出版的20部小说中,前3部小说《如果黎明曾来到》《锡罐树》和《直线下滑的生活》是以北卡罗来纳州为场景的,其余17部小说则以她之后所居住的巴尔的摩为场景;在前3部小说中,唯有《直线下滑的生活》是其居住在巴尔的摩时期创作的。可以看出,泰勒的创作是依托自身实际生活为背景的,她的不少作品场景并不复杂,变换和跨度均不大,有的甚至有如室内剧一般简单,这或许源于韦尔蒂从普通生活中创造出文学作品的影响。但同时,她作品中的场景又是富有深意的,连同一些隐喻意义的场所,比如世代居住的老宅、毫无变迁的老街(或老街坊),甚至每年一次的相同的度假地等等,共同展现了小说中南方地缘共同体的特征。

泰勒并未仅仅局限于在小说中展现南方城市的文学地理学景观,而是通过空间叙事的手法在小说中呈现出多维度的空间,以立体的手法重现"南方"。如《昨日当我们盛年》就集中体现了这种独特的空间叙事手法所展现的艺术生命力。这部小说讲述了人到中年的女主人公因反思年轻时的人生选择而引发的自我怀疑与困惑,作者通过后经典空间叙事手法,不仅深刻展现了人物复杂的心路历程,还再现了当代美国南方城镇生活的无序与碰撞。小说的第一空间是三个沿纵轴对称交替重复的地理空间,它们展示了小说的文学地理学景观;小说的第二空间则是两条以横轴对称、振荡交错的曲线,标示着小说两大文本意义空间的并置与交汇;小说的第三空间为其可能世界空间,它作为小说空间叙事模型的三维竖轴,实现了小说文本的空间叙事从现实叙事向虚拟叙事的扩展,现实空间、回忆空间、想象空间在其中交缠共生,使得小说文本最终呈现出第三空间南方文学景观。

与当代作家相比,安·泰勒更重视现实题材,更关注周遭的客观环境和具体的现实生活,更多地运用现实主义的写作手法,与此同时,又兼收并蓄现代主义和后现代主义的写作技巧。安·泰勒笔下所描绘的世界正是我们普通人所生活于其中的凡俗琐碎的现实世界,她的作品充满了细致微妙的细节描写,往往通过准确捕捉到的日常生活中一些很容易为人所忽略的但却意蕴深长的场景和时刻,来描写当代社会的风貌与特征,揭示出当代人的生存状态和精神世界。她在小说创作中始终致力于探讨的一个核心主题是人与人之间的关系:男人与女人、父母与孩子、人与自我、朋友之间所形成的爱情、婚姻、友谊、家庭等等各种关系。她所观察、思索、反映的是一种深刻的人文意义：在美国当今商品经济席卷一切的后工业化社会中，在当代极端物质主义的现实生活里，人究竟应该如何相处，并如何与他人相处。她作品的真正含义正是隐含于那些对平凡琐碎的日常家庭生活的陈述之下。探索作家如何于平凡琐碎的生活中揭示人生价值以及给读者带来人生启示，这正是研究安·泰勒小说叙事艺术的意义所在。

第一章 安·泰勒小说的家庭叙事

安·泰勒被誉为当代简·奥斯汀,正是因为她专注于美国当代家庭、婚姻以及家人关系的描写,她的作品继承了美国南方文学一个传统,即以错综复杂的家庭关系为主题,描写普通人的生存状态,尤其是个人与家庭、家人之间、个人与社会之间的矛盾冲突。爱伦·泰特(Allen Tate)认为:"南方的中心是家庭。"①家庭是传统南方小说一贯的主题,是"南方家庭罗曼司"的载体,这种对家庭题材的重视也体现出了南方的传统核心价值。正如理查德·金(Richard H. King)所指出的那样:"南方人将社会看成是家庭的延伸……个体、区域认同、自我价值、地位等都是由家庭关系决定的。真正的家庭是命运之所在,区域被视为一个巨大的隐喻意义下的家庭,阶层明确,由血缘关系自然联结。"②作为来自南方的作家,安·泰勒也承袭了南方文学中对家庭题材的执着,但在叙事模式上则进行了一些令人瞩目的变革。首先,在人物形象塑造上,"南方家庭罗曼司"中高尚威严的父亲变成沉默严肃、缺乏沟通技巧,甚至缺乏家庭责任感的男人,而纯洁高贵的名媛母亲们则成了啰唆琐碎却又善良坚韧的平凡女性,乖巧漂亮的孩子们更是各不相同,有的早熟懂事,有的却离经叛道。这些角色在泰勒的家庭叙事中共同发声,交织出一部部与传统南方小说不同的当代美国家庭叙事。其次,安·泰勒小说中对各种形态的家庭组织结构的描绘,也伴随着当代美国家庭结构的变化及家庭角色变化,呈现了独具特色的现实意义与价值。美国著名南方文学研究者托马斯·杨(Thomas Daniel Young)认为,作为新生代南方作家,安·泰勒与传统南方作家的不同在于她并不深究历史与传统,而是着眼于一个个体的"家

---

① Allen Tate. *Essays of Four Decades*. Anthens: The Swallow Press, 1968, p. 588.
② Richard H King. *A Southern Renaissance: The Cultural Awakening of the American South*. New York: Oxford University Press, 1980, pp. 26-27.

庭结构被破坏了,爱再也无法主宰一切"的无意义的宇宙①。厄普代克则认为,泰勒"显然接受了南方普遍的信仰,即从本质而言,家庭绝对是有趣的"②。事实上,泰勒小说中的家庭叙事所展现的各种非传统家庭形态,只是一再证明了社会学家的论断:家庭在变化,但并未消亡。

安·泰勒在回答为何一再青睐家庭主题时表示:"我对家庭的兴趣是由于我对人们如何相处感到好奇——适应、习惯、使彼此厌烦、放弃,然后第二天重新再来——家庭是对此进行研究的最佳媒介。"③可见,泰勒所关注的要点在于家庭内部个体之间的关系,以及个体与家庭之间的关系,她的小说一再重复着一个观点:人作为个体无论何时都不是孤立的,而是存在于与家庭相关的各类关系之中的。为了进一步探讨泰勒笔下的家庭与其中个体的关系,我们需要将家庭视为有机整体,从而考察其显著特征:家庭作为整体,或称家庭共同体,是由有机个体(家庭成员)组成的,而这些有机个体所组成的家庭共同体本身则是一个如同生命有机体般复杂的共同体。这就使得我们必须正视在这一共同体中个体与共同体存在的两面性,而非机械地将家庭共同体视为家庭成员的简单集合。这一两面性即是"家庭共同体中的个体既是整体又是部分",换句话说,在一个层次上是整体而同时在另一个更高层次上是部分。萨尔瓦多·米纽秦(Salvador Minuchin)与查尔斯·费虚曼(Charles Fishman)认为每个"整体子"——个体、核心家庭、大家庭乃至社区——都同时作为部分和整体而存在,都有绝对的自主性,相互之间和谐共生,不存在冲突与矛盾④。总之,这些"整体子"作为更大共同体的组成单元具有双面性:首先它们具有独立性,其本身是自治的自依赖单元;其次它们又具有协作性和服从性,作为"整体子"它们互相协作,又对更高级的整体归属服从,这就使得它们作为中间形式,为整个家庭共同体提供了保障。这样的家庭共同体与个体之间的关系,可以说是泰勒小说中家庭叙事的关系模式。

我们使用家庭共同体这一理论可以充分解释安·泰勒小说中的"逃离—回

---

① Thomas Daniel Young. "A Second Generation of Novelists". In: Louis D Rubin, Jr. *History of Southern Literature*. Baton Rouge: Louisiana State University Press, 1985, p. 466.
② John Updike. "Family Ways". *New Yorker* (29 March 1976), p. 112.
③ George Dorner. "A Brief Interview with a Brilliant Author from Baltimore". *The Rambler* 2 (1979), p. 22.
④ 参见:Salvador Minuchin. *Families and Family Therapy*. Cambridge: Harvard University Press, 1974. 以及 Charles Fishman. *Family Therapy Techniques*. Cambridge: Harvard University Press, 1981.

归"主题:个体以逃离家庭的行为来体现自身的独特性和完整性,又以回归家庭为手段,展现自身对于家庭共同体的归属感。这样的"逃离—回归"主题在安·泰勒的不少小说作品中均有所体现,如小说《岁月之梯》中,蒂莉娅曾经离家出走,追寻独立的生活,可是出走于家庭的生活虽然为蒂莉娅获得了独特性,却又显然使得作为个体的蒂莉娅缺乏归属感,最终蒂莉娅又回到家庭之中,完成了自身作为个体与家庭整个共同体的统一。多丽丝·贝茨认为《思家饭店的晚餐》中的兄弟考迪和艾兹拉分属于两类不同的人群,即逃离家庭和守在家庭中的人。她指出"思家饭店"这个名字本身"表达了泰勒一贯的悖论:思家与厌家"[1]。逃离家庭本身反映了人作为家庭中个体的一种努力,他们试图通过个体奋斗来彰显自身价值,取得自我认同,这是美国现代个人主义精神在家庭共同体中的集中体现。安·琼斯(Anne G. Jones)在《终归家,亦思家:安·泰勒的十部小说》(*Home at Last, and Homesick Again: The Ten Novels of Anne Tyler*)中就探讨了个体面对家庭时的这种双面性:一方面他们试图融入家庭而找到归属感,从而不再孤立;另一方面他们又希望脱离家庭而获得明确的自我意识[2]。而事实上,贝茨所谓的"悖论"并无矛盾性,而是作为家庭共同体个体的"整体子"的独立性与服从性的表现,他们在独立中获得自我意识,又在集合中获得归属感,反过来说,如果没有归属感,他们也无法获得自我意识。可见,在安·泰勒看来,自我认同并非是孤立形成的,而是在与周遭关系中得以定位的,家庭为个体在自我认同历程中提供了最基本、最稳固的外部环境。故此,在泰勒的家庭叙事中,完整的家庭正是通过个体的聚焦与描绘而得以呈现。

第一节　动态的家庭结构

　　美国的传统家庭通常是核心家庭(nuclear family),即由父母与子女两代人构成的家庭,子女成家以后,核心家庭就扩展为一个大家庭(extended family),少数家庭会选择与上一代人的父母即祖父母一起居住,组成多代同堂的大家庭(multi-generational extended family)。泰勒显然更喜爱在作品中描绘大家庭及

---

[1] Doris Betts. "The Fiction of Anne Tyler". *Sourthern Quarterly* 21.4 (1983), p. 35.
[2] 参见:Anne G Jones. "Home at Last, and Homesick Again: The Ten Novels of Anne Tyler". *Hollins Critic* 23.2 (1986), pp. 1-14.

多代同堂的大家庭,而非核心家庭,这一点或许与她的成长经历是分不开的。年幼时,安·泰勒就生长于一个多代同堂的大家庭,在泰勒父母搬迁至希洛社区以后,她的祖辈也搬了过去,多代同堂的大家庭给予泰勒和三个弟弟更多的关怀与照料。成年后,婚姻为泰勒带来了一个更为庞大亲密的家庭,她嫁给了年长她10岁的伊朗籍丈夫莫达瑞西(Taghi Modarressi),1963年5月两人结婚后,安·泰勒陪丈夫回伊朗拜访婆家。泰勒之后回忆道:"我有350名亲戚要见。这可不是个简单的经历,但我爱那个国家。并不仅仅因为那里的家庭更大,更因为家庭成员之间的联系紧密。比如说,你或许不知道你的二表哥结婚了,甚至不知道谁是你的二表哥,但他们知道。"①这些大家庭的爱与关怀给了泰勒充沛的创作素材和灵感,然而她所描绘的家庭却不限于这些相对传统的家庭,在泰勒的笔下,一个人同时可以属于一个或多个家庭,并非所有家庭都遵循典型的家庭生命周期:恋爱、婚姻、育儿、空巢,配偶一方死亡直至随死亡而来的家庭的消亡。有学者认为泰勒在家庭叙事中展现的是"替代家庭"(surrogate family),而作品中的角色之所以构建起"替代家庭"则是由于其核心家庭的先天不足②。具体而言,泰勒作品中的"替代家庭"除了大家庭和多代同堂的大家庭以外,还包括单亲家庭、继亲家庭(指由离异以后结合的夫妻双方及其中一方上一次婚姻生育的孩子所构建的家庭)、非血亲家庭(指没有血缘关系,而是由养父/养母与养子/养女或类似关系构成的家庭)、手足共居家庭(兄弟姐妹共同居住的家庭)、类家庭(无血缘或养育关系,而是由居住在同一栋居所的多个核心家庭所构建的大家庭)。

自20世纪后半叶起,美国社会的家庭结构已经有了较大的变化③,而安·泰勒小说的家庭叙事,不啻为一种美国家庭变迁的历史写照。最为突出的一点在于,泰勒的家庭叙事不仅描写了随着美国社会发展而出现的各类非传统家庭,同时,她也揭示了这些家庭结构的复杂性和动态特征。以《圣徒叔叔》中的贝德罗一家为例,在描写这一家庭的时候,泰勒涉及的主要家庭角色有贝德罗爷爷和贝德罗奶奶,他们的大儿子丹尼、女儿以及小儿子伊恩,丹尼的妻子露茜,露茜与前夫生育的两个孩子——女孩艾嘉莎、男孩托马斯,以及露茜与丹尼生育的女儿妲芙妮。小说中贝德罗一家的家庭结构是动态变化的:贝德罗一家原来是传统美满、人人称赞的美式核心家庭,由老贝德罗夫妇

---

① Joan Forsey. "An Author at 22". *Montreal Gazette* (2 Oct. 1964), p. 18.
② Julie Persing Papadimas. "America Tyler Style: Surrogate Families and Transiency". *Journal of American Culture* 15 (Fall 1992), p. 45.
③ 2015年,同性婚姻在美国已经合法化,这更颠覆了传统家庭构成。

和他们的三个孩子组成。大儿子丹尼与露茜结婚是在贝德罗夫妇意料之外的,露茜是个离异的单身母亲,带着一对儿女,与丹尼组成了继亲家庭,老贝德罗夫妇对这个婚姻的尴尬态度事实上折射了保守传统的美式家庭对继亲家庭的排斥。当露茜和丹尼有了共同的骨肉姐芙妮以后,这样的排斥减轻了,老贝德罗夫妇对于血亲孙女姐芙妮的喜爱是溢于言表的。这在某种程度上反映了在家庭共同体中,血缘关系作为最自然的联结方式,有着天然优势,是最为牢固的共同体联系。在丹尼因车祸丧生以后,这个继亲家庭再次演变为露茜和三个孩子组成的单亲家庭。但在这个单亲家庭中,露茜的角色是隐匿的,她常常由于忧伤和自暴自弃而无法照顾孩子们,于是乎艾嘉莎和托马斯承担起了照顾妹妹姐芙妮的责任,这三个孩子在某种程度上构成了一个手足共居家庭。而在露茜因服药过量而意外身故后,这三个孩子事实上成了父母双亡的孤儿,幸而爷爷奶奶老贝德罗夫妇和叔叔伊恩承担了养育他们的任务。在这之前,艾嘉莎基于对血缘关系是家庭共同体基本联系的认知,曾因为担心自己和托马斯并非丹尼的亲生孩子,会遭到抛弃,而藏起了能够找到自己亲生父亲的线索。尽管老贝德罗夫妇确实有过放弃抚养艾嘉莎和托马斯的打算,但叔叔伊恩的决定却反映了泰勒小说的家庭模式中血缘不再是家庭唯一的联结这一事实。伊恩辍学回家抚养照料三个(继)侄子女,并与父母生活在一起,直到孩子们长大,这时贝德罗一家已经演变为一个非常复杂的多代同堂的大家庭,其中包括血缘和非血缘关系(贝德罗家与艾嘉莎、托马斯之间并无血缘关系,而与姐芙妮之间有血缘关系),祖辈和孙辈(老贝德罗夫妇与三个孩子隔代同堂)、非父母的父辈(伊恩是孩子们的父辈,却并非他们的父亲),以及类单亲家庭(即父辈中母亲角色缺失,在孩子长大之前,伊恩一直没有恋爱或结婚)。贝德罗一家的变迁,是现代美国家庭变迁的缩写。泰勒以真实的笔触描绘了这些纷繁复杂的家庭形式,从而折射了20世纪后期以来美国,特别是美国南方家庭变化的社会现实。

  一个人的身份、名字、社会地位、个人生活习惯等无不与他所来自的家庭有关。孩子是夫妻婚姻的结晶,通过孩子和配偶,各家庭之间有了社会性的联系,织就了立足于法律的亲属网。父母和孩子组成的是一个核心家庭,如果和其他家庭成员住在一起,那就属于一个大家庭;如果其中一个成员是祖父或是祖母,则属于一个多世同堂的大家庭。在泰勒的小说中,读者会遇见各种模式的家庭:核心家庭、多代同堂家庭,甚至非血缘家庭。家庭结构是由人构成的,在泰勒的家庭叙事中,一个人可以同时属于两个或两个以上的家庭,同时也没有一个家庭可以长时间保持不变。众所周知,南方作家倾向于强调家庭,其实在西方古代故事中,比如《俄狄浦斯》《安提戈涅》和《奥德赛》也都强调家庭关系。人们早已接受家庭是每个人不可或缺的一部分,没有人是完全独立于他或她的家庭这一事实,所以可以说任何故事都是一个关于家庭的故事。然而泰勒的家庭叙事强调的一个观点是,家庭是一种意识形态,即一个家庭应该是一群人相互承担责任、相互支持、相互关爱,在需要的时候能成为彼此的避难所,家人可能是有血缘关系的,也可以是非血缘关系的。

而在《锡罐树》一书中,泰勒对三个不同家庭所处的位置的描写也体现了一种新型的模式:三个家庭的房子彼此靠近,伫立在路上形成一个长长的铁皮屋顶。

那里拥挤地伫立了很多房子,长度有一只鸟从城镇上空飞半英里再乘坐一英里的车那么长,在冬季,三个烟囱伴着烟混合物乱七八糟地紧密连在一起。①

泰勒使用声音图像以及视觉图像来描述三个家庭的紧密联系:

晚上,当所有人都上床了的时候,房子似乎属于只一个家庭而不是三个。单个人的睡眠发出的声音,穿透了所有的薄墙。现在詹姆斯能够准确识别每一个声音并且清楚它们是从哪发出的。他知道从露西小姐的墙传来的是砰砰的敲门声。首先是从派克先生的墙发出的,因为鼾声太吵,然后是自己的墙,如果自己在说梦话的话②。

虽然小说中的三个家庭没有一个是完美的,但每一个家庭在某种程度上都能给个人内心带来安慰,在泰勒的笔下,三个家庭成了一个大家庭。

与其他南方作家的小说,如威廉·福克纳的《我弥留之际》《喧哗与骚动》和弗兰纳里·奥康纳的《好人难寻》和《绿叶》等不同,泰勒所描述的家庭并不存在严重的缺陷,但也绝不是理想化的家庭。它们都是现实中的家庭,其中出现的各式各样的问题对于20世纪后期的美国人来说尤为熟悉。泰勒小说对家庭生活的描写始于她的第一部作品《如果黎明曾来到》。小说主人公本·乔·霍克斯的家庭是一个维持得很好的多世同堂的大家庭,本·乔·霍克斯经常把他的家人勾勒成"像19世纪的画中描绘的那样,一群郊游者坐在草地上,旁边放着野餐的篮子、漂亮的衣裳和阳伞"③。他在纽约法学院读书期间常惦念远在北卡罗来纳州的家庭,觉得他需要回家去照顾家人。然而,当他回家时却发现家人并不需要

---

① Anne Tyler. *The Tin Can Tree*. New York: Knopf, 1965, p. 2.
② Anne Tyler. *The Tin Can Tree*. New York: Knopf, 1965, p. 3.
③ Anne Tyler. *If Morning Ever Comes*. New York: Knopf, 1964, p. 199.

他的帮助。于是,本再次离开家返回纽约法学院,与他一同回去的还有一个要与他结婚的年轻女人雪莉。他选择了一位与自己出自同一故乡、在相同环境中成长的女人为伴侣,因为这让他有一种安全感。他期待着"在精致的小公寓里,雪莉将永远在等他,像是他自己的小沙丘移到了这里"①。在这里,我们可以看到,泰勒呈现了当代美国家庭的一种构成模式,即由于社会变化带来的不安全感,许多美国人选择寻找出自同一地域、有着相同习俗的伴侣组成家庭。

在《直线下滑的生活》中,德克尔的小家庭与《锡罐树》中那三个相互关联的小家庭以及《如果黎明曾来到》中那多世同堂的喧闹的霍克斯大家庭形成了鲜明的对比。德克尔家没有在情感上有联系,能分担彼此困难或分享生活中的日常趣闻的邻居。与《如果黎明曾来到》中抛弃家庭的父亲菲利普·霍克斯不同,山姆·德克尔忠实于自己的妻子,他唯一的孩子是他们的女儿艾维。艾维出生不久,妻子伊芙·德克尔(Evie Decker)就不幸去世,山姆便独自抚养自己的孩子。美国一直以来就有许多单亲家庭,但单亲家庭是父女的家庭较少。温文尔雅的山姆是一个高中老师,为他十几岁的女儿提供了一个受人尊敬的中产阶级家庭生活,但也仅此而已。山姆请了非裔美国女人克劳特里亚为他们做饭、打扫房间,但并没有要求她承担代理母亲的角色。南方的白人作家常常把做仆人的黑人妇女同白人家孩子的关系理想化,例如卡森·麦卡勒斯写的《婚礼的成员》。南方黑人作家则多数描写的是黑人女仆受压迫的故事,例如艾丽丝·沃克《紫色》中的索菲亚,为了照顾白人的孩子,就必须抛开自己的孩子。值得一提的是,泰勒在她的南方家庭叙事中并没有按照老一套的模式刻画黑人女佣的形象。

《时钟发条》则呈现了一个非血缘的家庭结构。在故事的女主人公伊丽莎白·阿博特(Elizabeth Abbott)走进艾默生家庭工作之前,这个家族已经在家庭生命周期的循环中度过了两个截然不同的阶段。伊丽莎白到来前的三个月,艾默生夫妇比利和帕梅拉(Pamela)的孩子们——马修、双胞胎安德鲁和提摩西、玛格丽特、梅丽莎、玛丽和彼得都已经长大并离开了家。曾经很长一段时间里,艾默生家庭是传统的核心家庭,有工作的父亲、全职的妈妈和充满依赖性的孩子们。然而,帕梅拉向伊丽莎白表示说,他们家从来都不是一个理想的家庭,家人之间的关系并不和睦,"路过艾默生家的人绝对丝毫猜不到玻璃后面都是争吵、争论的场景与不断的危机"。反倒伊丽莎白的到来,使得帕梅拉与伊丽莎白这两位没有任何血缘的人建立起了一个温情、相互关爱的家庭。

---

① Anne, Tyler. *If Morning Ever Comes*. New York: Knopf, 1964, p. 265.

安·泰勒最广受好评的小说《思家饭店的晚餐》中的塔尔家庭开始也是一个传统的核心家庭，包括一个工作的父亲贝克、一个全职的妈妈波尔以及他们的三个孩子：考迪、艾兹拉和珍妮。作为一个旅行推销员，贝克长时间远离家庭，最终完全离开家庭。他极少帮助他的孩子，既不看望他们，也没有通过其他方式与他们交流。虽然他和波尔没有离婚，但他们的婚姻只存在法律意义。波尔与她的孩子们生活在只有妈妈的单亲家庭，对于现在的美国孩子来说，这种状况非常普遍。小说中，波尔既没有求助她的大家庭，也没有从他人那里寻求情感慰藉。她太骄傲而不愿意要求任何东西或依赖任何人。生活在贫困的单亲家庭里的考迪、艾兹拉和珍妮长大后也都成器：科迪是一个效率专家，艾兹拉拥有自己的餐厅，珍妮是一个儿科医生。即便如此，童年时代情感上受过的伤仍然影响着他们后来的生活。考迪决定永远不会离开他的家人，去哪里都会带上他的儿子卢克和他的妻子。艾兹拉从未结婚，继续和他的母亲住在一起。珍妮则结了三次婚，她和自己的孩子以及丈夫的六个孩子生活在一个目前美国常见的家庭结构——混合家庭中。这是一个与现实中许多家庭一样的家庭，塔尔家从未有过和谐的状态，最能表明这一点的是，到小说的结尾，家人们仍然无法一起吃一顿团圆饭。

从第一部小说直到最近发表的第二十二部小说，家庭叙事成了泰勒小说叙事的重要内容，也是泰勒小说的重要特征。相比较而言，她的后期小说要比前期小说在家庭叙事方面更为成熟，而小说中家庭结构也呈现出更多的形态。不管批评家或大众对她的接受度如何，泰勒的每本小说，从第一本到最近一本，都是对当代美国各种家庭形式以及家庭内部关系的真实生动的描绘。

第二节　在场的缺席：家庭叙事中的父亲

一、逃离的父亲

父亲作为家庭中的主要角色，在安·泰勒的小说中同样作为家庭主体而出现，但泰勒更侧重于描写在家庭生活或在精神层面缺席的父亲。不少美国作家，尤其是男性作家，如詹姆斯·库柏（James Fenimore Cooper）、华盛顿·欧文（Washington Irving）、马克·吐温（Mark Twain）、海明威、约瑟夫·海勒（Joseph Heller）等，他们往往忽视对家庭问题的反映，甚至趋向于美化男性与女性间非婚姻的不稳定关系,或是将婚后离开家庭视为男性的冒险行为。但在安·泰勒的家庭叙事中,父亲的形象往往成为凸显母亲角色的作用以及母亲的爱与能力的反衬。卡罗尔·曼宁(Carol Manning)认为安·泰勒在作品中削弱了男性的"自由灵魂幻想",通常意义上的"游荡的英雄"在安·泰勒的笔下被真实还原为抛弃家庭的丈夫,泰勒毫不留情地指出了他们缺乏责任感和道德感①。

约瑟夫·沃尔克在其著作《安·泰勒小说的艺术性和偶然性》(*Art and the Accidental in Anne Tyler*)中指出,"泰勒的(家庭)神话……是由逃离的父亲开始的"②,这个逃离的父亲恐怕指的是《如果黎明曾来到》中的菲利普·霍克斯(Philip Hawkes)。菲利普是该小说主角本·乔·霍克斯的父亲,他抛下了一大家子与情妇姘居,最后死在了情妇莉莉·百丽(Lili Belle)的家中。《如果黎明曾来到》是安·泰勒出版的第一部小说,前后只写了6个月,于1963年10月完成并出版。故事开始,正在哥伦比亚大学读法学的本·乔·霍克斯得知大姐琼娜(Joanne)与丈夫分居,带着宝宝回到家中。想到自从父亲离开之后,自己是这个家庭中唯一的男性,他认为有责任照顾家中的女人们,于是毫不犹豫地从纽约回到北卡罗来纳州的老家。然而,随着故事情节的发展,本发现家庭成员对他的依赖程度根本没有他想象中的那么强烈,而他为了家庭无条件地付出,却丧失了自己作为个体的独立性。最后,本·乔才发现,一直以来,他都是这个家庭的局外人,而这正是父亲抛弃家庭的行为给他造成的内心创伤。事实上,并非家庭需要他,恰恰相反,他才是那个需要这个大家庭来给予安全感和认同感的人。

在安·泰勒的家庭叙事中,抛妻弃子的父亲并非少数。《天文导航》里杰瑞米的父亲也是如此,他跟家人说出去呼吸下新鲜空气,然后就再也没有回来,这不告而别的消失给杰瑞米内心埋下了阴影,也造成了他成年后的精神孤独与社交障碍。《圣徒叔叔》中露茜的前夫汤姆·多西摩(Tom Dulsimore)也抛下了妻子和两个孩子,他不仅未尽到抚养义务,甚至还向妻子索要并无多少价值的保龄球。安·泰勒的小说中还有一些父亲角色,他们虽然不存在明显的抛家弃子的行为,但他们同样在某种程度上逃避着自己作为父亲的责任。比如《呼吸呼吸》中艾拉·莫兰(Ira Moran)的父亲,他无视自己儿子想要从医的愿望和情感上的需求,只想着将他绑在自己的钟表行,将家庭的所有责任都丢给儿子。《圣徒叔

---

① 参见:Carol Manning. "Welty, Tyler, and Traveling Salesmen: The Wandering Hero Unhorsed". In: Ralph Stephens. *The Fiction of Anne Tyler*. Jackson: University Press of Mississippi, 1990, pp. 111-116.

② Joseph C Voelker. *Art and the Accidental in Anne Tyler*. Columbia: University of Missouri Press, 1989, p. 25.

叔》中伊恩的兄长丹尼,在听说妻子露茜可能背叛自己的时候,并未查证,也未冷静思考,而是选择了自杀,这不能不说是一种惨烈的抛弃露茜和孩子们的行为。

《思家饭店的晚餐》中的贝克·塔尔是安·泰勒笔下缺席家庭生活的父亲的典型。他在家庭中的出现,只是每月定期寄来的 50 美元。这 50 美元如此微不足道,根本无法负担家庭的开销,妻子波尔只能外出打工养育三个孩子,但是它多少显示了贝克的存在,给了绝望的波尔些许安慰。这 50 美金到小女儿珍妮的 18 岁生日之后两周就断了,在这之后贝克连这微不足道的符号意义都失去了,可以说彻底在这个家庭中消失了。贝克的出走对于家庭而言,其影响是毋庸置疑的,美式传统核心家庭的父母双方与孩子共同组成的结构被打破,然而这一影响力波及最深的却是波尔。因为丈夫出走,波尔觉得颜面无存,不仅对外未曾公布两人分开的事实,而且一直因此离群索居,甚至连娘家都不敢回,从此性格乖张暴戾;为了养育三个孩子,她不得不做着收入微薄的工作,因此缺乏陪伴孩子的时间和精力,使得孩子们不能完全体会到她的母爱。詹姆斯·赫索格(James M. Herzog)认为,父母共同参与家庭生活,对于孩子来说是至关重要的,一旦家庭中父亲角色缺失,那么家庭作为共同体的某种保护盾就会遭到破坏,而母亲则会将其所受到的伤害投射到孩子身上。这样的情况在《思家饭店的晚餐》中得到了充分体现,波尔与贝克结合之初,已经是大龄恨嫁,婚后贝克因为工作原因经常出差,对波尔并无太多温存,而最后贝克一言不发离开家庭,留下三个孩子给波尔,要强的波尔又不愿意面对自己被遗弃的事实,其内心的煎熬可想而知。在这样一种煎熬以及养育孩子的实际压力之下,她对待孩子的方式相对较为粗暴,大儿子考迪在痛恨母亲的同时,更是十分怨恨父亲。在波尔的葬礼上,贝克终于现身,他问女儿珍妮,外孙女贝基(Becky)的名字是否是根据他的名字(Beck)取的,珍妮回答他那只是瑞贝卡(Rebecca)的昵称。此时,考迪的情绪突然失控了。

"你以为我们是一家人,"考迪转向贝克,"你以为我们是一个快活的、喜剧性大团圆的家族。然而,我们却是四分五裂的微粒,分布在四面八方。而我们的母亲是个巫婆。"

……

"一个疯狂的、尖叫的、不可捉摸的巫婆!"考迪告诉贝克,"她拖着我们往墙上撞,叫我们贱货、毒蛇,希望我们早点死掉。她使劲摇我们,一直摇到我们的牙齿格格响。她冲着我们的脸厉声叫骂。一天又一天,我们从不知道她什么时候心情好,什么时候心情坏。芝麻大的事情也会使她暴跳如雷。'我要把你从窗口扔出去。'她总是这么对我说,'我要从窗口望下去,嘲笑飞溅在人行道上的你的脑浆。'"①

与考迪截然相反的是小儿子艾兹拉对母亲的理解,他说:

"不是那么一回事! ……她并不一直发脾气。实际上,她很少发脾气,只有几次,间隔时间很长。它们凑巧留在你的记忆里。"

……

"请想想另一面,"艾兹拉对他说,"请想想她怎么常常跟我们一起玩垄断游戏,跟我们一起听弗雷德·阿伦的歌曲,跟你一起唱那支短歌——你们两人唱的那支歌叫什么来着?'常春藤,多么可爱的常春藤……'还有你们的踢踏舞。你们手挽手跳着踢踏舞进厨房。"②

显然,考迪内心一直责怪父亲没能保护他们,让他们免受母亲的暴力。他谴责父亲道:

"你怎么能把我们扔给母亲,让她来怜悯我们? ……那时候我们还是孩子,还只是小孩子。我们无法保护自己。我们盼望你来解救我们。我们总在听你进门的脚步声,想马上感到安全。可是,你却抛弃了我们,没出一点力来保护我们。"③

考迪与母亲波尔的感情最为疏远,是三个孩子中唯一一个对父亲的离开感到懊恼、失望甚至愤怒的,这不仅因为他最为年长,对于父亲的记忆最深,还由于长子天生有着与父亲更为亲密的联系。在一般家庭中,长子"距离父亲最近,并且进入到由于(父亲)衰老而形成的空缺位置上"④,这就使得考迪作为长子,对于父亲的渴望比其他孩子更为强烈。但是考迪从来没有想过,如果父亲在家能提供给他们必备的经济条件,母亲就无须如此辛苦地赚钱养家,她就能有时间陪伴他们,关心他们,也不会变得性情乖张暴戾。

即便如此,波尔在孩子和邻里面前都未曾提过贝克的离开,而孩子们在成长的过程中也一次都未询问缺席的父亲的情况,考迪对母亲的负面情绪也并非在整个成长过程中都强烈存在,父亲的凭空消失对他们而言似乎并没有太大影响。可以说,在《思家饭店的晚餐》整部家庭叙事中,父亲完全游离于家庭之外,成为一个彻头彻尾的徘徊者,我们无法否认父亲的存在,却又无法言述父亲的分量。

---

① 安·泰勒:《思家饭店的晚餐》,周小宁等译,南京:译林出版社,1999年,第296页。
② 安·泰勒:《思家饭店的晚餐》,周小宁等译,南京:译林出版社,1999年,第296—297页。
③ 安·泰勒:《思家饭店的晚餐》,周小宁等译,南京:译林出版社,1999年,第301—302页。
④ 斐迪南·滕尼斯:《共同体与社会》,林荣远译,北京:商务印书馆,1999年,第61—62页。

如果说缺席的父亲并不能影响家庭和孩子的成长,那么父亲的角色在家庭中的意义到底在哪里呢？威廉·雷诺兹(William Reynolds)认为,在家庭共同体中,父亲的角色并不是个参与者,而是个"目击者",在孩子10岁之前,只需要父亲注视着他的成长,并不需要建议或者帮助,他所需要的是有机会向父亲展示他的新技艺[1]。贝克走了以后,考迪有时会梦到他父亲,梦里他还是个蹒跚学步的孩子：

"移动两条小胖腿,急于显示自己。(向贝克说,)"瞧这！瞧那！瞧见我翻跟斗了吗？瞧见我拉车了吗？"每一个动作都是他幼小时的;他急切想要学会主动,主宰周围的环境[2]。

这个梦其实暗示了考迪对于这样一个"目击者"的渴求,直到波尔葬礼他终于有了这个机会,小儿子艾兹拉向贝克介绍考迪工作有多出色,贝克说："是吗？嘿,我为你骄傲,儿子。"[3]表面上考迪希望通过父亲的注视获得自我肯定,实际上却反映了考迪对于父亲的渴望不过是对于自我认同的追寻,他所渴望的是一个符号意义,而非真实的父亲角色。也正因为如此,他并未珍惜与父亲团聚的时刻,而是以一个生意伙伴的故事,毫不留情地暗示了父亲在家庭中的缺席：

考迪推开盘子。"我有一个合伙人,叫斯隆,"他说,"打了一辈子光棍。从没结过婚。"

……

"去年,斯隆偶然碰见一个老相好,一个好多年前认识的女人。她带着小女儿,正在庆祝孩子的生日。斯隆问她,是几岁生日。他只是没话想找话说。那女人告诉了他,他觉得耳熟。他一算日期,喊起来：'嘿,上帝！她肯定是我的孩子！'女人呆呆地打量他,很快镇定下来,说：'哦,是的,确实是你的孩子。'"

……

"她的意思是,那男人跟她们毫不相干。他一直没跟她们在一起。所以,他不能算她们家的一员。"

贝克一愣。他的眼睛不再那么蓝澄澄,而是暗淡到蓝黑色[4]。

随后,在众人手忙脚乱帮助宝宝贝基吐出不小心咽下去的扣子时,贝克悄然离开了,这几乎就是他早年离开家庭的隐喻式再现。可见,在《思家饭店的晚餐》

---

[1] William Reynolds. *The American Father*. New York: Paddington Press, 1978, p. 200.
[2] 安·泰勒：《思家饭店的晚餐》,周小宁等译,南京：译林出版社,1999年,第46页。
[3] 安·泰勒：《思家饭店的晚餐》,周小宁等译,南京：译林出版社,1999年,第293页。
[4] 安·泰勒：《思家饭店的晚餐》,周小宁等译,南京：译林出版社,1999年,第297-298页。

中,父亲贝克由于其不告而别,最终真的成了家庭中可有可无的角色,他的形象在整部家庭叙事中是模糊的,他的影响也微乎其微。正如20世纪美国社会中许多缺席的父亲一样,贝克的经济付只是出自法律责任,并非因为爱与关怀。当贝克离开考迪、艾兹拉和珍妮时,他们各自分别为14、11和9岁。贝克可能都不知道孩子们如何长大成人。而孩子们呢,当然也不知道贝克那些年的生活情况。孩子们从未问过他的事。这恰恰显示出了父亲的无足轻重,他只是家里的隐形人,一种缺席的存在。想到这些,波尔品尝到些许愤怒的欢欣。起初,她对自己的牺牲很自豪;就是到孩子们都已成人了,她的想法也没变。毫无疑问,正是出于这份自豪,在贝克离开多年后,她还留下遗言,邀请贝克参加她的葬礼。她要叫贝克知道,没有他,这个家照样很好。但同时,波尔也不愿意承认丈夫或父亲在这个家庭中的缺失,在临终之前叮嘱要让贝克参加自己的葬礼,为的是求得死后的"全家团聚",这是她作为一个辛劳隐忍的妻子的最后愿望,也恰恰体现了她作为传统女性的局限性,这样的团聚或许也体现了泰勒对传统意义上完整的家庭叙事的敬意。

二、隐形的父亲

亨利·比勒(Henry Biller)认为父亲固守在家庭中并不一定就能保证有意义地参与到家庭生活中来。如果父亲不能保证积极充分的家庭参与度,即便住在同一个屋檐下,他对于孩子来说依旧是陌生人。比勒认为年轻男性与孩子相处的机会太少,缺乏与儿童交际的经验,这就使得他们难以积极地参与到家庭生活中来,从而无法扮演好父亲的角色[①]。在安·泰勒的家庭叙事中,不少父亲角色是以徘徊在家庭叙事边缘的隐形形象出现的,他们沉默严肃,缺乏趣味,不谙与人沟通的技巧,多数缺乏耐心。他们不是家庭的主要角色,因为他们根本没有真正参与到家庭生活中来。然而,也许是"南方家庭罗曼司"中的父亲模式影响了泰勒,在她的家庭叙事中,一些父亲角色虽然冷漠孤立,与家庭成员关系也不亲密,但依旧是在家庭中拥有绝对影响力的角色,成为一种隐形的存在。获得普利策奖的小说《呼吸呼吸》是泰勒的代表作之一,小说中莫兰一家的父亲艾拉是个严肃理性、不苟言笑、有条不紊、"无懈可击、不会出错"[②]、"根本没有朋友"[③]的

---

① Henry Biller. *Father, Child, and Sex Role*. Lexington, MA: Heath Lexington Books, 1971, p.4.
② 安·泰勒:《呼吸呼吸》,胡允桓译,上海:上海译文出版社,2002年,第251页。
③ 安·泰勒:《呼吸呼吸》,胡允桓译,上海:上海译文出版社,2002年,第43页。

角色。他一心想做医生,却被迫年少弃学支撑起父亲的镜框店,照顾患病的父亲和两个姐姐。婚后他与妻子玛吉时有争吵,但每次都以艾拉的正确和玛吉的道歉告终。艾拉对家庭缺乏真正的关爱,他常常游离于家庭叙事之外。对于艾拉而言,孩子似乎是可有可无的存在,获得常青藤大学奖学金的女儿戴茜(Daisy)并未得到他的关注,而高中辍学组建乐团的儿子杰西更是个让他无法理解和面对的人,杰西生活中的一切,包括辍学、早婚、生育、离异、交友等在他眼中都成了罪过。事实上,艾拉对于家庭中的每个人都看不惯。

他那个唱不准调的儿子,竟然抱着成为摇滚歌星的希望放弃了高中。他的女儿是那种把自己的经历消耗在不必要的烦恼上的人;她在考试前把指甲嗑得很短,害起头晕目眩的头痛,为学习成绩把自己折磨得不亦乐乎,以致他们的医生警告说她可能得溃疡病。

还有他这个老婆!他爱她,但无法容忍她居然拒绝对自己的生活采取严肃的态度。她似乎相信那是一种事件的生活,是她可以慢慢摆弄的,似乎有的是第二次、第三次机会去把它调整过来。她总是做出笨拙而鲁莽的冲刺,却毫无特定的目标——是顺路附带的拜访,心血来潮的迂回①。

虽然父子关系与母子关系都是亲子关系,但是两者却又有着明显的差别,母亲与孩子在母亲怀胎十月时共同度过的日子使得他们之间的关系更具有本能上的紧密联系。而父亲和孩子的关系与母子关系相比,由于本能的性质要弱得多,父子关系在心灵上更接近于兄弟姐妹的爱,在本质上却与夫妻关系更为接近,是"一种统治不自由人的纯粹的权力和暴力"②。也就是说,父子关系折射出的并不完全是温情脉脉的本能的情感表达,更多的则是一种理性的管理关系。在小说《呼吸呼吸》中,艾拉表面上抽身事外,显出一副绝不干涉他人的样子,甚至将妻子玛吉好心撮合儿子杰西和儿媳菲奥娜的行为斥责为插足别人生活的愚蠢行为,然而,杰西和菲奥娜的两次不合——造成他们离异以及多年后再次聚首却又分开——的原因,都是由于艾拉毫不隐讳地说出了杰西在与他人约会的事情(第一次杰西甚至是被冤枉的)。他似乎并不真正在乎杰西能否拥有完整的家庭,也不在乎自己的孙女能否与儿子团聚,这深刻地显示了他的冷漠和对家庭共同体的疏离。他指责妻子过于冲动,而尝试以理性的方式去管理家庭,却忽视了爱才是家庭问题中的一剂良药。同时,儿媳菲奥娜指出,在艾拉和玛吉多年的争吵

---

① 安·泰勒:《呼吸呼吸》,胡允桓译,上海:上海译文出版社,2002年,第139页。
② 斐迪南·滕尼斯:《共同体与社会》,林荣远译,北京:商务印书馆,1999年,第61页。

中,艾拉总是正确的那个,事情最终总会朝艾拉认为的方向发展。艾拉对于妻儿事务的干涉显示了他在家庭中的统治地位,也深刻印证了玛吉对他的看法——"他自负极了"[①]。在《呼吸呼吸》中,虽然艾拉看似在家庭叙事中占有重要的"领导"角色,但是他却显然不为家庭其他成员所认可,表面的"绝对统治"无法掩饰他在家庭中的疏离。

在《摩根的逝世》中,安·泰勒描绘了一个自给自足,并且全由女性组成的家庭。邦妮·高尔在她的丈夫、她七个女儿的父亲——摩根·高尔缺席的情况下,把一切打理得井井有条。摩根爱着邦妮,但爱情不是摩根和邦妮结婚的动机,钱才是。邦妮的父亲把一座大房子作为结婚礼物送给了他们,摩根也承担起了管理邦妮家族其中一个五金店的责任。尽管摩根每天都去店里,但却看不出来他的工作对于店里有什么至关重要的作用。就像他戴着许多不同的帽子、扮演着不同的假身份一样,他仅仅装作是家里的顶梁柱,是传统的父亲角色。摩根完成的唯一一个父亲的重要角色,就是生理角色:他让邦妮怀了孕,他们有了七个女儿。每个女儿出生的时候,他都对此寄予极大的期望,希望能和她成为朋友。他很喜欢蹒跚学步时的女儿,因为她们崇拜他,到处跟着他。然而邦妮却不允许她们去摩根工作的五金店,因为五金店位于镇上"所谓"的危险地区。邦妮家把摩根安排在这个特定的店里,也许可以看出他们对摩根的看法,而且孩子们从来没在他的工作环境中见过他,这进一步贬低了他的工作同时还有父亲的角色。摩根和女儿们的互动很有限,因为他仅仅在孩子们年幼时被崇拜。一旦孩子们进入青春期,他就无法和孩子们相处了,因为他无法完成孩子在青春期时所需要的父亲角色。在小说的后面,他和艾米莉·梅瑞狄斯一起生活,但他发现很难和艾米莉处于青春期的女儿吉娜相处好,于是他让艾米莉把吉娜送去和她父亲住。

即使到了女儿成年以后,情况也并未得到改善。这点在大女儿艾米的婚礼上可以看出:摩根的参与度很低。女人们只允许他陪新娘走红毯。在女儿的婚礼上,摩根似乎很重要,但那仅仅是一种姿态,婚礼的陪同让这种姿态看上去是真的,这就跟他的帽子制造出的其他姿态一样。当艾米决定结婚时,她的未婚夫并没有像摩根当年一样,请求岳父把新娘的手交给他。这一细节看似只反映了社会习俗的变迁,但却不止如此,因为大家甚至都没通知摩根婚礼将要举行。艾米既没有寻求他的祝福,也没有问问他的建议,因为对她来讲,摩根压根不重要。毫无疑问,邦妮会支付婚礼开支,因此摩根为婚礼买单的重要责任都被剥夺了。

---

① 安·泰勒:《呼吸呼吸》,胡允桓译,上海:上海译文出版社,2002年,第29页。

很明显,除了作为父亲的生理角色,对这个家庭来讲,摩根并不重要。在经济上和情感上,邦妮不仅能很好地照顾七个女儿,还能照顾好摩根年老的母亲路易莎和有怪癖的姐姐布林德尔。当摩根为了和艾米莉一起生活而离开邦妮时,邦妮拒绝和他离婚,但给摩根送去了他的母亲和他母亲的狗。后来,她接回了摩根的母亲,并在开始和其他人约会时,在当地报纸上发布了摩根的讣告。这是邦妮用她自己的方式,宣告摩根在她生命中的终结。

像摩根这样的父亲只是极端的例子,但在 20 世纪末的美国,生理上出席而其他方面缺席的父亲比比皆是。在《父亲与家庭》中,亨利·比勒指出,就算父亲在家里生活,也不能保证他的存在有意义。有的父亲格外负责投入,而有的只是偶尔融入家庭,或者对孩子来讲,即使他们可能住在同一屋檐下,实际上只是陌生人而已。鉴于年幼的孩子通常是和成年男性分隔开来的,如果他们没有一个非常称职的父亲,那他们的经历中很可能会出现很严重的缺失。

《天文导航》里的杰瑞米·鲍林和《直线下滑的生活》中的山姆·德克尔很好地说明了什么是在场的缺席——没有积极参与抚养孩子的父亲。实际上,和妻子玛丽共有五个孩子的杰瑞米,在家庭中的角色和摩根很相像,只比生理角色多一点而已。尽管他靠着从母亲那儿继承的财产养活家庭,但他一家之主的身份名存实亡,他也很少参与到家庭的日常活动中。和摩根不同的是,有广场恐惧症的杰瑞米并没有离开家庭,也没有装模作样地做出一家之主的样子;他待在家里,自顾自地埋头进行所谓的艺术创作。当玛丽要生孩子时,他甚至不能离开家去陪她上医院。直到玛丽带着孩子们离开他的时候,他才鼓起了全部的勇气去追他们,然而太晚了,大错已经铸成。

在《直线下滑的生活》中,山姆·德克尔也是一种在场的缺席。和杰瑞米不同,山姆没法把女儿艾维推给她的母亲养育,因为她母亲死于难产并发症。山姆没再婚,所以他的家庭是当代美国比较少见的只有父亲的单亲家庭。在众多选择之后,克劳特丽亚被雇来管理家务、照看艾维。孩子们有时会和保姆建立亲密的关系,但艾维和克劳特丽亚却没有。小说一开始,艾维是一个心理备受困扰的少女,她知道自己是妈妈用命换来的,尽管他父亲从未这么讲过。然而山姆却不知如何与女儿相处,他们的关系并不亲密,这从用餐习惯就可以看出来——他们在餐间从不交谈。当他意识到女儿有多需要他时,想改变这种习惯,但却很难做到。山姆·德克尔不知道该拿备受困扰的女儿怎么办。而对艾维来说,父亲也只是一个身影模糊的人,不管自己身处何处,没有父亲也都能很好地应对。山姆·德克尔没有尽到父亲应有的责任,这无疑为艾维和她的男友德拉姆·凯西不稳定的关系埋下祸根。为了得到关注,艾维甚至把德拉姆的名字刻在额头上。社会学家指出,有良好的父女关系做支撑,青春期的女儿可以更自信地和同龄的男孩子进行互动,后期也能发展有益的异性关系。父亲死后,德拉姆出轨了,艾维终于重新整理自己的生活,准备生下孩子。她搬回了父亲的房子,这意味着她回到了父亲曾经提供给她的尽管亲情不足但却稳定有序的生活。

摩根·高尔、杰瑞米·鲍林和山姆·德克尔是同一类父亲:人虽在家,但却没有很好地参与到孩子的生活中。大多数人都羡慕那种花大量时间和精力照顾孩子的父亲,但这种父亲也有自己的问题。泰勒在《时钟发条》《锡罐树》和《寻找凯莱布》中也描绘了强烈的但又存在问题的父爱。《时钟发条》里的教士阿博特和《锡罐树》里的格林先生都难以接受他们成年的孩子:伊丽莎白·阿博特和詹姆斯·格林。伊丽莎白和詹姆斯都拒绝接受家人珍视的宗教信仰还有生活方式。《时钟发条》里的教士阿博特是北卡罗来纳州一个小镇上的浸礼会牧师,他不厌其烦地想要说服女儿像他一样潜心信教,过他那样的生活。然而,伊丽莎白尽管为父亲感到遗憾,但她相信人有轮回,并不接受父亲的信仰。虽然阿博特不理解女儿,但他有一点做得很好,他没有将女儿拒之门外。相反,《锡罐树》中的格林先生固守着严格的上帝会信仰和狭隘的生活方式,儿子詹姆斯不接受这些便受到家庭的排挤。詹姆斯被家人疏远得很厉害,以至于母亲死时,他也没有回家。不过数年后,当詹姆斯回到家时,面对依然十分严厉的父亲,他的反应出乎自己的意料。他曾经想过,在世界上所有复杂混乱的事物当中,他对父亲的厌恶是最纯粹彻底的感情。但是现在出现在他面前的父亲,像只奄拉的小鸟,没有纽扣的衬衫松松地交叠在他瘦弱的胸前,走路的时候,用穿破的皮拖鞋探寻着前面的路,他对父亲的同情不禁油然而生。从伊丽莎白和詹姆斯对父亲的同情中——尽管两人都很不赞同父亲的某些做法——读者可以看出,连接父亲和孩子的纽带,可能会有问题,但却不会轻易断开。

三、转型的父亲

在《圣徒叔叔》中,伊恩和他父亲道格·贝德罗形成对照,展现了20世纪末美国社会父亲角色的变迁。伊恩的父亲道格·贝德罗是一位典型的传统父亲,负责在外挣钱养家,家庭的事情一概不问。然而,在《圣徒叔叔》一书中,泰勒用嘲讽的叙事手段对传统定义中父亲的身份进行了颠覆。当道格夸耀自己有三个孩子,而他一生只给孩子换过一次尿布时,读者心中油然而生的却是鄙视。尽管养育了三个孩子,有大量的家务要做,但道格却看不出他能帮什么忙,而是在社区大学选修了一门课,寻求住在附近的外国学生的陪伴。即使退休赋闲在家,他也不能或不愿改变保持了一辈子的习惯。泰勒对这类传统父亲的描绘是现实的,但绝无任何同情的意味。在安·泰勒笔下。道格的传统父亲形象已与时代格格不入,他的传统父亲身份成为制约他参与家庭活动的障碍,因此,当他不再挣钱时,他几乎感受不到家庭的归属感。换言之,如果道格能早点和孩子们好好相处,不那么大男子主义,他不仅能给妻子和孩子很大的帮助,自己的退休生活也会更加愉快。

与父亲恰恰相反,当母亲的健康每况愈下时,伊恩成了照顾孩子的主力。伊恩身上充分体现了卡尔·荣格(Carl Gustav Jung)称之为阿尼玛(Anima,每个男人都具有的女性特征)的特质。然而,伊恩在养育孩子的过程中,并未失掉男性的阳刚之气。伊恩是个相当称职的父亲,通过这个人物的塑造,泰勒似乎想表明,照料孩子是不分性别的。伊恩并非是一个如同母亲一样的角色,泰勒并不认为父母的角色是一模一样的,也不觉得父母应该试着做到一样。她的作品反映了兴起于20世纪末的父母共同抚育孩子的一种趋势和现实,显然,这种趋势在泰勒那里是得到赞许的。

如果成为一个母亲意味着成为一个养育者,那么成为一个母亲并不一定就意味着成为一个女性。男性不能生育也不能哺育一个婴儿,但是他们能够成功地养育孩子。养育孩子并不是一个由性别决定的活动,它是一种后天习得的行为。在《圣徒叔叔》中,伊恩·贝德罗就是男性养育孩子的一个典型例子。伊恩是一个年轻的大学生,他的哥哥丹尼和他的嫂子露茜自杀后留给了他和他的父母三个需要养育的小孩——艾嘉莎、托马斯和妲芙妮。当伊恩从大学回家参加露茜的葬礼时,他发现了妲芙妮的婴儿床在他的房间。婴儿出现在他的房间里预示着伊恩不仅会热切地养育妲芙妮,还会抚养艾嘉莎和托马斯。他的父母都正在老去,也没有其他亲戚可帮忙,并且伊恩对于丹尼和露茜的死心怀愧疚;所以,他就担负起了养育孩子的主要责任。艾嘉莎和托马斯是露茜在第一段婚姻中生育的,而妲芙妮,尽管她是在露茜嫁给丹尼后才出生的,但她甚至在丹尼还没有遇见露茜时就被怀上了。一个临时的安排变成了永久性的,同时艾嘉莎和托马斯的姓也都改成了贝德罗。三个孩子全都变成了伊恩合法的孩子。

在这段养育关系中,泰勒表明了女性主义的立场,即家庭并不一定非得由血缘关系决定。伊恩不仅在外工作以提供足够的资金来维持生计,同时他还为孩子们穿衣打扮,带他们去教堂,并监督他们的学业。妲芙妮要在圣帕特里克节穿绿色的衣服,伊恩便熬夜加工以确保在那一天她能穿上绿色的并且整洁的衣服。他也去家长会,当妲芙妮处于青少年的叛逆期时,他每天下班都去学校接她,因为他不信任妲芙妮一放学就能马上回家。当孩子们年纪还小的时候,伊恩自告奋勇去当一个代妈妈(grade mother)。伊恩拥有男性的外貌特征并且从事木匠的工作——一个传统的男性职业,但是他同样是一个称职的妈妈,因为他做妈妈们做的事。

泰勒并没有完全否定性别在养育孩子中的重要性,因为她也说得很清楚,伊恩是一个妈妈般的男人,但这并不能完全取代传统意义上母亲的全部角色。孩子们爱戴他,但同时艾嘉莎和托马斯都珍藏着他们已去世的母亲的照片。伊恩记得露茜是多么美并且暗自思索,"他们偷偷藏着他们妈妈的照片,依恋她,偏爱她。她甚至都没有好好照顾他们,任性地死去并抛弃了他们;但是很明显亲生母亲胜于一切"。①

在安·泰勒出版于1995年的第十三本书《岁月之梯》中,类似伊恩的父亲形象又出现了,这时距她在1964年出版的第一本小说将近有一代人的时间。小说中有一位名叫乔尔·米勒的高中校长,他的妻子为了摆脱家庭负累,去追求自己的事业而离开了家庭。乔尔得到儿子诺亚的监护权,同时也积极地参与孩子的成长。他非常用心地雇用了一位既能胜任教养孩子,又能管理家务的女子,即故事中的女主人公,即便如此,他仍会参与孩子的生活和成长过程。

泰勒小说的家庭叙事迫使现今的读者去思考关于父亲的一些问题,虽然她并没有给出确切的答案。她笔下伊恩这个角色显得格外让人钦佩,有人可能会认为,泰勒将怎样才能成为一个好父亲的一些想法,都倾注在这个人物上。他爱他的孩子们,不管是不是亲生的都一样,他不顾及传统的性别角色分配,为每一个孩子尽自己一切所能所为。当他们不同意他的观点和生活方式时,他仍旧接纳他们。听起来他好像是一个完美的人,但实际上并不是。这一点首先在泰勒的标题上就得到了证实——《圣徒叔叔》(直译为"或许是圣徒"),这暗指他仅仅可能是个圣人;其次从事实来看,他是个有负罪感的人,过着十分不同寻常的生活。

关于父亲的缺席(不论是生理上还是情感上)和父亲的在场对家庭的影响,泰勒做了现实观察。正是这样,她和许多美国作家的写作套路都不一样,特别是和男作家不同——他们往往忽略家庭单位,而美化单身汉的"冒险"。这些单身

---

① 安·泰勒:《圣徒叔叔》,宋伟航译,台北:校园书房出版社,2009年,第207页。

汉要么就是不结婚,要么结了婚也要离开他的女人。泰勒和韦尔蒂一样,把关注点放在这些被遗弃的女性的能力上,衬得这些离开的丈夫不像游侠,反倒显得能力不足。这和其他作家讲的故事多么不同! 特别是和詹姆斯·库柏、华盛顿·欧文、马克·吐温、欧内斯特·海明威和约瑟夫·海勒这些大作家很不同,这些作家将家庭生活与沉闷无聊挂钩。当然,这些作家的作品很有趣,甚至很刺激,但同样毋庸置疑的是,在呈现美国父亲的形象上,泰勒要远比他们真实。因为并不是每个人都过着冒险的生活,而每个人都无法与家庭摆脱干系。泰勒通过现实主义的写作手法,迫使她的读者去思考自己家庭中的问题和解决方法。

第三节　永恒的核心:家庭叙事中的母亲

母亲是安·泰勒一系列小说中的家庭核心人物。安·泰勒对母亲形象的塑造细腻而生动,非常富有感染力,这与她自己作为母亲抚养两个女儿的经历是分不开的。1965年,安·泰勒长女的出生大大改变了她的生活,整晚哄孩子睡觉限制了泰勒的创作精力,使得她逐渐意识到做母亲是一份全年无休、殚精竭虑的工作。两年后,二女儿的出生更是使得安·泰勒再无时间继续创作。安·泰勒照顾孩子从不假手于他人,她认为被保姆带大的孩子看起来"呆呆的,语言能力也不行"①,她不容许这种情况出现在自己的孩子身上。基于这样的考虑以及她对孩子深沉的母爱,泰勒暂时放弃了自己的工作,1965年到1970年间,即从她大女儿出生到二女儿上托儿所期间,安·泰勒暂停了大部分创作工作,仅仅从事一些短篇小说的创作②。安·泰勒坦言当时她也怀疑这样的日子或许永无止境,自己的创作能力也许就此退化。但事后回想起来,泰勒觉得这段日子过得很快,在她的女儿们度过了婴儿期以后,她就能以更超然的态度来审视这些为养育孩子而"荒废"的日子了③。对于养育孩子的心

---

① Anne Tyler. "Still Just Writing". In: Janet Sternburg. *The Writer on Her Work*. New York: Norton, 1980, p. 7.
② 在这段时间,安·泰勒创作的短篇小说包括"As the Earth Gets Old""Two People and a Clock on the Wall""The Genuine Fur Eyelashes""The Tea-Machine""The Feather Behind the Rock""A Flaw in the Crust of the Earth""Who would Want a Little Boy?""The Common Courtesies"等。
③ Anne Tyler. "Still Just Writing". In: Janet Sternburg. *The Writer on Her Work*. New York: Norton, 1980, p. 9.

得,泰勒借着《圣徒叔叔》中的伊恩说了出来,当伊恩的妻子丽妲(Rita)问大部分时间都带着三个侄子侄女的伊恩,他们要个儿子还是女儿好,伊恩回答"不管男女,都不好带"①,并且说了他带侄子侄女的心得:

"没错,"伊恩跟丽妲说,"我有我爸妈帮忙,就算是这样,还是很不容易。很多事只能用'烦'一个字来形容。若说单只是给个温暖的拥抱,单只是人在,这谁都做得到。但其他的事就会吓死人。小孩子的麻烦还真多!也会开始害你心头放不下。有些时候啊,我都觉得自己像救火队还是救生员——成天单调乏味的琐事,但偶尔会冒出来鸡飞狗跳的乱子点缀一下。"②

尽管孩子的出生使得安·泰勒的创作事业经历了一段时间的停滞,但养育孩子的经历对她而言并非毫无益处,当她的女儿长到十来岁时,泰勒是如此看待这段经历的:"有了孩子以后,我变得更加富有和深刻。照顾孩子或许会暂时减慢我写作的步伐,但是一旦我开始写作,我发现有更深的自我可以倾吐。"③在之后的小说作品中,她笔下的母亲角色愈加深刻丰满。比如,与《如果黎明曾来到》中平面的艾伦·霍克斯(Ellen Hawkes)相比,《直线下滑的生活》中的伊芙·德克尔就反映出泰勒笔下的母亲角色更加多元和复杂的一面。为人母的经历使得安·泰勒对母亲角色有了更深刻的理解,也促使她在这段时间之后创作出一系列令人印象深刻的母亲角色:《时钟发条》中的伊丽莎白·阿博特、《天文导航》中的玛丽·泰尔,以及《意外的旅客》中的缪丽尔·普瑞切特和莎拉·利里(Sarah Leary)等。

安·泰勒对处于20世纪末的美国家庭和家庭中的母亲形象做了极为逼真的刻画。总体而言,泰勒笔下的母亲不同于"南方罗曼司"中隐形的边缘角色,而是代表了能力与韧性的家庭养育者的角色。她们既不像在19世纪文学中时常出现的被理想化的母亲形象,也不是当代媒体或娱乐影视渲染的"超级妈妈",更不是一些故事里的"恶母"——她们是现实中真实生活在人们身边的人。值得注意的是,安·泰勒对母亲角色赋予了深切的同情,她笔下的母亲常常是在一个需要她投入巨大精力的家庭系统中为个人身份而苦苦挣扎的个体。有些时候,内心的迷惘和挣扎会严重到让母亲们逃离家庭,但离家出走的母亲最终还是会回家,因为对泰勒而言,家庭的重要性和亲人之间的纽带力量更为强大。

---

① 安·泰勒:《圣徒叔叔》,宋伟航译,台北:校园书房出版社,2009年,第413页。
② 安·泰勒:《圣徒叔叔》,宋伟航译,台北:校园书房出版社,2009年,第414页。
③ Anne Tyler. "Still Just Writing". In: Janet Sternburg. *The Writer on Her Work*. New York: Norton, 1980, p. 9.

一、阴性的母亲

在安·泰勒的家庭叙事中,母亲的家庭养育者形象被描绘得细致入微。那些日常家务,诸如清洁、洗衣、做饭、制作点心、参加学生家长和教师联谊会等等,泰勒都不厌其烦地将其视为重要的内容来叙述。安·泰勒将这些常常得不到关注的大多由家庭主妇/母亲操持的家务劳动视为家庭叙事重心的原因,或许在于其童年时受希洛社区的影响。在希洛社区两性是平等的,但也是分工明确的,妇女打理家庭内的事务,而男性则重在家庭外的工作或体力劳动,在这样的思想影响下,妇女们从事这些家务时,并无一般女性主义"被囚禁"的感觉,也并未意识到男性占主导地位的阳性社会的压迫。每个历史阶段的社会文化都会期望拥有男性或女性身体的人遵循与其身体相符合的性别规范,并表现出相应的特质。在安·泰勒的小说中,大部分母亲角色是以一个阳性社会中的阴性形象出现的,她们从事家务和养育孩子的行为符合社会对于女性的分工和期望。在这一点上,泰勒笔下的母亲有着与"南方罗曼司"中同类角色类似的一面:她们勤劳持家,养儿育女,甚至有些与自己的丈夫还保持着阶层意识,大部分母亲角色本人对这种阴性划分甘之如饴,对于阳性社会加诸她身上的秩序觉得理所当然。正如西苏认为的那样:"如果说有'女人的规矩',很矛盾的,其正是指她能无私地不占有。"[1]和阳性系统不同,阴性/女性系统是接纳差异的,愿意让"他者僭越",其特色是主动的慷慨[2],对应阴性/阳性情欲系统,西苏以礼物的领域和占有的领域来标识。托莉·莫对此进一步阐述,认为"礼物的领域其实并不是个领域,而是一个解构空间,其中充满快感以及与其他者互动的高潮"[3]。

安·泰勒笔下"天然的母亲"角色或许是对"礼物领域"最好的诠释。泰勒丈夫的一个伊朗堂兄刚为人父,与泰勒讨论养育孩子的问题时,提出观点称,养育孩子并且为之付出和牺牲的阶段应该不会超过三年;泰勒却坚定地告诉他:养育孩子是一辈子的牺牲[4]。泰勒塑造过各种不同层次、不同社会环境中的母亲角

---

[1] Helene Cixous. "The Laugh of the Medusa". In: Keith Cohen, Paula Cohen, Trans. *Sign*, Vol. 1, No. 4 (Summer, 1976). Chicago: The University of Chicago Press, 1976, p. 890.

[2] 托莉·莫:《性/文本政治:女性主义文学理论》,台北:台湾编译馆与巨流图书有限公司,2005年,第59页。

[3] 托莉·莫:《性/文本政治:女性主义文学理论》,台北:台湾编译馆与巨流图书有限公司,2005年,第134-135页。

[4] Anne Tyler. "Still Just Writing". In: Janet Sternburg, ed. *The Writer on Her Work*. New York: Norton, 1980, p. 9.

色,大部分都是家庭的核心,她试图向读者传达一个想法,即教育程度的高低与能否做好一个母亲并没有必然的联系,母亲的责任是无穷尽的,同时也是无意识的。对于"天然的母亲"来说,一个婴儿的诞生即代表一段亲密母子关系的开始,对母亲或子女而言都是一段新生命的启程。《天文导航》中的玛丽·泰尔年轻的时候就说:"我是天生的母亲,怀孕是我的自然状态。我深信如此。当我怀着达西的时候,我比其他任何时候都快乐,感觉也更好,看起来也更美。至少对我本人来说是如此。"① 玛丽认为,十几岁就做妈妈的人是"世界上最好的妈妈……当邻居妈妈们都呵斥着自己孩子不要搞脏屋子的时候,我爬在地板上和孩子一起玩"②。这印证了安·戴利(Anne Dally)的看法:不成熟的母亲比成熟的母亲更具有自发的母爱,也与孩子更为亲密③。《思家饭店的晚餐》中的珍妮身上也体现出了这种天然的母性。珍妮的第三任丈夫乔,他的前妻抛下他和六个孩子走了,其中最小的当时还嗷嗷待哺。珍妮对她的牧师是如此描述她如何开始第三段婚姻的:"他说他喜欢看我让他的孩子在我身上乱爬。他说近几年来他妻子觉得孩子真讨厌。嘿,你知道事情是怎么开始的吗?我曾经暗自发誓,永远不再结婚了。我和贝基宁愿自己过日子。独自生活是我的擅长。可是,不知怎么,来了乔和他的孩子们。他最小的孩子才这么一点就被遗弃了。我托着她,她就会转过头,张开小嘴;看得出她还记得呢。"④

《呼吸呼吸》中的母亲玛吉也是"天然的母亲"的一例,她在丈夫艾拉的眼中是不成熟的,是"笨拙而鲁莽的",而与此同时,不同于丈夫对于家庭共同体中成员的疏离与冷漠,玛吉对于子女甚至孙子女的感情则如同火焰般热烈,泰勒如此描绘她对他们的感情:"她确实在热恋——热恋着菲奥娜和勒罗伊母女俩,甚至在她儿子笨手笨脚地抱着女儿贴在他的黑色皮夹克上哄着时,她也热恋着自己的儿子。"⑤ 母子关系的纯粹与天然最为德国社会学家滕尼斯所肯定,母子在孕期肉体上的联结是父子关系永远无法复制的,滕尼斯认为在出生之后,母子关系从肉体直接过渡到纯粹精神的结合,这种结合是最接近原始状态的,也同样最为符合共同体的自然本质⑥。毫无疑问,母亲与子女间这种天然的联结造就了最

---

① Anne Tyler. *Celestial Navigation*. New York: Knopf, 1974, p. 69.
② Anne Tyler. *Celestial Navigation*. New York: Knopf, 1974, p. 76.
③ 参见:Anne Dally. *Inventing Motherhood*. New York: Schocken Press, 1983.
④ 安·泰勒:《思家饭店的晚餐》,周小宁等译,南京:译林出版社,1999年,第187—188页。
⑤ 安·泰勒:《呼吸呼吸》,胡允桓译,上海:上海译文出版社,2002年,第19页。
⑥ 参见:斐迪南·滕尼斯:《共同体与社会》,林荣远译,北京:商务印书馆,1999年,第59页。

为稳固的共同体关系,无怪乎杰西在遇到难题的时候,比如他想阻止菲奥娜因未婚先孕而执意堕胎时,就悄悄向玛吉求助,还叮嘱玛吉不要告诉父亲。母子与父子的亲疏远近,在这件事情上一目了然。如同安于阴性礼物领域的大部分母亲一样,玛吉也同样依赖着丈夫。尽管在去葬礼的路上,与丈夫闹翻下车,甚至打算在陌生城镇开始新的生活,让艾拉看看不一样的自己,但她事实上无法做到。"她要找艾拉,她觉得无所适从。她用眼睛向四下里搜寻着他,但只看到其他的人,对她一无用处而漠不关心。"①丈夫是她最终的精神寄托,在某种程度上这甚至超过了她对孩子的热爱,当她决心将儿子一家的事情放下之后,她看着丈夫,"感到有点儿激动,这感情像一股激流、某种内心的飞扬,涌上心头,她便把脸儿凑上去吻他暖烘烘的突出的颧骨。"②可见,在阴性的礼物的领域内,母亲自身的需求总是缺位的,她以家庭共同体中其他成员的满足为目标。在1972年的访谈中,泰勒坦言自己内心享受照顾人的感觉,虽然这样似乎侵入了他人的生活:"我发现照顾他人非常有吸引力……如果让我选择一种道德立场,我很不愿意看到……对于别人的事你只能袖手旁观。"③这反映了泰勒自己和笔下母亲角色的共同想法。实际上,母亲的最高需求是内省式的,可视为一种动态的自我丰富,是唯一能满足她内心完满的需求,是她自我实现的唯一途径,这种自我丰富需要通过消解自我、拥抱他人、满足他人来实现。在这一最高需求的比照下,母亲的其他各类琐碎的物质需求,因无法给予她完整的快感而显得微不足道了,而母亲也在他人的满足中成就了自我。

然而,"天然的母亲"的养育本性所具有的支配力也会带来母亲们意想不到的反作用。泰勒小说中描述的所有家庭几乎都是典型的美国中产阶级白人家庭模式,而这一家庭模式往往会使母亲和她的孩子远离亲戚关系,母亲很少通过亲戚来分担照顾孩子的任务或与亲戚们交流自己的经历以缓解苦恼。《思家饭店的晚餐》里的波尔就是被孤立的母亲的典型。她的住处和娘家离得很远,她不认识她的邻居,事实上她也不想认识。尽管穷,但波尔仍然要用中产阶级的标准来养育孩子。由此造成的压力,使得波尔经常抑制不住地对孩子们恶语相向,拳打脚踢。这不仅使波尔自己感到恐惧,孩子们的身心也受到伤害。小说中描述的她那些恶劣的言辞,甚至会让读者忘记波尔实际上是如此爱孩子的母亲。大儿

---

① 安·泰勒:《呼吸呼吸》,胡允桓译,上海:上海译文出版社,2002年,第132页。
② 安·泰勒:《呼吸呼吸》,胡允桓译,上海:上海译文出版社,2002年,第361页。
③ Clifford Ridley. "Anne Tyler: A Sense of Reticence Balanced by 'Oh, Well, Why Not?'". *National Observer* (22 July 1972), p. 23.

子考迪少年期间十分叛逆,成年后便离家去上大学,直到毕业,他没有一次长假回过家。他的反叛也许有点极端,但也不是不可理喻。女儿珍妮进入大学后,仅回家两次,因为她认为这个家让她感到压抑。只有小儿子艾兹拉一直和母亲保持着亲密的关系,但这事实上又使得他的人生不完整。他从来没有离开过家,没有结过婚,没有生过孩子,甚至没有很强烈的男性意识。

安·泰勒的家庭叙事中描写到的另一种情况就是,孩子长大成人离开后,养育者母亲所感受到的被抛弃感和孤独感。《时钟发条》中的帕梅拉在小说的一开始就以一个居住在空荡荡的大房子里的孤独老妪的形象出现,她的孩子长大后都离她而去,这使得一生为孩子牺牲奉献的她感觉失落;即便是住得离她近的两个孩子都不太去看望她,更让她感叹一家人恐怕只有在她葬礼的时候才会重聚了。《岁月之梯》中出走的母亲蒂莉娅显然也担心这种孩子长大带来的遗弃感(在某种程度上与丈夫的背弃感是类似的)。她出走的时候,两个孩子——一个上了大学,一个在上高中——都在逐渐远离她。在度假的时候,她想起"他们都曾经把她当成那么重要的人"①,倍感失落。她无法排解这种压力,也是她离家出走一年半的原因之一。《呼吸呼吸》中的玛吉则无法离开抚育者的角色,她说:"我觉得人家正在剥夺我的所有。我儿子长大成人了,我女儿要离家去上大学了……"②当女儿戴茜问她"妈?你是不是有过某个清醒的时刻,打定主意要一辈子做一个平庸的人?"③的时候,玛吉内心非常痛苦,她知道她的儿子女儿都不再需要她了,而她难以接受这一点,因为她陷入了养育的角色而难以自拔。

二、阳性的母亲

《思家饭店的晚餐》中的波尔隐瞒了丈夫抛弃自己的事实,维系着家庭虚假的完整,倔强地独自抚养孩子。在整部小说中,贝克几乎是缺场的,然而波尔却无法忘却贝克,临终时波尔嘱咐孩子们让贝克参加她的葬礼,显现出她对完整家庭的渴求和对丈夫的精神依附。作为安·泰勒本人喜爱的作品之一,泰勒希望读者通过《思家饭店的晚餐》"看看我眼中家庭真正的样子"④。然而,这个

---

① 安·泰勒:《岁月之梯》,唐清蓉译,方智出版社,1996年,第72页。
② 安·泰勒:《呼吸呼吸》,胡允桓译,上海译文出版社,2002年,第92页。
③ 安·泰勒:《呼吸呼吸》,胡允桓译,上海译文出版社,2002年,第34页。
④ Sarah English. "An Interview with Anne Tyler". In *The Dictionary of Literary Biography Yearbook*: 1982. Detroit: Gale Research, 1983, p. 194.

安·泰勒眼中"真正家庭"中的母亲角色波尔却不是平面的,她是矛盾的,是二分法之下的角色,除了隐忍与牺牲的阴性特质,她同时也具备着阳性特质。这一阳性特质是由"占有的领域"来标识的,靠表现占领来运作,以占有物来标识个体的存在,热衷于进行系统化和阶层化,强调自我身份认同、自我膨胀与自我指定主宰的地位。可以这么认为,占有的领域是基于阳性恐惧之上的,恐惧一旦占有物被剥夺或与"我"相分离,个体便从此失去特征,不再成为"我"。故此,波尔对于贝克离家出走的反应是复杂而强烈的。她对于贝克的不告而别是恐惧的,她向孩子、娘家人、邻居乃至陌生人隐瞒丈夫出走的消息正体现了这种恐惧。大龄出嫁的波尔脾气并不好,对于贝克的感情,既有依恋,也有对所有物的"占有"。波尔曾对大儿子考迪倾诉道:"考迪,听着,我也曾经驾驭过一个人。他跟人谈话,我只要伸出手指碰他一下,他便马上不作声,不知所措。"①可见她在某种程度上,将丈夫贝克当作某种可操控"物"。对贝克出走的忍耐,以及到临终都希望他能参加自己葬礼的心愿,都反映了波尔以放弃话语权的沉默方式来保全与占有物的不分割,她拒绝承认丈夫的出走,转向沉默的阴性"他者"世界中。这一恐惧的根源在于,波尔意识到与贝克的分离已不可避免,这一分割直接造成的是她对自我身份认同的分崩离析。随着孩子的长大,波尔"占有"的领地愈来愈小,她对考迪感叹道:

"我曾经有过三次美好的怀孕期。那时候,我每天早晨醒来,想到九个月、八个月、七个月……以后,一个完美的小生命将出世。我浑身充满光与热,心中装满光明与蓝图。你们小时候,嘿,我是你们的世界中心!我是你们的一切!母亲,母亲,叫个不停。'母亲在哪儿?她上哪儿去了?'你放学一回家,便喊,'母亲,你在家吗?'不公平哪,考迪,真不公平;现在我老了,走过你们身旁,却被你们看作路人,视而不见。这一切实在是不公正,考迪。"②

作为母亲和妻子,波尔的阴性世界所附属的阳性角色丈夫贝克消失了,没有了丈夫,她便不再是个妻子,也不再是个完整的母亲,只剩下一个无身份的"她"在家庭成员和邻里朋友的目光里游离,这使她以及围绕她的整个家庭叙事显得空洞。随着孩子的长大成人,她愈加无法达到自我的认同,既然自我认同已经难以达成,就必须找到一种虚幻的自我指涉方式,波尔选择的是以谎言来继续维系与占有物之间的联系纽带,用实际并不存在的纽带来确保自己并未失去自身的

---

① 安·泰勒:《思家饭店的晚餐》,周小宁等译,南京:译林出版社,1999年,第139页。
② 安·泰勒:《思家饭店的晚餐》,周小宁等译,南京:译林出版社,1999年,第139-140页。

特权和地位,确保自己仍旧能以妻子和母亲的角色获得认同,确保其家庭叙事仍保持表面的完整性。这恐怕也是最后她希望贝克出席她葬礼,造成全家团聚"假象"的原因。

然而,阳性特质并不总给母亲和家庭共同体带来负面影响,其正面力量带来的则是家庭共同体的凝聚力。尽管在"南方罗曼司"中父亲角色有着毫无疑义的中心地位,但在泰勒的笔下,母亲角色才是整个家庭共同体真正的核心所在。在《呼吸呼吸》中,丈夫艾拉也承认玛吉"才是个在这世界上更吃得开的人,结交失意的人,使他们像棉绒似的依附在她身上,跟全然陌生的人将心比心地交谈"①。这种母性的"吸附力"在泰勒 2015 年出版的小说《一轴蓝线》中体现得最为明显。小说讲述了巴尔的摩一个普通人家怀特杉柯家三代人的故事,分别为第一代祖父朱尼尔(Junior)和祖母林妮·梅(Linnie Mae),第二代父亲瑞德(Red,全名为 Redcliffe)和母亲艾碧(Abby,全名为 Abigail),以及姑母梅芮珂(Merrick),第三代大女儿阿曼达(Amanda)、二女儿珍妮(Jeannie)、大儿子丹尼(Denny)和领养的小儿子司迪牧(Steam,真名为 Douglas)的故事。小说时间从 20 世纪 20 年代到 2012 年,跨度几近一个世纪,是继《寻找凯莱布》之后,泰勒所写小说中时间跨度最长的。祖父朱尼尔一生传奇,白手起家从事建筑行业,最终为家人创造了舒适的生活环境,也建造了完美的宅子;父亲瑞德则沉稳守业,继续发展朱尼尔的建筑公司;在儿子辈中,小儿子司迪牧继承祖业,但最后由于母亲艾碧的去世,一家人还是离开了象征着家族意义的宅子。小说第一部《人狗俱丧》(*Can't Leave Till the Dog Dies*)篇幅较长,共有 8 章,以 2012 年丹尼打给父母的一通宣称自己是同性恋的电话开始,以瑞德和艾碧的生活为主线,通过无聚焦全知视角进行叙事。如同泰勒笔下的不少夫妻,瑞德和艾碧同样存在着较大的性格差异:艾碧温柔热心、为人着想,从事社工工作;瑞德则更为古板、自我,继承了父亲的建筑公司。他们不同的性格造成了对丹尼电话的不同反应和态度。小说以此为切入点,描写了两人小争吵中的相濡以沫和彼此对孩子不同程度的关爱。第一部最终以艾碧的突然辞世结尾。小说的第二部《无奈的世界》(*What a World, What a World*)仅有 1 章,以艾碧的视角描写了艾碧与瑞德在青年时期的生活。艾碧是梅芮珂的学妹,曾是名校的风云人物,瑞德并非艾碧的第一选择,艾碧的前男友阴郁不羁,并无太多责任感,瑞德对艾碧的爱慕则是显而易见的。以梅芮珂的婚礼筹备为契机,艾碧将前男友与瑞德比较,最后选择了踏实平凡的瑞德。第三

---

① 安·泰勒:《呼吸呼吸》,胡允桓译,上海:上海译文出版社,2002 年,第 179 页。

部《一桶蓝漆》(A Bucket of Blue Paint)共有4章,在这一部分,小说叙事向前追溯到20世纪20年代,叙述了朱尼尔和林妮的传奇罗曼史,和朱尼尔如何出人头地创立公司的故事。这一部分事实上是讲述怀特杉柯家的起源,叙事视角很自然地以祖父朱尼尔的视角来呈现。最后一部分,点题的《一轴蓝线》(A Spool of Blue Thread)仅有1章,这部分的叙事视角聚焦于大儿子丹尼,他是这平凡一家的第三代中最为离奇的人物,家人甚至搞不清楚他的职业恋爱等现状。幼年时,由于乖巧稳重的司迪牧突然进入家庭,丹尼对母亲逐渐疏远,他早年离家,致女友怀孕,宣称同性恋,结婚,生女、女儿却非亲生,父母身体欠佳后执意回家照顾等,一系列行为个个突然,处处充斥着矛盾。丹尼最终回到小说末尾才出现的神秘女子的家中,开始了另一段家庭生活。

在这部小说中,蓝色具有母性"吸附力"的象征意义。它始于祖母林妮。如果说怀特杉柯家是巴尔的摩极为普通的一个家庭,那么林妮则是这个家族中带有些许传奇色彩的女性了。她13岁就隐瞒年纪,与26岁的朱尼尔相恋,被父亲和兄长发现后,朱尼尔离开并再无音讯。她隐忍5年,直到18岁成年,立即离开自己的家庭,独自寻找朱尼尔,并奇迹般地找到了。尽管重逢后朱尼尔对她态度冷漠,她还是在一天之内就成功地与朱尼尔同居,并对外以夫妻相称。朱尼尔幼年丧母,父亲对他并无温情,因此他也不愿意生养下一代,林妮却非常坚持生育,最终他们有了一女一儿,从此真正组织起了完整的家庭共同体。小说最初,同时也是花最多笔墨描写的蓝色,就是林妮的一桶蓝漆。尽管遭到朱尼尔明里的反对和暗中的阻挠,她还是独自将最终搬入的新宅(之后成为怀特杉柯家老宅)的门廊漆成了蓝色。朱尼尔最终默许了,并深感林妮没有自己也能过得很好,她才是为自己带来家庭幸福的那个人。

同样的蓝色在第二代人母亲艾碧身上重现了。小说聚焦于一件由艾碧缝制、瑞德在他们婚礼时穿的上衣,零碎、侧面地描写了艾碧的蓝色,这件上衣到艾碧过世,瑞德坚持要穿其参加葬礼时方才出现。因年代久远,外衣难免样式老旧、破损脱线,尽管姐姐反对,丹尼还是承诺帮父亲修补这件衣服。当丹尼一打开艾碧的置放缝纫用品的柜子,为修补这件衣服而找同色的线时,这卷蓝线恰巧落到他手中,在那一瞬间,他感觉"好像是她(艾碧)亲手递给我的"[①]。这一蓝色代表了艾碧,她与林妮一样,是个注重家庭、为人亲和、酷爱孩子的女性,她曾

[①] Anne Tyler. *A Spool of Blue Thread* (Large Print). New York: Random House, 2015, p. 538.

经批评瑞德不够关心孩子。在艾碧过世以后,怀特杉柯家老宅被出售,瑞德等人均搬出了宅子。这栋宅子是怀特杉柯家的代表,在出售之际,瑞德梦到宅子倒了。这个梦无疑是个隐喻,即怀特杉柯家因艾碧的过世而突变,之后的怀特杉柯家故事已经融入了这个流散多变的当代社会,难以重继。可以说,祖母林妮和母亲艾碧都有着母性的"吸附力",是这个家庭的黏合剂,是实际意义上建立和维持这个家庭的核心力量。

阴性的礼物领域是开放与慷慨的;而在阳性的占有领域中,礼物则被认为"建立了一种不平等的关系——一种差异——有威胁性,因为其似乎开展了一种权力的不平衡"[1]。给予礼物正是显示自己优越性的威胁,是侵略性的;同时接受礼物也极为危险,容易将自己置于他人的从属关系中。而兼具阴性特质与阳性特质的母亲,则是在礼物领域与占有领域中特殊的存在,她是沉默的、强烈的、给予的、需求的、自我牺牲又自我圆满的个体。可以说,父子与母子的关系犹如冰与火一般天差地别。或者如同滕尼斯所言,母爱与父爱的方式不尽相同。在小说中,父亲维持着家族中的权威地位,也是母亲的精神附庸,但母亲依旧作为家庭最坚实的后盾,凝聚着每个家庭成员,成为家庭共同体自然联结最稳固的中心。母亲正是"南方家庭罗曼司"在现代家庭中的延续,反映了理查德·金所指出的南方女性的角色困境,即"在男人面前,她应该是顺从、谦恭和温柔的;……掌管家事的时候,她又被期待表现出才能、主动和力量。但是,她始终是个影子般的形象,她总在那里,不可或缺,但是却几乎没有显露过真实面目"[2]。小说《一轴蓝线》中家庭由于母亲的过世而失去秩序,唯有死亡才隐晦地将母亲的形象凸显出来,让母亲从"影子"走向真实,母亲在家庭共同体中的凝聚精神和维持秩序的能力得以体现。从这一点,我们依稀可见卡什所描绘的:"南方女性如同身穿盔甲的雅典娜,在云中闪闪发光,守护着南方。她是南方人一致对敌时高举的旗帜,是传奇般的存在……哪怕只是提起她的名字,强壮的男人就为之落泪或齐声呐喊。"[3]

三、回归的母亲

在安·泰勒的家庭叙事中,作为家庭核心的母亲,并不只是附着于家庭之

---

[1] Helene Cixous. "The Laugh of the Medusa". In: Keith Cohen, Paula Cohen Trans. *Sign*, Vol. 1, No. 4 (Summer, 1976). Chicago: The University of Chicago Press. 1976, p. 890.

[2] Richard H King. *A Southern Renaissance: The Cultural Awakening of the American South*. New York: Oxford University Press, 1980, pp. 34-35.

[3] W J Cash. *The Mind of the South*. New York: Random House, 1941, p. 89.

中。小说《岁月之梯》就讲述了一位母亲的自我意识觉醒和追求独立人格的故事。与一般描写女性觉醒的小说情节相似，这部小说在描写母亲寻找自我的历程时也不可避免地包含了逃离家庭的环节，但不同的是，逃离了家庭的母亲，最后又回归了家庭。

《岁月之梯》几乎可以看作是发表于1899年的女性主义文学经典代表作《觉醒》的现代版。在这里，我们不妨先将《岁月之梯》与《觉醒》做一比较，再探讨安·泰勒的《岁月之梯》中深藏的蕴意。两部小说都是从描述女主人公婚姻状况开始的，蒂莉娅的婚姻与《觉醒》中埃德娜的婚姻十分相似，她们都嫁给了年长十几岁、事业有成的男人，而在丈夫眼里她们同样被视为"一个有价值的个人财产"。埃德娜认为她的婚姻"纯粹是一个意外"[1]，出于不满，她曾象征性地将结婚戒指扔到地上，"踩上几脚，努力想要压碎它"[2]。蒂莉娅也将自己的婚姻描述为"伤心，疲惫，焦虑，四十岁的女人，几十年来没有一个有香槟的早午餐"[3]。她怀疑她的丈夫与她结婚只是为了保证自己的职业前途，因为丈夫最初是她医生父亲的助手。与埃德娜一样，蒂莉娅对做家庭主妇和传统母亲身份的不满，以及她自我意识的觉醒，导致了她采取离开家庭的行为。

在两部作品中，我们可以看到，两位女主角的成长环境也十分相似，她们出生的家庭都体现了父权的强势主导地位，父亲掌控家庭的一切，而过早去世的母亲只给她们留下淡淡的记忆。《觉醒》中的女主人公埃德娜结婚以后，父亲对女儿的生活也经常加以干涉，甚至他责怪埃德娜的丈夫对妻子"太宽容了"，指出"管理妻子需要权威，强制……"[4]《岁月之梯》中的蒂莉娅不同于埃德娜，她从来没有离开她父亲的家，十几岁就嫁为人妇的她和丈夫山姆（Sam）继续住在自己的娘家。父亲在世时，为了让蒂莉娅一直待在身边做他的门诊接待员，陪他上门巡诊，而阻止她去上大学。婚后，蒂莉娅与大她15岁的丈夫山姆的关系就类似她和父亲的关系——她继续做门诊接待员，陪丈夫去出诊看病人。在父亲和丈夫的眼中，蒂莉娅一直是不成熟的女孩，甚至婚后她还经常穿得像"洋娃娃"一样，而她感觉婚姻生活就像一个小女孩玩家家，旁边总是站着一个成熟的准备照管她的姐姐或她的丈夫或她的父亲。在海滩上，山姆给"听话"的蒂莉娅涂抹防晒乳液的场景让人联想到《觉醒》中一个类似的海滩场景——莱昂斯责怪他年轻

---

[1] Kate Chopin. *The Awakening*. 1899. Margaret Culley. Ed. New York：Norton, 1976. p.19
[2] Kate Chopin. *The Awakening*. 1899. Margaret Culley. Ed. New York：Norton, 1976. p.53
[3] Anne Tyler. *Ladder of Years*. New York：Knopf, 1995. p.18
[4] Kate Chopin. *The Awakening*. 1899. Margaret Culley. Ed. New York：Norton, 1976. p.71

的妻子埃德娜被太阳"晒得面目全非"①。在这两个婚姻中,丈夫都似乎更像父亲而不是爱人。

虽然埃德娜从小说的一开始就显示出来对家庭妇女身份的抵触,她不觉得自己像一个"疼爱孩子,崇拜丈夫,长着天使翅膀的女人"②,但在《岁月之梯》中,蒂莉娅却是以典型的家庭妇女的形象出现的。小说开头的场景描写发生在一个超市:

故事是从五月里一个星期六的早晨开始的。这一天空气中洋溢着春天的气息,有着刚洗过的被单那种清新的味道。蒂莉娅来到超级市场,采购一整个星期的食物,她站在蔬果区懒洋洋地挑选着芹菜③。

然而,蒂莉娅的角色就在此时此刻发生了变化,她遇见了一个名叫艾德·柏勒-布莱的年轻男子,请她假扮他的女朋友,因为他的前妻与她男朋友也出现在超市里。蒂莉娅十分乐意地应允,并立刻"回到年轻时那种玩恋爱游戏的气氛中"④。当蒂莉娅下意识地走到麦片和玉米片货架旁时,突然认识到她不该购买这些东西,因为它们都是些"家庭日常用品"⑤。她扮演的是这个年轻人的情人,而不是一个"家庭妇女"。这场际遇,让她心头"涌上一丝喜悦,她觉得幸运,觉得富足,但也因为这样的感觉而感到可耻"⑥。这为她后来的离家出走埋下了伏笔。

在《觉醒》中有两位对埃德娜产生影响的女人,《岁月之梯》中也有两位女性对蒂莉娅产生了影响,同时她们与主人公蒂莉娅一起都可被视为埃德娜在现代社会的翻版,因为她们都是逃离家庭的母亲。艾德的前妻玛莉,尽管只在小说中出现了一次,却是《岁月之梯》中一个非常重要的人物,相当于第一位埃德娜。她是一个成功的女商人和获得解放的妻子,她说服丈夫取了一个用连接符号的婚后名字,又为情人离开丈夫,并放弃她的所有财产。蒂莉娅与艾德开始接触后,完全迷上了玛莉的大胆行为;她并不明白自己为什么会认为玛莉离开丈夫的行为"那样吸引人",但她经常如痴如醉地站在玛莉的衣橱前面⑦。对于蒂莉娅来说,玛莉是早期的榜样,是具有独立人格、自主自立的女人。与《觉醒》中的埃德

---

① Kate Chopin. *The Awakening*. 1899. Margaret Culley. Ed. New York: Norton, 1976. p. 4
② Kate Chopin. *The Awakening*. 1899. Margaret Culley. Ed. New York: Norton, 1976. p. 10
③ Anne Tyler. *Ladder of Years*. New York: Knopf, 1995. p. 3
④ Anne Tyler. *Ladder of Years*. New York: Knopf, 1995. p. 8
⑤ Anne Tyler. *Ladder of Years*. New York: Knopf, 1995. p. 8
⑥ Anne Tyler. *Ladder of Years*. New York: Knopf, 1995. p. 15
⑦ Anne Tyler. *Ladder of Years*. New York: Knopf, 1995. p. 51

娜相比,她甚至在某些方面比原型做得更加彻底——埃德娜至少在离开那个不属于自己的地方之前,把"房子里属于她自己的不管什么都拿走了"①,而玛莉却抛弃了物质的一切。

埃德娜自我意识的觉醒产生于多种因素,其中包括她的年轻的追求者罗伯特·勒布伦,还有她在大海里学会游泳之后对自己能力的认识。自从学会游泳,埃德娜"变得大胆和鲁莽","想游得更远,到之前没有女人游过的地方"②。游泳让她对自己有了新认识,并使她相信有能力掌握自己的生活。"她可以意识到,她自己——她现在的自己——在某些方面与其他自我不同。她以不同的眼光重新认识自己,并由此改变了自己的环境。"③

同样,蒂莉娅开始用"不同的眼光"看自己的最初契机是与年轻男子艾德在超市的相遇,因为艾德对她说了那样赞赏她的话:"你真是个聪明的可人儿!你那么漂亮、娇小的脸蛋,像朵花似的。"④从那时起,她开始认为自己是有吸引力的、独立的,不可预测。以前在家里,她"总觉得自己是只不起眼的蚊子,在她的家人之间飞来飞去"⑤,现在她开始渴望从"日常生活中的磨床齿轮、漏水的地下室、出故障的烤箱、丢失的车钥匙那里逃逸"⑥。与埃德娜的模式一样,她离开了在海滨度假的家人,只穿着当时身上的衣服。蒂莉娅比埃德娜搬到街上居住或玛莉移居城市另一端的举动更进一步,她搭车去了另一个城镇,没有给她的家人留下任何她去了哪里的信息。她开始了全新的生活,打算在没有父亲或丈夫为她做决定的情况下,为自己规划生活。

埃德娜的逃离家庭主要还是出于感官体验,也许是试图复制她晚上游泳的陶醉感,她的选择包括性、美食、音乐和艺术,而蒂莉娅的目标似乎是自我实现。换句话说,她希望自己有一个新的形象,能够自给自足,获得周围人的尊重。她以"葛林小姐"的身份开始了新的生活,买了一套灰色西装和黑色皮手袋,获得了一份法律秘书的工作。她很快将老板的办公室收拾得妥妥当当,想象别人会如此描述她:"那个女人看起来完全独立自主。"⑦在新生活中,蒂莉娅最终找到她在家中感到失落的东西。当她的姐姐找到了她并试图让她回去时,她告诉她姐

---

① Kate Chopin. *The Awakening*. Margaret Culley. Ed. New York: Norton, 1976. p. 84
② Kate Chopin. *The Awakening*. Margaret Culley. Ed. New York: Norton, 1976. p. 28
③ Kate Chopin. *The Awakening*. Margaret Culley. Ed. New York: Norton, 1976. p. 28
④ Anne Tyler. *Ladder of Years*. New York: Knopf, 1995. p. 33
⑤ Anne Tyler. *Ladder of Years*. New York: Knopf, 1995. p. 29
⑥ Anne Tyler. *Ladder of Years*. New York: Knopf, 1995. p. 29
⑦ Anne Tyler. *Ladder of Years*. New York: Knopf, 1995. p. 123

姐:"我现在有一个地方了,一份工作,一个职位,一个住的地方。"①对一个曾经感觉自己就像一只围绕家庭的小蚊子,觉得自己只是个"消费者"或"纯粹的装饰"②的女人来说,这种变化是多么有价值。她很快发现她新建立起的朋友圈子需要自己,她收养的小猫需要她,乔尔家庭里的父亲和儿子需要她。蒂莉娅意识到"她似乎已经变成了另一个人,一个让人可以产生依赖感的女人"③。

小说中另一个埃德娜式的人物是艾莉,蒂莉娅雇主乔尔·米勒的前妻。她误以为自己得了绝症,于是离开了她的丈夫和儿子去"过生命最精彩的日子","做她梦想的事业"④。作为一个逃出家庭的女人,泰勒笔下的艾莉却呈现出一种可笑、鲁莽,甚至可怜的状态。作为电视台天气节目主持人,当地媒体嘲笑她太注重自己的外貌;她经常出交通事故,在一次冲突中,竟然于歇斯底里中划破了蒂莉娅的额头,之后又因为害怕损害她的公众形象而不送蒂莉娅去当地医院。如果说玛莉是蒂莉娅最初的榜样,促使其从家庭逃逸,那么对艾莉形象的塑造则表达了作者对"逃离是家庭妇女的唯一选择"所做出的质疑。虽然艾莉觉得她和乔尔的婚姻是"一辈子被套牢!被囚禁"⑤,但她也向蒂莉娅承认她仍在质疑自己行动的正确与否。她想知道别的已婚女人是不是也和她一样对婚姻有相同的不满的感觉,并问:"我是不是太抱怨了?也许这只是一个必经的阶段吧?……我是不是也应该像她们那样坚持下去呢?如果当初不放弃的话,现在是不是也一样没事?"⑥艾莉坦承,她认为她还是"做错了",但当蒂莉娅告诉她,她的婚姻并不是不可挽回的时候,却被艾莉断然拒绝:"绝不!"⑦蒂莉娅是一位最终重新考虑选择的埃德娜式的人物。在试图安慰艾莉的同时,蒂莉娅似乎也想说服自己,虽然逃离家庭是反抗压迫的一条途径,但它不是唯一的一种有效的方法。

虽然她们都因为自我意识的觉醒而逃离了家庭,但蒂莉娅与埃德娜有着很大的区别。在《觉醒》中,埃德娜也许相信她永远不会实现真正的自我和自主,于是以游泳到死亡作为小说的结束。大多数读者和评论者认为这是她最终逃脱父权社会压迫的举动。而在《岁月之梯》中,泰勒一开始就表明,女主人公不会做同样的选择,蒂莉娅不会步她百年前先辈的后尘,她没有这个必要。在小说的第一

---

① Anne Tyler. *Ladder of Years*. New York: Knopf, 1995. p. 113
② Anne Tyler. *Ladder of Years*. New York: Knopf, 1995. p. 127
③ Anne Tyler. *Ladder of Years*. New York: Knopf, 1995. p. 183
④ Anne Tyler. *Ladder of Years*. New York: Knopf, 1995. p. 167
⑤ Anne Tyler. *Ladder of Years*. New York: Knopf, 1995. p. 228
⑥ Anne Tyler. *Ladder of Years*. New York: Knopf, 1995. p. 254
⑦ Anne Tyler. *Ladder of Years*. New York: Knopf, 1995. p. 254

页,我们被告知,报纸上的新闻报告了蒂莉娅失踪的消息,上面说到:"当局不怀疑失踪者溺水,因为葛林夫人平时不爱游泳,甚至可以说是极度厌恶水的。"①这暗示了蒂莉娅是一个不一样的埃德娜,她不会因为拼命想逃离家庭而结束自己的生命。

两个女人选择的路径之间最显著的差异与她们逃离家庭的行为所带来的后果有关。埃德娜的自杀并没有改变她的世界。她离开后留下了两个儿子——拉乌尔和艾蒂安,谁都可以被看作是对父权制的延续。人们可以很容易想象,莱昂斯在处理完埃德娜的丧事后,很快就会找另一个年轻的妻子取代她,并抚养那两个男孩,最终孩子们对于他们的母亲可能只会保留一个渐渐褪色的记忆。而《岁月之梯》的结果却不同。蒂莉娅的离家行为导致女儿苏西和丈夫山姆发生了根本性的转变。蒂莉娅离开一年多后,给家里打了一个电话,从而发现家中出现了变化,最主要的是她的女儿即将结婚,而山姆竟然令人惊讶地表示反对,坚持要苏西先自己独立生活一年,因为他"不愿意看到她从学校直接跳到婚姻里,从父亲的房子直接进到丈夫的家"②。他敦促苏西先找一个自己的公寓和工作,并断然拒绝蒂莉娅让女儿取代她的老位置当他诊所接待员的建议。山姆,这个代表父权压迫蒂莉娅的男人,似乎已经从蒂莉娅的行为中吸取了教训。由于他的鼓励,苏西成为一个掌握自己婚姻主动权的人,就在婚礼仪式开始前几分钟,她停止了婚礼,并推迟了好几天,直到她肯定新郎就是她想要结婚的对象。

蒂莉娅的逃离家庭可以说取得了成功的效果,在寻找自我并改造自我的过程中,她使家庭的格局也产生了变化。山姆,作为一名父亲和丈夫,现在认识到他在生活中对女人的行为会产生怎样的不良后果。苏西,作为女儿和妻子,明白了在婚姻中女性的自我和平等的重要性。虽然小说结尾又回到海边,这似乎再现了埃德娜最后返回大海的情景,但蒂莉娅并不是真的去海边,相反,她只是在回忆离开她的家庭的第一次出走,并改变了她对这一重要时刻最初的看法。她意识到,不仅是她自己,包括她的家人,都得到了成长;"她离开的人,实际上在某些方面走得更远"③。她争取独立自主和重新认识自己能力的努力,也导致了她的家人和家庭的积极变化。现在,她可以返回家庭,重新走入家人的生活,而不带有一点妥协或牺牲自己的感觉。

泰勒在《岁月之梯》中表达了后女性主义所谓的对"家庭生活的普遍留恋"

---

① Anne Tyler. *Ladder of Years*. New York: Knopf, 1995. p. 3
② Anne Tyler. *Ladder of Years*. New York: Knopf, 1995. p. 242
③ Anne Tyler. *Ladder of Years*. New York: Knopf, 1995. p. 326

(pervasive nostalgia for family life)①的态度,甚至在蒂莉娅最终回到家里之前,她还给她一个米勒家管家的替代身份。在这个角色中,她发现自己在为诺亚买衣服、给他买圣诞礼物、帮他和他的朋友们拼车的过程中十分享受。蒂莉娅并不讨厌养育孩子的职责,这与埃德娜最后视孩子为"战胜了她的反面人物,要制服她并试图将她余生都变成灵魂的奴隶"②不同,蒂莉娅从来没有想过要离开她的孩子,而是感到被他们遗弃和被他们忽视了。通过与12岁的诺亚一起生活,她又返回到母亲的角色,而在这个角色中她最感舒适。并且,值得注意的是,蒂莉娅做这些工作是得到报酬的,这无疑是女性主义的主张,即育儿和家务是应该获得报酬的劳动。

在《岁月之梯》的结尾,找到了自我的蒂莉娅似乎被赋予了从未有过的力量。即使在蒂莉娅回家之前,我们也可以从她与山姆通过电话讨论苏西的婚礼的对话中看到这一点。蒂莉娅提出了两个选择,她告诉他:"无论哪种方式,你都得接受。""我一定要吗?"她的丈夫问道。蒂莉娅回答说:"你一定要。"③这种交流以前在他们夫妻之间从来没有过,蒂莉娅的转变明显发生了,而更令人惊诧的是,她那个总是发布命令的丈夫也能尊重这种变化。另一个例子是,当她回家,女儿立即问她如何处理与新公寓房东谈判之事。在她离开家人之前,蒂莉娅从来没有房屋租约方面的经验。然而,当她回到家里,当她试图帮助苏西摆脱她刚刚签署的租约时,她被家人视为解决这方面问题的专家。可见,重新出现在家人面前的这个自主独立的蒂莉娅被描述为一个给家庭带来极大帮助,而不是带来威胁的人。

《岁月之梯》中蒂莉娅的人生之旅,特别是最后的回归家庭,体现了后女性主义的主张。后女性主义文本与女性主义文本相比,其斗争目标并不明确。后女性主义更关注人的行为多样性,其中包括女人的极权主义倾向和男人的行为不端与脆弱。《岁月之梯》中的男人们因其对待蒂莉娅的行为受到了批评。从她的父亲不让她去上大学,并利用她在他的诊所做免费的劳动力,到山姆理所当然地在父亲去世后接手一切,享受重男轻女的特权,小说中的男人们并没有将蒂莉娅当作一个有独立人格的个体,而将她视为在他们之间传递的商品。同时,小说也

---

① Deborah Silverton Rosenfelt. "Feminism, 'Postfeminism,' and Contemporary Women's Fiction". In: Florence Howe. Ed. *Tradition and the Talents of Women*. Urbana: University of Illinois Press, 1991, pp. 268-291.
② Kate Chopin. *The Awakening*. Margaret Culley. Ed. New York: Norton, 1976. p. 113
③ Anne Tyler. *Ladder of Years*. New York: Knopf, 1995. p. 244

让蒂莉娅承担了自己的一些责任。蒂莉娅将自己置于一个孩子的位置,形成一个越来越习惯于依赖、不成熟和稚气的形象。作为典型的后女性主义小说,泰勒并没有把所有性别不平等归咎于男性,而是指出,至少像蒂莉娅这样,许多妇女接受这种不公平的情况太久了,如果她们花一些努力,是可以改变自己的现状的。

泰勒的另一部小说《世俗之物》也讲述了一位逃离又回归的母亲夏洛特的故事。这一次,女主人公从她的令人窒息的婚姻逃向一位牧师。当她为了路费到银行取钱时,被一个抢劫犯控制,并被迫陪着他从巴尔的摩到佛罗里达。后来夏洛特终于逃脱囚禁,又回到丈夫身边。许多读者认为这个结尾令人失望,指责夏洛特向男性压迫妥协。然而,值得注意的是,小说的最后有这样一段描写,夫妻在床上躺下后,夏洛特的丈夫提议带她去度假,但她拒绝了并让他睡觉去。小说的最后一行只有这样几个字:"他照办了。"①这虽然不是一个女权主义者的宣言,但夏洛特确实表明了一种新的力量;她的愿望和欲望现在可以说出来,而丈夫可以应和。她的逃离家庭所经历的旅程,包括她最终对压迫的反抗和离开囚禁者,使她现在有力量实现她在家中的变革。

在后女性主义小说中,往往会描写一个女人如何在家庭范围内实现自我完善和获得权力。后女性主义"强调家为自然的选择——这意味着,当然,别无选择"②。在《岁月之梯》中,蒂莉娅的回归家庭似乎就是"自然的选择"。小说中另外两位埃德娜式人物,玛莉和艾莉,她们最终可能也会返回各自的家庭。当然,泰勒的作品并不是想要表达家庭、婚姻、母亲是女性的唯一的或必须的选择。小说中蒂莉娅的姐姐伊丽莎就从来没有结婚,她凭借在巴尔的摩普拉特图书馆的工作过着独立自主的生活。另一位姐姐琳达,也与一位教授离了婚,独自抚养双胞胎女儿。蒂莉娅的婆婆埃莉,年轻时就寡居,靠着一份秘书的工作养育她年幼的儿子,直到他长大成人。《岁月之梯》作为一部具有后女性主义特征的文本,为所描写的女性人物提供了多种生活模式的选择,其中也包括家庭和婚姻。泰勒通过对女主人公与埃德娜类似经历的描写,塑造了一位后女性主义版本的埃德娜。然而,不同于埃德娜所做的选择,蒂莉娅没有永远离开她的家人,泰勒让被赋予新力量的蒂莉娅回到已发生变化的家中,回到丈夫和孩子身边。不同于许多女性主义文学作品将家庭视为妇女的牢笼,泰勒的小说不仅让那些具有自我

---

① Anne Tyler. *Earthly Possessions*. New York: Knopf, 1977, p. 200
② Elspeth Probyn. "New Traditionalism and Post-feminism: TV Does the Home". *Screen* 31 (Summer 1990), p. 152

意识、拥有独立力量和自信的女性回归了家庭,还通过她们构建了新型的理想家庭结构。

第四节　家庭叙事中的子女与手足

安·泰勒在她写的 20 世纪美国社会风俗小说中全面而敏锐地探讨了这种家庭关系:竞争对于兄弟姐妹间特别是兄弟间的复杂的、多维度的关系是至关重要的。

德国社会学家滕尼斯认为,夫妻关系在本质上是以性为基础的,但性的本能并不会使得某种程度上持久的共同生活成为必然,夫妻关系主要是依靠习惯来形成一种相互肯定的关系,而孩子作为维持长久夫妻关系的共同联结,是这种关系重要的巩固因素之一[①]。换言之,如果缺乏子女的维系,夫妻关系很可能会受到挑战。小说《意外的旅客》中儿子的死亡造成了梅肯和妻子莎拉(Sarah)的关系极度紧张,婚姻遭遇严重危机。另一方面,在夫妻关系崩裂,甚至于解除的家庭共同体中,亲子关系维系了家庭共同体的某种完整性,这一点在泰勒笔下一系列单亲家庭,甚至继亲家庭中都有所体现,可见子女在家庭叙事中的重要性。然而,对于多子女的家庭而言,兄弟姐妹关系也成为小说反映当代家庭的重点之一,他们之间的关系有些以血缘相维系,有些并无血缘关系的兄弟姐妹则以共同的习惯或记忆来维系他们之间的共同体关系,但是更重要的是,手足之间的关系在泰勒的笔下体现出一种冲突与竞争的张力,隐藏着手足反目的可能性。

一、反哺的子女

尽管父爱相对冷峻,而母爱更为热烈,但总体来说在泰勒小说中,亲子关系相对而言仍是较为紧密的,与此同时,存在着一种特别的模式,即成年子女反哺家庭,取代父母(或者说母亲)的角色,照顾大家庭。在这些反哺家庭的子女中,有一个群体在泰勒笔下尤为明显,他们以男性为天然性别,但在角色塑造中却缺乏男性气质的体现,通常他们没有或鲜有与其他女性相关的明确的恋爱或婚姻关系,他们依恋母亲或具有母性思维,往往留在大家庭中照顾年迈的父母或是与

[①] 斐迪南·滕尼斯:《共同体与社会》,林荣远译,北京:商务印书馆,1999 年,第 59 页。

自己并无直接血缘关系的下一代。《圣徒叔叔》中的伊恩、《思家饭店的晚餐》中的艾兹拉以及《一轴蓝线》中的丹尼,都是这一类子女的典型代表。这一类反哺的子女不仅仅通过通常意义上的照顾父母来反哺家庭,他们同时还照料家庭中的其他成员,比如家庭中的下一代(有时甚至是并无血缘关系的下一代),他们通过照料下一代,减轻自己母亲抚育孙辈的压力,从而反哺母亲。

《圣徒叔叔》中的伊恩是这一类子女的典型代表,泰勒在这部小说中对于伊恩的角色塑造显然是建立在与伊恩的父亲道格的对比之上的。道格是泰勒家庭叙事中无功无过的父亲角色之一,贝德罗家庭是小说中邻里称赞的模范家庭,父亲道格也并未由于婚外情等原因逃离,相反他深爱着他的妻子,在妻子碧过世以后,他执意要求将妻子的梳妆台保持原状,似乎这样就能让他感觉妻子还活着。但是在表面上固守家庭共同体的父亲群体中,他依然是徘徊在家庭共同体之外的父亲角色。尽管与妻子碧生育过三个子女,但道格并未积极参与到子女的养育工作中去,而是骄傲于自己只给他们换过一次尿布。贝德罗家遭遇大儿子与儿媳意外死亡的悲剧之后,妻子碧面临着抚养丹尼和露茜留下的三个孩子的任务。此时道格已经退休,相对清闲,他在主观上想要帮忙,但他的帮忙意愿并不强烈,加之他不善料理家事,故而行动更是严重滞后。泰勒在描绘这位父亲时的笔触是真实的,但对其的态度却并不赞同。道格自年轻时期开始,就以不做家务事为荣,这体现了他对父亲角色的限制,这不仅仅限制了他的家庭活动,也限制了他在家庭共同体中的归属感,使得他甚至只能到老外邻居那里打发时间。可以想象,其实道格也并不喜爱这种游离于家庭共同体之外的感受,对他而言,这并不是一种自由,而是一种孤立感。但是这一切源于他一直以来的生活习惯,如果早年他能够抛弃性别观念,积极参与到家庭活动中,那晚年他就可以帮助伊恩和碧照料家庭,也能因为紧密参与到家庭生活中而更为快乐。

相比较而言,伊恩则成了家庭中非常重要的参与者,他悉心照顾年迈的父母,不遗余力地抚养哥哥丹尼留下的三个孩子,这体现了20世纪后期美国父亲角色的变化。如果说在道格所代表的时代,人们对于父亲角色的预期是以在家庭外部工作为主,经济上供养家庭为责任,那么当代父亲的角色定位则是需要父母双方分担抚育孩子的任务,也就是说父亲也要参与到孩子的抚养过程中去。

20世纪后半叶,随着美国女性运动的崛起,男性与女性的关系和社会定位产生了变化,父亲在家庭共同体中的重要性愈加显著,但这不表示性别的界限就被抹去了。社会学家认为,父亲的责任在于帮助孩子独立成长,打破其婴儿期开始的对母亲的依赖,故此,如果男性长辈一开始就担负起照顾幼儿的女性责任,那么这种认同就难以建立起来。孩子们一开始可能会依赖父母双方,这就使得任何一方都不能使得孩子脱离幼年依附,从而建立起自身个性①。在这个意义上,伊恩对于侄子女来说,不能完全算一个父亲角色,而是更接近于一个母亲角色,因为他较少关注孩子的独立性和个性化。但实际上却又不止如此,伊恩体现了荣格的女性意向(Anima)理论,在他身上展现的形象是不受限于其男性身份的。

在荣格的理论中,女性意向(Anima)与男性意向(Animus)分别是男性与女性潜意识中的异性倾向。由于从生理起源而言,人在本质上是两性都具有的高级动物,故而每个人的潜意识中都具有异性的某种倾向性特征②。荣格认为:"每个男人心中都有女人的一种永恒形象,不是这个或那个女人的形象,而是一种绝对女性形象。这一形象从根本而言是潜意识的,是从嵌在男人身上有机体系上的初源处(primordial origin)遗传来的因素,是所有祖先对雌性经历所留下的一种印痕(imprint)或'原始型'(the archetype),是女性打下的全部印象的一种积淀……由于这一形象是潜意识的,因此它总是潜意识地给一个人勾勒出所爱的人的形象,也是情感上产生好恶的重要原因。"③荣格认为,对于男性而言,女性意向不会以显性的方式完全呈现,也不会消失。而在伊恩的角色塑造中,泰勒以最多的笔墨描绘了伊恩对于侄子女的抚养,自最小的侄女姐芙妮还是个婴儿的时候,对于伊恩的描写就常常淹没于他照料孩子和打理家务的细节中,可以说伊恩的女性意向体现得非常明显。哥哥丹尼和嫂子露茜过世以后,照顾三个孩子的责任落到了伊恩父母身上,可是他的父亲道格缺乏处理家务的经验和习惯,难以协助他的母亲碧,而母亲碧由于年事已高,身体情况已经不容许她同时照顾这三个孩子。一方面由于对兄嫂意外的内疚,一方面出于反哺家庭的责任,伊恩毅然辍学打工,承担起照料家庭共同体的责任。艾嘉莎和托马斯改了贝德罗家的姓后,伊恩成为三个孩子的合法监护人,他照料孩子们的衣食起居,带他们去教堂礼拜,指导他们学习,参加学校的家长会。对于最小的姐芙妮,伊恩尤其关心,在姐芙妮的叛逆期伊恩每天都去学校接她回家,几乎从不假手于人,此外伊恩还关心姐芙妮的穿衣打扮(比如在圣帕特里克节姐芙妮想要穿绿色衣服,

---

① 参见:Nancy Chodorow. "Considerations on a Biosocial Perspective on Parenting". *Berkeley Journal of Sociology* 22 (1977—1978): 179-97.
② 常若松:《人类心灵的神话:荣格的分析心理学》,武汉:湖北教育出版社,1999年,第104-106页。
③ 荣格:《人格的发展》,载于《荣格全集》,张月等译,上海:上海三联书店,2009年,第17卷,第198页。

伊恩一直等着妲芙妮,确保她穿着清新干净的服装才安心),以及与异性的交往(伊恩对于妲芙妮的男友基甸颇有微词,后来由于无意间看到基甸与其他女生一起,伊恩曾非常苦恼该如何干预妲芙妮的恋情)。伊恩如同母亲一般照料着孩子们,不仅放弃了自己的学业,还放弃了自己的爱情。由于辍学和照料孩子,伊恩与女友希西莉分手,在孩子长大成人的过程中,伊恩并未与其他女性谈过恋爱,更弗论经营一段婚姻。可以说,他的男性特征其实是消隐的,反而是女性意向完全凸显出来,可见,伊恩虽然是一个男性,但在小说中却是以"类母亲"的形象出现的,他牺牲奉献一生的养育行为带给他的是如同母亲的"礼物领域"的满足感,他觉得那三个孩子,"为他的人生涂上色彩,注入活力,还有……唔,生命。"[①]泰勒通过小说传达了一个观点:做母亲不是天性,而是后天习得的行为。如果说"母亲"意味着一个养育者,那么他就不一定必须是女性。虽然男性无法通过生育与婴儿建立起长达10个月的血亲纽带(滕尼斯认为这样的血亲纽带是共同体中最为天然的联系),但他们同样可以养育孩子。然而,由于男孩和女孩所受的教育和被引导的方向不同,男性自然在照顾养育孩子时与女性不同。故此,泰勒并未将性别隔阂完全抹去,她暗示伊恩这样一个母亲化的男性,并不能够完全代替母亲的存在。孩子们喜爱他,但是他们还偷偷留着母亲露茜的照片。伊恩发现后感叹道:"你看看你吧:放弃学业,为这几个孩子牺牲一切,结果呢,他们怎么对你的?他们偷偷把妈妈的照片藏起来,紧抓住她不放,爱的还是她。但是她生前根本就没好好照顾他们,自暴自弃走上绝路,就这样扔下他们不管;只是,显然,血亲赛过一切。"[②]

如果说伊恩的反哺更多的是通过照料下一代来减轻父母的重担,那么《思家饭店的晚餐》中的艾兹拉则完全是通过照料母亲甚至饭店食客来反哺家庭共同体的。与伊恩一样,艾兹拉也缺乏明显的男性身份,他一直留在母亲身边,对母亲非常耐心,当年迈的母亲失明却又不愿意承认的时候,他选择婉转地告诉她天气而不伤害母亲的自尊。艾兹拉从未离开家,没有结过婚,也没有孩子,可以说,他的人生在传统意义上是不完整的。考迪的一位女友跟艾兹拉初次见面的时候就冷眼相待,认为他婆婆妈妈,"总像老母鸡孵蛋、喂小鸡那样,动作笨拙而腼腆,到头来,反倒要你去照顾他们"[③],艾兹拉微弱的男性气质由此可见一斑。然而,在面对家庭共同体中成员的时候,艾兹拉比他的母亲

---

① 安·泰勒:《圣徒叔叔》,宋伟航译,台北:校园书房出版社,2009年,第278页。
② 安·泰勒:《圣徒叔叔》,宋伟航译,台北:校园书房出版社,2009年,第280页。
③ 安·泰勒:《思家饭店的晚餐》,周小宁等译,南京:译林出版社,1999年,第130页。

表现得更像一个母亲。比如在食物方面,波尔对此是不太在意的,他们的餐饭经常是随便打发,午餐肉和罐头蔬菜已经算是波尔给孩子们吃得不错的东西了。然而艾兹拉却完全不同,当他还是个孩子的时候,艾兹拉就对食物有种特别的偏爱。珍妮记得当自己被母亲的大发雷霆吓坏后,艾兹拉"悄悄下楼进厨房,给珍妮冲一杯热牛奶,加上蜂蜜,撒上肉桂。他总能迅速把握住家里人的情绪,给他们吃喝,也给予无言的安慰"①。考迪也认为艾兹拉是"一位喂食者。他在你面前放上一盘菜,然后站在一边,脸上充满期待的神色,两手紧握,搁在下巴底下,两眼随着你的叉来回转动。谁吃他做的菜,他对谁就有一种温柔的、几乎是爱怜的感情"②。

艾兹拉将斯卡拉蒂饭店改成了温馨的家庭厨房,他"用三个和颜悦色、慈母般的女侍者顶替了三个衣着灰暗的男侍者。他撤去厚哗叽封皮菜单,改用黑板列出每天的菜名"③。他打算"烹调使人思家怀乡的菜——比如加州小贩车上卖的、墨西哥人一向爱吃的玉米卷,又如托德·杜克特一年几次让他母亲用纸杯捎来的、美味可口的北卡罗来纳叉烧酸肉。他要把饭店改名为思家饭店"④。艾兹拉认为,最能够抚慰人心灵的食物是儿时的食物,或者说儿时母亲准备的食物。艾兹拉没有自己的家庭,也没有孩子,但是他将思家饭店当作了自己的小家庭去经营,把餐馆的客人当作了自己的孩子去呵护和疼爱,他一有关于思家饭店的新点子就欣喜若狂,"甚至在夜里醒来就急于马上告诉别人"⑤,这完全是一位母亲在孕育新生命时的兴奋感。艾兹拉通过思家饭店,将对家庭的爱反哺给每一位食客,在更大范围内铺展了其家庭叙事。

《一轴蓝线》中所描绘的怀特杉柯一家有四个子女,两个女儿阿曼达和珍妮以及两个儿子丹尼和司迪牧(其中小儿子司迪牧为养子),丹尼在四个儿女中最为叛逆离奇。幼年时,乖巧稳重的司迪牧突然被收养,丹尼认为这分散了父母对他的爱,故而对母亲逐渐疏远。丹尼在小说叙事中的每一次出场都富有喜剧色彩:他年少离家,任性孤单,很早就致女友怀孕,大张旗鼓地打算结婚,最后却又不了了之;多年无音讯之后,他突然打电话回家宣称自己是同性恋,造成父亲瑞德和母亲艾碧的惊慌失措,却在不久后突然结婚生女;当他离婚数年后,他又告

---

① 安·泰勒:《思家饭店的晚餐》,周小宁等译,南京:译林出版社,1999年,第72页。
② 安·泰勒:《思家饭店的晚餐》,周小宁等译,南京:译林出版社,1999年,第159-160页。
③ 安·泰勒:《思家饭店的晚餐》,周小宁等译,南京:译林出版社,1999年,第120页。
④ 安·泰勒:《思家饭店的晚餐》,周小宁等译,南京:译林出版社,1999年,第120-121页。
⑤ 安·泰勒:《思家饭店的晚餐》,周小宁等译,南京:译林出版社,1999年,第120页。

知母亲,其实当年的女儿并非他亲生。可以说他的一切都是瑞德和艾碧猜不透的谜。与伊恩和艾兹拉不同的是,丹尼是一个看似与家庭疏离的人,然而,他同样缺乏明显的男性特质。事实上,由于小说开篇的那个宣称自己是同性恋的电话,又加上丹尼一直并未真正成家(之前短暂的婚姻中所生的女儿并非他亲生,使得这段结合的缘由成疑),在瑞德和艾碧看来,丹尼的性取向甚至都是模糊的。这是泰勒第一次涉及同性恋的话题,泰勒对丹尼这一角色的塑造,似乎暗合了荣格原型理论中所认为的男性和女性都部分地表现出阴阳双性的特征,同性恋作为这种特征的极端变态表现而出现①。

  当父亲瑞德和母亲艾碧因身体抱恙需要照顾时,孩子们纷纷表示出照顾父母的意愿,首先是司迪牧和妻子携两个儿子搬回了旧宅照顾父母,当漂泊在外的丹尼知道了以后,他坚决要求回家陪伴和照料父母。丹尼很少回家,也不太与家人联系,家人甚至搞不清楚他的职业和恋爱等现状,他对家庭所表现出的疏远使得家人并不指望他会在需要时料理家中事务,可是他却义无反顾地回到老宅照顾起瑞德和艾碧。虽然在照料的过程中,丹尼并不如同伊恩或艾兹拉一般表现出事无巨细的周到与温柔,但他对父母的情感是真挚的。在艾碧去世后,一向乖巧的司迪牧得知与自己身世相关的秘密,发现当初由于艾碧隐瞒事实,自己与生父失之交臂,这在他心里埋下了一根刺。此后,司迪牧性情发生了很大的变化,与丹尼频起冲突,家庭中的其他成员抱着对丹尼的成见和对司迪牧一直以来的好感,屡次误会丹尼。然而,丹尼却在母亲过世后,突然成长起来,但他对于误会并未多做辩解,也从未记恨司迪牧,他唯一的希望是保全老宅,照顾好还在世的父亲。如同对他反哺的回应,一卷偶然落入他手中的缝衣蓝线,似乎在冥冥中诉说了母亲对他的浓浓爱意。这卷蓝线是在丹尼要帮父亲缝补一件上衣时出现的,这件上衣是由艾碧缝制、瑞德在他们当年婚礼时穿的,艾碧过世以后,瑞德坚持要穿这件上衣参加艾碧的葬礼。因年代久远,这件衣服难免样式老旧、破损脱线,尽管姐姐反对,丹尼还是承诺帮父亲缝补好这件衣服。当丹尼一打开艾碧的置放缝纫用品的柜子,找与这件衣服同色的线时,一卷蓝线恰巧落到他手中,在那一瞬间,他感觉"好像是她(母亲艾碧)亲手递给我的"②。这卷蓝线对丹尼而言意义深刻,他将之视为母亲与他之间的纽带,这一纽带在儿时司迪牧被收养时似乎就断裂了,而在母亲过世

---

① 常若松:《人类心灵的神话:荣格的分析心理学》,武汉:湖北教育出版社,1999年,第109-110页。
② Anne Tyler. *A Spool of Blue Thread* (Large Print). New York: Random House, 2015, p. 538.

以后却重新延续,直到最后他们的老宅被卖,父亲瑞德搬离旧宅,丹尼也离开时,他依然久久不能释怀。这卷蓝线以母亲为象征凝聚了整个怀特杉柯家族,而子女的反哺则是对这种深沉的母爱的最好报答,是家庭叙事中优美的协奏。

二、竞争的手足

关于兄弟之间矛盾的故事在《圣经》中多处可见:神"喜悦"并接受了亚当和夏娃的次子亚伯的燔祭,而未接受长子该隐的燔祭,该隐因此妒忌他的弟弟亚伯,从而将他杀害。雅各以一碗红豆汤换取了以扫的长子名分,又假装以扫,骗取父亲对于长子的祝福。约瑟的兄弟由于妒忌约瑟长相俊美,聪明智慧,受到父母的偏爱,而把约瑟变卖为奴,假称他被野兽害死。由于嫡子以撒来自神的祝福,以撒出生的时候,亚伯拉罕遣走了他的庶子以实玛利。这些兄弟阋墙的故事在犹太教和基督教的文化传统之中传承,造成了美国文化中否定手足和谐关系的观点,这一点也同时在泰勒的小说中得以反映。

在泰勒的小说中,兄弟或者姐妹之间往往由于父母的偏爱、性的吸引或是伴侣的争夺,形成竞争的关系。比如《思家饭店的晚餐》中的考迪和艾兹拉兄弟俩,考迪精明能干,女人缘佳,事业飞黄腾达,艾兹拉却有着明显的缺陷,一直待在母亲波尔的身边。然而这种缺陷在考迪眼中却是一种利于艾兹拉的缺陷,"使他不受影响,与众不同"[①]。考迪的女友们总是一个个被他的弟弟艾兹拉吸引,"艾兹拉身上好像有什么能勾引她们的注意力。他一在场,她们眼里便闪出明亮、敏锐、着迷的光芒,仿佛在倾听别人听不见的声音。……然而,艾兹拉的柔软金发下的那双明亮的灰眼睛只望着远处,想着自己的心事。可以说,他好像确实没有意识到自己对女人的魅力。……也许领会了,只是不在意罢了"[②]。在恋爱上,艾兹拉仿佛是考迪隐秘的魔咒,考迪总担心女友会被艾兹拉所吸引,故而不断地把女友们带回家,通过她们对艾兹拉的反应来测试她们,事实上他完全没有必要这么做,毕竟他住在距离巴尔的摩家遥远的纽约。"但这意味着一辈子提心吊胆。他将不自在地、疑神疑鬼地监视妻子。他将一直等待不可避免的命运——犹如睡美人的父母在等待那根无法提防的、注定要刺伤女儿的魔针出现。"[③]到头来,考迪却横刀夺爱,娶了艾兹拉的女友露丝,露丝貌不惊人,"瘦长脸,小脑

---

① 安·泰勒:《思家饭店的晚餐》,周小宁等译,南京:译林出版社,1999年,第129页。
② 安·泰勒:《思家饭店的晚餐》,周小宁等译,南京:译林出版社,1999年,第129-130页。
③ 安·泰勒:《思家饭店的晚餐》,周小宁等译,南京:译林出版社,1999年,第130页。

袋,一头红发"①,脸上布满雀斑,"手心的老茧有卵石那么大"②,她当时和艾兹拉已经定了婚期。考迪原本根本不会对这样的女人产生兴趣,仅仅由于她是艾兹拉的未婚妻,考迪才将露丝视为"一颗真正的宝石"③,从而开始暗地里追求露丝。母亲波尔也看出了考迪的心思,她斥责考迪道:"你为什么故意跟你弟弟作对?你根本不需要那个姑娘。她一点儿都不是你喜欢的那种。她属于你弟弟艾兹拉,她是他在世界上唯一的追求。"④可是露丝还是被经验丰富、手段高超的考迪所吸引了,而艾兹拉也从此再未恋爱结婚。考迪"喜欢竞争,希望在同宿敌艾兹拉作势均力敌的斗争中获胜",而他这一切斗争的源头则是,他意识到了母亲波尔对艾兹拉与众不同的感情,对于波尔而言,"艾兹拉是她的一切。他是唯一同她交心的人。……小时候,他常常爬上她的膝盖,用细小的胳膊搂住她的脖子,她吸着他身上的热饼味,想道,'真的,这就是生活。这就是我赖以生存的原因'。于是,她不舍得放他走。"⑤因此,由于弟弟艾兹拉获得母亲的偏爱,考迪将弟弟视为竞争对手,甚至残忍地夺走了艾兹拉的未婚妻。

评论家通常把《时钟发条》看作泰勒早期小说和晚期小说之间的桥梁,早期小说以北卡罗来纳州为背景,晚期小说以1967年后的巴尔的摩为背景。该小说不但描写了个人在出生的家庭、假定的家庭和生育的家庭中的为了分离和融合而进行的抗争,还描写了家庭中的各种复杂关系。故事的主角是伊丽莎白,一个年轻的女学生,利用学校假期出去赚点钱,同时为自己寻找人生目标。她在巴尔的摩偶然地遇见了帕梅拉·艾默生夫人,并由此与艾默生夫人一家人发生了长达14年剪不断、理还乱的复杂关系。寡居的艾默生夫人有七个子女,故事情节围绕伊丽莎白和艾默生夫人已成年的孩子——特别是提摩西和马修——之间的关系展开。伊丽莎白来到巴尔的摩是为了逃离她在北卡罗来纳州的家庭,之后,又为逃离她与艾默生家族的纠缠回到北卡罗来纳州,然而最终,她还是回到巴尔的摩并嫁进了艾默生家族。伊丽莎白获得艾默生一家人的喜爱,特别是哥哥提摩西和弟弟马修。天真的她低估了性欲使兄弟疏远的力量,她鼓励每个人而违反了家庭伦理行为准则,使得兄弟彼此针对,以至于每个兄弟与她之间的牵连,都成为对另一个兄弟的背叛。虽然伊丽莎白最终嫁给了马修,但提摩西却付出

---

① 安·泰勒:《思家饭店的晚餐》,周小宁等译,南京:译林出版社,1999年,第137页。
② 安·泰勒:《思家饭店的晚餐》,周小宁等译,南京:译林出版社,1999年,第137页。
③ 安·泰勒:《思家饭店的晚餐》,周小宁等译,南京:译林出版社,1999年,第149页。
④ 安·泰勒:《思家饭店的晚餐》,周小宁等译,南京:译林出版社,1999年,第151页。
⑤ 安·泰勒:《思家饭店的晚餐》,周小宁等译,南京:译林出版社,1999年,第169页。

了生命的代价。

与之相比,《圣徒叔叔》中伊恩和丹尼的关系相对和缓,更为和谐。爱好运动的丹尼对于伊恩而言,常常作为典范而存在。但是弟弟伊恩对于嫂子露茜的感情却是微妙的,显然,25岁的露茜比伊恩的女友——17岁的同学希西莉更有吸引力和魅力。在小说中,泰勒从未揭露过伊恩对露茜的真实感受,因为他对露茜的感受已经与对丹尼死于自杀性车祸的愧疚混合起来,但是泰勒还是留下了不少与之相关的细小线索。伊恩为露茜带孩子以后,极为享受露茜所给的报酬,因为"她掏出来的钱还沾着她的古龙水香味,有一点呛的气味,沾在钞票上几小时不褪;他睡前把口袋里的东西清出来时,也会弥漫一室"[①]。这一嗅觉描述不免带上了性暗示,相较于希西莉的稚嫩,露茜的成熟韵味在此处得以展示。而在泰勒所描述的伊恩和露茜为数不多的单独交流中,有一次是露茜由于偷了一件连衣裙而惶惶不安:

"伊恩,"她说,"我可不可以问你一件事?"

"可以啊。"

"你觉得我穿这一件连身裙怎样?"

她一把脱下身上的大衣,露出里面的连身裙,不是她出门时穿的那一件。她摊开两只手臂,像服装模特儿一样转了一圈。托马斯和艾嘉莎睁大双眼,看得目不转睛。伊恩也是。

他这辈子没见过这么漂亮的衣服。光洁的象牙白针织质料,很轻,软软地搭在她身上,但是,胸部和臀部却服帖得紧。这样的布料叫什么啊?他在心里想象布料在手指头下如丝的光滑质感。

……

大V字领的,他想说的是这些,在中间往下拉那么多。裙子在你两条腿旁边蹭来蹭去,窸窸窣窣。

不过他真的说出来的是,"这衣服不错啊"。

他伸手去摸她腰间的衣服质料。布料好细,称得他的手指头粗得跟麻绳一样。他抚其手掌按在她的胸廓下面,隔着布料摸到她温热的肌肤。露茜倏地朝后退上一大步,伊恩也马上放下手摊在身侧[②]。

这是《圣徒叔叔》中伊恩和露茜最亲密的一次接触,从伊恩的想法和行为中,

[①] 安·泰勒:《圣徒叔叔》,宋伟航译,台北:校园书房出版社,2009年,第47页。
[②] 安·泰勒:《圣徒叔叔》,宋伟航译,台北:校园书房出版社,2009年,第48-49页。

都不难看出嫂子露茜对于伊恩的吸引力。正是由于这样的吸引力,当伊恩怀疑露茜背叛哥哥丹尼的时候,他因移情作用才会如此愤怒,以至于未经证实就口不择言地告诉了丹尼,导致了丹尼车祸惨剧的发生。通常而言,一个孩子面对自己兄弟姐妹死亡的时候通常会遇到的三种境况是恐惧、被死去的手足纠缠、通过同时过自己和死去手足的两种生活而让对方回到生活中来[①]。面对丹尼的死亡,伊恩常常梦到丹尼,这可认为是某种意义上的纠缠,同时担负起养育丹尼的孩子的责任,并通过养育丹尼的下一代,承担起丹尼的生活。在这个意义上,伊恩与丹尼的生活合二为一了,可以说他们从竞争走向了和解,而丹尼在伊恩的生活中复活了。

不仅仅是兄弟,姐妹之间往往也存在着竞争的关系。在《岁月之梯》中,蒂莉娅姐妹三个在闺中就曾经争夺过父亲的接班人山姆。当年山姆来到她们父亲的诊所工作,由于她们的父亲没有儿子可以继承事业,便需要山姆在三姐妹中挑选一个做太太,从而继续经营自己的诊所。这个情节设计类似于《傲慢与偏见》中堂兄来挑选妻子的桥段,带着浓重的旧式风情。在均等的机会面前,最小的蒂莉娅获得了山姆的垂青,二姐琳达婚后搬出了娘家,而大姐伊丽莎则一直未成家,与蒂莉娅及山姆一家住在一起。蒂莉娅出走后,伊丽莎表面上关心蒂莉娅,远赴港湾镇多次去探望她,实际上则是希望避免山姆与蒂莉娅的正面接触。她似有若无地开解蒂莉娅,甚至在很多时候都是借开解之名,挑拨蒂莉娅与山姆,甚至与她们已经去世的父母之间的关系,其目的是剪断蒂莉娅与家庭之间的情感纽带。她一方面并不积极地劝说她回去,另一方面则全面打理起山姆和孩子们的家务,大有要替代蒂莉娅的架势。虽然最后蒂莉娅还是回到了家庭,一家人重新团聚,但是伊丽莎的行为,无疑也是姐妹之间竞争的反映。

安·泰勒小说中的手足之间的竞争关系反映了这样的问题:兄弟姐妹的关系存有偶然性,他们只是由于共同的父母才成为了手足,彼此之间不存在相互间"原始的和本能的中意和天然的相互认识"[②],他们之间的关系同母子关系、夫妻关系等相比,其在心灵上的纽带是最为微弱的,最强的联系则是习惯和记忆。通常而言,他们的父母相同、住所相同、成长过程相同,但他们本身却并不相同,如何在相同的环境中发展出不同的个性,是兄弟姐妹成长的难题之一。正是由于

---

① Stephen P Bank, Michael D Kahn. *The Sibling Bond*. New York: Basic Press, 1982, pp. 457-458.
② 斐迪南·滕尼斯:《共同体与社会》,林荣远译,北京:商务印书馆,1999年,第60页。

他们寻求个体化的自我认同,所以往往选择不同的人生道路。他们在成年后,虽然会或多或少地维系彼此之间的联系,却很少是亲密的朋友。他们之间的竞争关系是延续一生的,而当成年后,性的背叛成为这一竞争的影响因素以后,兄弟姐妹间则很可能会加剧竞争关系,直至反目,给双方带来巨大伤害。然而,兄弟姐妹的关系却是泰勒家庭叙事中重要的组成部分,它们谱写着家庭中延续未来希望的子辈的故事。

三、手足之情

虽然安·泰勒将较多笔墨放在了对家庭中手足之间竞争关系的刻画上,但她并没有忽略对现实生活中美国家庭中存在的手足亲情关系的描写。在泰勒的家庭叙事中,兄弟姐妹的手足之情往往会在家庭遭遇不幸或强弱对比悬殊的情形之中迸发出来,从而显现出手足之情在家庭结构中的重要作用。

泰勒的第二部小说《锡罐树》中,虽然也出现了兄弟之间的抵牾,詹姆斯·格林和弟弟安塞尔都爱上了琼·派克,但詹姆斯因为他对弟弟的承诺,宁可压抑自己的情感也不会娶琼。安塞尔是一个有高度依赖症的忧郁症患者,他有离家出走的倾向。当詹姆斯四处寻找安塞尔时,琼曾试图说服他不要再寻找,而这些都是徒劳。作为一位摄影师和烟草买手,28岁的詹姆斯不仅在经济上支持他26岁的弟弟,而且实实在在地服侍照顾他。安塞尔不愿意做饭,詹姆斯就负责起准备饭菜的工作。詹姆斯打扫公寓,安塞尔则窝在沙发里。詹姆斯总是提醒忘记服药的安塞尔。如果说安塞尔是家庭麻烦制造者,那么,詹姆斯无疑就是有能力承担责任的家庭守护者。《呼吸呼吸》里的艾拉·莫兰也面临着相似的家庭期望。他无法继续他所渴望的学校教育,因为父亲在他完成高中学业后就将家庭责任移交给了他。父亲曾对当时还是艾拉女友的玛吉说道:"艾拉要养家糊口,就像已经结了婚一样。不过,我们家的情况可让他没法结婚。我的心脏折磨我已经有好几年了,而他的一个姐姐脑子不大正常。"①艾拉的一个姐姐因为自闭症从不敢离开家人参加正常的成人活动。艾拉与玛吉结婚之后,仍然继续照顾他的父亲和两个姐妹,而这种情形在当代美国社会似乎并不多见。

为什么安塞尔会如此依赖他的兄弟?在安·泰勒的家庭叙事中,这样的人物是以日常生活中的许多人为蓝本的。成年兄弟经常把彼此作为衡量成功的标尺,对于一些人来说,与兄弟竞争的方法不是自己获得成功,而是确保兄弟失败

---

① 安·泰勒:《呼吸呼吸》,胡允桓译,上海:上海译文出版社,2002年,第126页。

了。这似乎恰恰是安塞尔在做的事。然而詹姆斯却愿意让安塞尔拥有这种权利,这出自一种内疚。这是成功的哥哥的内疚,他愿意忍受弟弟的一切行为,是因为弟弟没有成功,他对此感到内疚。

事实上,詹姆斯并没有多大的成就,但他比安塞尔健康,在各方面更有能力。至少,詹姆斯能作为一个独立的成年人生活,而安塞尔却不能。

詹姆斯感到内疚还因为他曾离家出走。当年他负气出走,以至于母亲去世时他都没有回家,然而家庭始终有一条无形的锁链将他紧紧抓住,正因为如此,母亲的去世成为他记忆中永远的哀痛。虽然詹姆斯离开了家,但他在情感上无法离开家,结果他还是放弃了自己追求的独立生活。詹姆斯知道,从理论上来说他可以离开安塞尔,让他自生自灭,然后可以获得自由跟琼结婚,但他也知道,他是无法做到的。泰勒在作品中揭示了詹姆斯的想法:在现实生活中他有安塞尔,而且他会一直拥有他,因为他无法抛弃家庭中最后一位成员。

在《锡罐树》中,由于内疚,詹姆斯·格林感觉对他的兄弟负有责任。而在《圣徒叔叔》中,内疚也成为伊恩·贝德罗愿意培养他的兄弟的孩子的主要动因。伊恩感到内疚是因为他还活着而他的哥哥丹尼死了,这种内疚被一个事实加剧了,那就是丹尼的死部分是伊恩的无心之语所造成的。通常,一个孩子对于兄弟姐妹的死主要有三种反应:对兄弟姐妹的死感到困扰,或者感到害怕,或者选择过一种双重生活以让兄弟姐妹起死回生。当伊恩长到 18 岁成为一个合法的成年人时,他并没有完全成熟,也没有离家。但他对丹尼的内疚感困扰着他。为了父母和丹尼的孩子们,他试着既过自己的生活也过丹尼的生活。因为他自认为已经能承担成年人的责任,他可以在孩子们的母亲露茜也死后在孩子们的生活中代替丹尼的位置。对于孩子们母亲的死亡,伊恩也感到内疚,因为他相信丹尼的死导致了露茜的绝望和因服用过量的药而导致紧接的死亡。他静静地祈祷:"喔,上帝啊,我将要为抛出的几句话付出多久的代价呢?"① 接下来的 22 年里,伊恩不断地补偿,他搁置了自己的人生目标,继续培养三个孩子直到他们成年。

1985 年"最杰出的美国小说"并荣获得国家书评家小说奖的《意外的旅客》中的主人公梅肯·利里,在他 12 岁的儿子伊桑失去生命后,婚姻之塔也随之坍塌,因为夫妻之间不能安慰彼此。梅肯回到他的同血缘家庭——由他的两个兄弟查尔斯、波特,和他的妹妹露丝组成的一种不同寻常的兄弟姐妹家庭。露丝在梅肯回家时还是单身,之后也结了婚。但不久还是回到原来的家中,她的丈夫朱

---

① Anne Tyler. *Saint Maybe*. New York: Knopf, 1991. p. 90

利安为了不失去她,也和她一起回到这个兄弟姐妹组成的家庭。显然,在这部小说中,兄弟姐妹成为彼此之间都能找到的避难所。

泰勒以现实主义的眼光对待她小说中的兄弟姐妹之间的关系。她的小说中的家庭叙事说明了社会科学家得出的结论:兄弟姐妹们有相同的父母,同一个家庭,同样的养育之恩,但他们从来都不一样,因为他们为了彰显自己的个性而选择成为不同的个体。当他们长大成人后,兄弟姐妹间很少有亲密的关系,但他们彼此间并不会失去联系,并且他们发现放弃他们的关系几乎是不可能的。从摇篮到坟墓,手足关系的特征是竞争,即使这种竞争也许会在成年后得到升华。当性背叛成为这种竞争的一部分,兄弟姐妹就会有巨大的力量去伤害彼此。显而易见的是,在泰勒家庭叙事中没有完美的手足关系,因为在她看来,完美的手足之情在当代美国现实生活中是十分稀有的。

第五节 家庭叙事中的夫妻

安·泰勒在她的家庭叙事中对婚姻中的夫妻关系进行了真实的而非感性的描述,她的描述打破了西方20世纪情歌渲染的婚姻神话。泰勒不否认男女之爱,甚至不否认存在至死不渝的爱情,然而,她对婚姻的观察和思考得出的结论却是当代美国男女之间的婚姻结合多出于理性考虑,或者也有爱情因素,但他们大多不会仅仅因为感性的因素而选择婚姻的伴侣。泰勒似乎有种天赋,很自然能理解夫妻之间那种微妙的感情变化,于是婚姻中许多对错的绝对问题,都被消融成为合适与否的相对意见。因为相对,遂有了宽容的空间,悲悯之心便油然而生。因为悲悯,一切都有可能了。

在泰勒第一部小说《如果黎明曾来到》中,本·乔·霍克斯和雪莉·多默的婚姻不仅仅出于爱情,也出于双方互相能够给予的安全感。雪莉的至亲皆已去世,而本远离自己的故乡北卡罗来纳小镇,在纽约他们没有任何社会关系,仿佛与世隔绝。与雪莉的婚姻给予了本·乔一种家的慰藉。更重要的是他们来自同一个南方小镇,有共同认识的人,有同样的生活习惯。与雪莉的婚姻使他觉得自己的生活尽在掌控之中。对本·乔来说,掌控自己的生活非常重要,就像《意外的旅客》里的梅肯·利里一样。梅肯的职业是写一系列的旅行攻略和旅行指南,好帮助读者在国外旅行时不吃没见过的食品、不遇到不期望的经历。为了不在飞机上与人交谈，梅肯埋头读着《麦金托什小姐》。出于同样的目的，他也向读者推荐这本厚厚的书。一个想离开家又不想有任何改变的人，是一个想控制自己生活的人。

在泰勒的家庭叙事中，有些人结婚是想在情感上与家里拉近关系，更多的人结婚，是为了完全摆脱原先的家庭。在《直线下滑的生活》中，还是青少年的艾维·德克尔嫁给了德拉姆·凯西。她是为了能够从家里逃出来，那个家让她没有价值感，让她觉得孤独。而德拉姆也在逃避，他的求婚词说得很明显：我觉得周围的一切让我疲倦，我想和一个我喜欢的人结婚，有个自己的房子，做出一些改变。做些改变，难道不够吗？你不想给你的生活做些改变吗？① 艾维渴望一次传统的交往，就像电影里流行的那样，一起看电影、听情歌、读浪漫小说。但是她还是接受了这个不浪漫的要求，她回答说："噢，为什么不改变呢？"② 于是从此过上了一种"直线下滑"的婚姻生活。

在《世俗之物》中，夏洛特·爱慕斯和艾维一样，迫切想要离开她父母的家。但她父亲重病身亡的事又迫使她回到母亲身边照顾她，她母亲受了太大的打击不得不闭门不出。索尔·艾莫里，一个同夏洛特一起长大的邻家男孩，租住在爱慕斯家的一间屋子里，两人的相处激起了夏洛特对性的渴望。夏洛特想要找个伴逃离，然而讽刺的是，夏洛特并没有离开自己的家，因为结婚后，索尔选择了留在那里，并且逼她接受他的意志。婚后，索尔专注于自己的牧师工作，从没有关心过夏洛特的心愿，而夏洛特则在逃离还是维持这桩婚姻的思考中挣扎着，两人过着貌合神离的婚姻生活。

《思家饭店的晚餐》里，贝克和波尔的婚姻也是貌合神离的。波尔觉得自己费尽心力为丈夫和孩子们营造良好的家庭环境，然而她的高标准让贝克感到疲倦，一天，他很突然地说自己要离开而且再也不会回来了，当时三个孩子还很小，他没做任何解释。她嫁给他有几年了，他比她小，社会地位也不如她。但是在她的时代，不嫁人就等于失败。20世纪最后10年的美国女人们，即使不结婚也很少有人觉得耻辱了。但是二战以前就不这样。当时人是希望结婚的。波尔那时都不想去上大学，因为这样结婚的前景就很小或者没有前景。她接受教育只是因为万一嫁不出去，她还有个谋生手段。讽刺的是，尽管她结婚了，丈夫总是不在的，她还是得为自己和孩子们谋生活。对于珍妮·塔尔和哈利·柏恩斯来说，

---

① Anne Tyler. *A Slipping-Down Life*. New York：Knopf, 1970, p.130
② Anne Tyler. *A Slipping-Down Life*. New York：Knopf, 1970, p.131

财产是他们能否结合的重要因素。珍妮在医学院学习需要经济援助,而哈利,一个很不懂浪漫的人,给了她这样的援助。他向她求婚,就像是做生意一样。珍妮嫁给了哈利,但她永远都不会承认这跟他的钱有关系。

在《摩根的逝世》里,摩根·高尔在内心对自己陈述道:"老实说,他娶他妻子就是为了她的钱,也不是说他不爱她,只是说,她的财富让她更出彩。"①摩根会向妻子承认钱是结婚一个因素,但绝不会承认说是唯一的因素。《岁月之梯》里面,山姆·葛林斯特就是冲着钱多的地方去的,他向医生的小女儿蒂莉娅求婚并娶了她,老医生在山姆完成医科学习后把他安排到了自家的诊所。多年后,蒂莉娅指责他娶她不过是为了方便成功:"你是想着'我只要娶了他一个女儿就能得到他的顾客资源还能够继承他漂亮舒适的房子。'"山姆回答说:"亲爱的,我可能是这么想过,但我从不会娶一个我不爱的人。难道你不相信我是因为爱而结婚,难道你是这么想的吗?"②尽管感觉受了侮辱,但他并不敢否认她说的是对的。其实,蒂莉娅也是动机不纯的。她当时刚高中毕业,没什么特别的工作想做。他从医科学校毕业,到她爸爸这里来实习。他们的婚姻,可以描述成择木而栖。从社会学的角度说,女人倾向于嫁给比自己更有学识、更成功的男人,女人也倾向于嫁给比自己大的男人,年龄的差距能帮助平衡关系。一开始成熟的山姆是吸引了蒂莉娅,但后来她却感到了困惑。他的年龄、教育以及职业都是他成为一家之长的因素。他们之间一有争论,山姆总力图表明自己是更明智更成熟的那个,而蒂莉娅就像个笨女孩,她的感受不算数,她的决定也不足以考虑。比如,在特拉华州的沙滩上,蒂莉娅想离开山姆和其他家人,山姆坚持说她要去晒大太阳,会长黑素瘤的。没经她同意,他就往她脸上抹防晒乳,还叫她转过来,他好给她抹后背。她只好听话地顺从了,但内心很怨他。蒂莉娅离开了山姆之后找回了自信,在小说的最后,作为一个成熟充满自信的成年人回到了丈夫身边。

泰勒笔下的婚姻大多是属于中产阶层门当户对的,但在《意外的旅客》一书中,门当户对败给了地位悬殊。梅肯离开了身份地位与他相称的莎拉,却和缪丽尔·普瑞切特过起了新生活。缪丽尔没怎么上过学,地位低,年龄还比他大,也没有可与他的社会地位以及收入做交换的美貌,但是梅肯觉得与她一起生活非常值得。梅肯的前妻莎拉指出:"你们根本不相配,没人会请你们参加聚会。没人知道你们将来会怎么样。人们会好奇:'为什么选了个这么不相配的人,太奇

---

① Anne Tyler. *Morgan's Passing*. New York: Knopf, 1980, p.29
② Anne Tyler. *Ladder of Years*. New York: Knopf, 1995, p.39

怪了。他怎么能受得了她的呢?'"① 泰勒通过对这些关系的描写,质疑社会主流的择偶标准,就像奥斯汀在她的世俗小说里质疑 19 世纪的英国男性一样。

当今的美国婚姻形式复杂多样,在泰勒的家庭叙事中我们可以将它归化为两种:传统的制度化婚姻,以及新型的伙伴式婚姻。制度化的婚姻有各自的性别角色:丈夫负责提供经济支持,妻子负责承担社会责任和满足家庭情感需要。传统婚姻中丈夫由于提供经济支持的原因,在家里占主导地位。而对于注重陪伴关系的伙伴式婚姻,最重要的是情感。

《时钟发条》里的老艾默生一家有着制度化的婚姻。比利·艾默生是个"被遗忘的人",他娶了一个一无所有、不知来自何方的初入社会的少女为妻,虽然两人身份年龄悬殊,但是他很好地扮演了家庭经济支柱这个角色。然而,这个角色并没有给他带来美满的婚姻。他的妻子帕梅拉说:"钱是必需的,但并不重要。"她的话与《觉醒》里的埃德娜对金钱的看法一致。埃德娜知道钱是必需的,她要有足够多的钱才能生存,但是,她不太看重能否有个收入十分可观的丈夫,她更希望不要活在丈夫的强势下。《圣徒叔叔》里的贝德罗一家不那么有钱,但是道格和碧也有着制度化的婚姻。在道格外出工作的时候,碧照顾小孩和承担所有的家务。她还负责营造温馨的家庭环境,筹划社会活动。道格从不插手家务,甚至在急需他帮助的时候,或者是他有很多时间的时候,他也不会去做碧承担的家务。泰勒并不赞同道格对传统男性角色的坚持,于是,她塑造了道格的儿子伊恩,一个完全不同的人物形象。年轻的伊恩经常帮助母亲碧做家务活,而他中年之后娶了丽妲为妻,两人更是表现出那种新型的伙伴式的婚姻关系。

《呼吸呼吸》和《岁月之梯》讲的是夫妻生活的中年时期。这两部小说都是从妻子的视角出发讲述故事的情节。读者因此可以洞悉妻子们对婚姻生活的感受,而对丈夫们的感受只能有个大概的了解。小说对中年夫妻的生活状态有着非常现实的描写。已婚多年的中年夫妻彼此间的激情早已经衰退了,但也并没有消失。《呼吸呼吸》讲述了莫兰夫妇在结婚 28 年后的某一天的经历,其中有一个桥段,夫妻两人前往朋友家参加朋友丈夫的葬礼期间,竟然在朋友卧室里燃起年轻时的激情,当他们开始做爱的时候,已成为寡妇的朋友走了进来,恼怒之下将他们赶了出去,而他们也感觉自己像是被逮到的犯错少年一样,羞愧地逃出了朋友的家。随着时间的流逝,夫妻之间的关系必然发生变化,性的位置也许会被搁置在不那么重要的角落。正如泰勒在《岁月之梯》里描写的那样,人们回不到

---

① Anne Tyler. *The Accidental Tourist*. New York: Knopf, 1985, p. 352

岁月最初的阶梯。就在蒂莉娅逃离家人的前一天晚上，她还在那个特拉华州的沙滩上回忆起她和丈夫山姆的蜜月："每天早上，他们会赤裸着一起躺在这片沙滩上，仅仅一碰到手臂就起疙瘩，最终他们不得不迅速起身回到自己的房间。"① 第二年，他们有了自己的第一个小孩，后来有了更多的孩子，现在不止有他们的小孩了，还有更多的成员加入。然而，这一切早已不复返，现在的她在沙滩上听到山姆以一种在她看来是贬低她的方式同她说话，萦绕在她脑际的都是她婚姻里"过去的伤痛、屈辱和怨恨"②，于是她离开了。一年半以后回家时，她并没有打算留下，她只是回来参加女儿的婚礼。当晚在她的卧室里，她一觉醒来发现自己做了一个奇怪的梦，梦里她和山姆就像挂钩小人一样坐着玩具汽车，他们超越了所有障碍，开始一起面向前方。她突然醒悟到了什么，她去了山姆的房间，小说这样的结尾安排似乎暗示夫妻和好了："不会再有深情的凝视了，不会再有不渝的爱情了，留下的只有平凡的真相、家常和真实的自我，但是这实际上更丰富。"③

泰勒也许想要表明，实际上到了中年以后，当夫妻意识到生活从一个阶段迈向另一个阶段的时候，往往会有一种恐惧的心情，害怕面对空巢，害怕彼此间的疏离，而最恐惧的还是人生最后阶段的死亡。《呼吸呼吸》里面，玛吉·莫兰问她的丈夫艾拉："我们剩下的日子，是为了什么而活呢？"④她这话清楚地反映了步入中年的夫妻的惧怕。他们桀骜不驯的儿子杰西，已经不和他们一起住了；他们的孙女勒罗伊，也不打算和他们一起住；而他们个性独立的女儿黛茜，也要在第二天离开他们去上大学了，他们必须找到别的有价值的生存理由。玛吉问这个问题的时候，艾拉正躺在床上独自玩着数独游戏。他亲切地揽过玛吉，不过他还是在玩自己的游戏。她很享受这种温柔触碰，但是她很快就回到自己的床头边睡了，因为她需要为明天的生活积蓄能量。明天他们最后一个孩子也要走了，他们这个家就成了空巢家庭。小说中描写的丈夫玩数独游戏和她临时的独自出走都具有象征意义，这些行为并非出于他们关系冷淡或爱情的消失，而是家庭中的个体之间必须存在的疏离，甚至结婚多年的相爱夫妻也是一样。

对父母来说，接受孩子们独立并离开家庭是一个比较痛苦的过程，尽管这样

---

① Anne Tyler. *Ladder of Years*. New York：Knopf, 1995, p. 74
② Anne Tyler. *Ladder of Years*. New York：Knopf, 1995, p. 74
③ Anne Tyler. *Ladder of Years*. New York：Knopf, 1995, p. 324
④ Anne Tyler. *Breathing Lessons*. New York：Knopf, 1988, p. 326

的分离是家庭循环的正常环节。死亡的分离比这要痛苦得多。假如失去了一个孩子,父母就失去了生命的一部分,也失去了未来的一部分希望。他们的损失是不可估量的。对父母来说没有比这更大的痛苦了,在这种心碎的时刻,最能彼此安慰的当然是夫妻。但实际生活并不总是这样,也存在丈夫和妻子都沉浸在自己的丧子之痛中,而无法给予对方以安慰的情况,此时的婚姻便会面临危机。《意外的旅客》中,泰勒就向我们展示了孩子的意外死亡对结婚多年的夫妻造成的毁灭性打击。小说描写到梅肯·利里和莎拉·利里12岁的儿子伊桑在参加夏令营的活动时去了一家快餐馆,结果就死于突发于此的一场屠杀中。当时小偷偷了东西,本可以轻易逃脱,然而他却杀了在场的每个人。梅肯不问杀人者的罪,却怪罪于夏令营、餐馆、莎拉还有他自己,甚至还怪伊桑本人。莎拉认出了那个年轻的杀人者就是她的高中学生,她开始认为这个世界糟透了。她以为梅肯不会认同她的观点,她感到绝望。伊桑死后不久,梅肯就把伊桑的衣柜都用封条贴上了,还打算把儿子的东西送人。儿子去世一年后,他们的婚姻再也无法维持了,尽管他们深爱彼此。他们彼此的压力加剧了他们的分歧,所以渐行渐远。分开之后,他们性格的不同以及生活方式的不同就更加明显了。莎拉对自己的活动和生活总是很随意,而梅肯则对自己生活的各个方面计划得过于周详了。莎拉离开家里,搬到了一个公寓里面住,她的生活从此陷入了一种无序的状态中。而梅肯的生活则变得更加有计划和讲求效率。他为了提高效率,只穿运动服,卷着新床单就睡,早上在床上吃爆米花,甚至用滑板滑入地下室去放要洗的衣服。

　　失去孩子带来的痛苦使莎拉和梅肯都回到了各自熟悉的生活方式以寻找安慰,而抑郁的心情又加剧了这种生活方式。由于性别的差异,丈夫和妻子缓解悲痛的方式也是不同的。女人需要倾诉,也希望男人说出自己的感受,然而,小说中梅肯他可以倾听莎拉的感受,但却很难说出自己的,这也加剧了夫妻两人之间的隔阂。社会习俗也制约了男人的表达,通常人们能够接受女人公开述说自己的伤痛,但却不太能够接受男人的唠叨。因为男人和朋友之间更多是谈谈体育或是日常琐事,而不是自己的感受。社会认可男女扮演不同的性别角色,而且要求男人在情绪崩溃的时候,为了女人、为了家庭要坚强振作。警察要求梅肯确认伊桑的尸体,但要莎拉留在外面。当然了,没人会要求一个母亲来认领自己被人杀死的孩子的尸体,但是为什么要父亲这么做?梅肯满脑子都是他看到的东西,但是莎拉问他情况的时候,他却说不上来,所以莎拉觉得他冷漠。这和罗伯特·弗罗斯特《家葬》一诗中描写的夫妻很像。诗里描写道,丈夫是将孩子的尸体埋在屋前的家族墓地里的必然人选,而则没有人会要求妻子做这件事。妻子埋怨他挖墓穴的时候把土抛高了,回家的时候鞋子上还粘着墓地里的黏土,最不可忍受的是他竟然还说起当天发生的其他事情,她觉得受了冒犯。其实,她不明白他和她表达悲痛的方式不同,他述说别的事情是因为他痛苦得无法提到自己死去的孩子。泰勒描写的梅肯和莎拉处理儿子之死这事的情况正显示了这种性别的差异。

丧子之痛通常会使父母丧失生活的目标,他们可能会从宗教中寻找安慰。但在《意外的旅客》中,梅肯并不信教,儿子伊桑死后,他通过更加有序的生活,寻找到更多的计划和目标而从中获取安慰。他曾试着想通过和妻子做爱的方式来获取安慰,但是妻子拒绝了他,因为她觉得这让人厌恶,结果两个人都觉得受到了冒犯。梅肯曾向缪丽尔表达他无尽的悲伤:"你以为我会同莎拉说,但是我们只是伤害对方而已。"①缪丽尔就把他带到了自己的公寓,她用沉默和性给予他安慰。最终,梅肯选择和缪丽尔一起生活,不是因为他不爱莎拉,也不是因为缪丽尔的社会地位与他更相称。他"认为与一个人在一起时,自己的身心状态比你是否爱那个人更重要"②。和缪丽尔在一起,他能够跨越过去,不仅仅是他的悲痛,还有让他成为一个"意外的旅客"的那种克制的、阴郁的古怪生活方式。仅仅有爱是不能让一段婚姻长久的,泰勒否定了许多非理性的美国人深信不疑的浪漫神话。

泰勒真实地描写了她所处的20世纪后期美国家庭的夫妻情况,她描写的不是浪漫的故事,而是如同社会学者研究记录的现实的家庭日常生活。她的家庭叙事中没有完全相似的婚姻,每一对夫妻的结合其实是两个婚姻:他的婚姻和她的婚姻。在泰勒笔下,尽管丈夫和妻子住在一起,然而因为彼此看问题的角度不同而实际却过着各自分离的生活。因此,当他们在人生路上一起遇到了一些普通或不普通的问题时,在处理时就会产生各种各样的矛盾。尽管如此,她笔下的夫妻仍然会维持多年的婚姻,就像她自己的经历一样。《世俗之物》里的索尔·艾莫里和夏洛特·艾莫里、《意外的旅客》里的梅肯·利里和莎拉·利里、《呼吸呼吸》里的艾拉·莫兰和玛吉·莫兰,以及《岁月之梯》里的山姆·葛林斯特和蒂莉娅·葛林斯特的婚姻描写里都体现了这样的现实。安·泰勒对婚姻的描写一再重复着一个主题,那就是,尽管每个家庭都会遇到各种各样的难题和困难,但家庭对个人来说始终是无法割舍的。

---

① Anne Tyler. *The Accidental Tourist*. New York: Knopf, 1985, p.200
② Anne Tyler. *The Accidental Tourist*. New York: Knopf, 1985, p.317

第六节　家庭叙事的赋格式结构

多重叙事聚焦是泰勒在小说叙事手法中较为突出的艺术特征，这样的艺术手法在表现家庭主题时尤其有益，其环绕式聚焦如同复调乐曲中不同声部的协奏，不仅将家庭中的主要角色塑造得更加惟妙惟肖，还淋漓尽致地展示了家庭共同体之间的彼此联系，《圣徒叔叔》就是这样一部家庭交响乐。与善将作曲技巧用于小说撰写的乔伊斯一样（如《尤利西斯》中的第十一章），安·泰勒在这部小说中巧妙地使用了赋格化叙事的手法，为小说的篇章结构和主题表现赋予了强烈的对话特征，并进一步展示了诗性文本的形而上的阐释空间。作为复调音乐中最为复杂严谨的曲体形式，赋格曲以模仿对位法为其基本特征，一首赋格曲通常包含四部分，即：呈示部、间插段、中间部、再现部（尾声）。其中，呈示部与中间部是赋格曲表现的重点所在，依据声部的多寡来决定该部分的乐章结构。对主题进行模仿但又变换调性的答题是赋格曲区别于其他复调乐曲的特点，是明确赋格曲形式的主要标志。主题在各声部轮流出现，与答题、对题相映对位，创造出赋格曲独特的对话魅力。小说《圣徒叔叔》在叙事结构安排和叙事调性变化等方面恰好体现了赋格的曲体形式，从而显现出了独特的复调小说艺术特征。

一、圆形篇章的展开：叙事结构的赋格特征

小说《圣徒叔叔》由十章组成，故事围绕主人公伊恩由于自己不负责任的一句话而造成哥嫂横遭不测，为了赎罪断然退学抚养三个侄子女的情节展开。小说第一至第四章讲述了伊恩的哥嫂——丹尼和露茜的死亡悲剧，以及伊恩皈依再生教会，退学抚养侄子女，以期求得救赎。这一部分是对故事的铺陈及主调的显现，为小说赋格化叙事结构中的呈示部。第五章描绘了道格的"人生暂停"，也是对伊恩救赎主题发展线的"暂停"，为小说赋格化叙事结构中具有明显离调特性的间插段。在小说第六至第九章故事通过间插段而获得新的调性，回到"救赎"主题发展线上，并通过伊恩对自己的信仰、召唤与救赎开始真正的思考来加深主题，为小说赋格化叙事结构中的中间部。在小说的再现部第十章，伊恩获得了真正的"救赎"，这是对呈示部出现的"救赎"主题的最终呼应。故事的发展线

自此形成一个流转的圆形篇章结构,并以呈示部与中间部为对位的两极构成圆形直径。

热奈特区分了三大类聚焦模式:第一,"零聚焦"或"无聚焦",是为无固定视角的全知叙述;第二"内聚焦",并可分为固定式内聚焦、转换型内聚焦和多重型内聚焦;第三,外聚焦,即仅从外部而不透视内心来观察人物[①]。小说的叙事聚焦是在叔叔伊恩,三个孩子艾嘉莎、托马斯、妲芙妮和爷爷道格之间分章切换的转换型内聚焦,叙事聚焦在主要角色之间转换,使小说叙事充满对话性,形成了环绕式聚焦的叙事效果。我们试将小说中的主要角色分别标记如下:叔叔伊恩标记为 Protagonist(后简称为 P),最年长的继侄女艾嘉莎标记为 Character 1(后简称为 C1),继侄子托马斯标记为 Character 2(后简称为 C2),最小的侄女妲芙妮标记为 Character 3(后简称为 C3),小说的叙事聚焦分章节,具体转换见图 1-1。

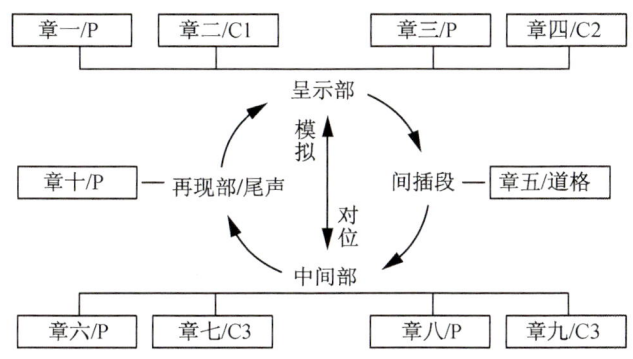

图 1-1　小说篇章结构与转换叙事聚焦图

在第一至第四章组成的呈示部,叙事聚焦在伊恩(P)、艾嘉莎(C1)、托马斯(C2)之间转换,呈现出"P—C—P—C"的节奏,正如赋格曲曲部中"1—2—1—2"的乐章结构。该部分作为小说的主题部分之一,以"悔恨"为调性,揭示了小说的"救赎"主题。在小说的间插段第五章,爷爷道格为叙事聚焦,在这一章中关于伊恩的"救赎"主题隐匿了,恰如赋格曲中具有离调特性的间插段,是"救赎"主题再次出现之前,为中间部新调性"新生活"出现所做的铺陈。与呈示部对应的中间部亦是小说的主要组成部分,该部分的叙事聚焦在伊恩(P)和妲芙妮(C3)中来回转换,同样呈现出"P—C—P—C"的叙事节奏。经过间插段之后,该部分将调

[①] 转引自:申丹:《叙事、文体与潜文本:重读英美经典短篇小说》,北京:北京大学出版社,2009 年,第 98 页。

性提升到对"救赎真理"的深层思考,进一步深化了小说的"救赎"主题。最后,再现部的回归则再次将叙事聚焦于伊恩(P),显现出其角色的主体性,也凸显了小说的"救赎"主题。以复调小说的调性特征而言,叙事聚焦可在某种程度上与声部相对应,考虑到间插段在赋格曲中的离调特点以及"救赎"主题在这一章内的隐匿,我们认为爷爷道格并未真正在小说主体声部中得到体现,故此小说的叙事结构应视为以伊恩与三个侄子女共四个叙事聚焦为声部的四声部赋格化叙事结构。

  呈示部是赋格曲的开始部分,主题及答题依次在各声部做最初的陈述。在呈示部中,赋格曲的主题与答题交替进入,进入的次数则由声部数目而定。四声部赋格曲的主题与答题进入四次,为"主 — 答 — 主 — 答"方式①,小说《圣徒叔叔》的呈示部以"P—C—P—C"的节奏为基本结构,以"丹尼的死"和"露茜的死"为调性基础。在赋格曲开始时,首个单独进入的为主题,故在第一章中出现的伊恩 P 声部为小说赋格化叙事的主题,这一声部在第一和第三章分别出现,呈现出主题与答题的交替进入。伊恩起初是个风华正茂、自信满满的大男生,觉得"不管怎样,终有一天一定会功成名就"②,当哥哥丹尼因为自己的无心之言而出车祸后,"连眨一下眼睛也没办法……而他也知道,他生命里的一切,再也不会一样了"③,当他从电话中得知露茜的死讯,心中的悔恨愈加浓烈,恨不得"回头重新来过"④,对"丹尼的死"(第一章)和"露茜的死"(第三章)的"悔恨"成为这一主题声部的调性。在赋格曲中,当主题在一个声部出现后,又在另一个声部上做模仿,于新调上重新出现的旋律为答题;而小说第二章和第四章中,艾嘉莎(C1)和托马斯(C2)的声部分别对相应的主题声部进行模仿和呈现新调。如在第二章中,艾嘉莎既对"丹尼的死"有所思考,认为"人死了,并不真的就离开我们了,人死了,就只是没什么分量了"⑤,又呈现出对妈妈露茜担忧的新调性,这种担忧体现在她一系列的复杂的心理活动中,因为担心妈妈伤心,她甚至"就此再也不去想丹尼"⑥,这一新调性无疑为第三章主题声部出现"露茜的死"做了铺垫。在第四章中,托马斯 C2 声部不仅重新展现了第三章主题中"露茜的死",还加入了

---

① 陈铭志:《赋格学新论》,上海:上海音乐学院出版社,2007 年,第 49 页。
② 安·泰勒:《圣徒叔叔》,宋伟航译,台北:校园书房出版社,2009 年,第 19 页。
③ 安·泰勒:《圣徒叔叔》,宋伟航译,台北:校园书房出版社,2009 年,第 70 页。
④ 安·泰勒:《圣徒叔叔》,宋伟航译,台北:校园书房出版社,2009 年,第 127 页。
⑤ 安·泰勒:《圣徒叔叔》,宋伟航译,台北:校园书房出版社,2009 年,第 104 页。
⑥ 安·泰勒:《圣徒叔叔》,宋伟航译,台北:校园书房出版社,2009 年,第 112 页。

"对过去的缅怀"的新调,这体现在他对记忆的追寻,比如对艾嘉莎与人分享妈妈留下的芥菜种的恼怒①,对儿时照片的珍视②等。在这两章中,答题均非单独出现,而是由对题伴随出现的。对题在赋格曲中是主题或答题的对位旋律,通常伴随答题进入,可分为自由对题和固定对题,一般起补充节拍或转换调性的作用。在小说《圣徒叔叔》中,C2 和 C1 声部分别在第二和第四章中,作为自由对题出现,而尚在婴幼儿期的懵懂的妲芙妮 C3 声部则在两章中均出现,作为对"死亡"主题之外"新生命"的亮色,是为固定对题。在第二章中,托马斯对题显现出的是对"丹尼的死"的"懵懂","托马斯就有三次,还是连着三天各一次,忘记丹尼已经死了,找不到人了"③。在第四章中,艾嘉莎对题所彰示的是"对未来的担心",她担心大人们送她和托马斯去别处,只留下妲芙妮,"因为妲芙妮才真正是贝德罗家的人"④,这是对托马斯答题的"对过去的缅怀"的对位模仿手法。故此,在呈示部,P 声部作为主题进入,C 声部与 P 声部相辅相成,既对位、比照又模拟、回应,是为赋格化叙事中的答题/对题部分,其在章节中形成的对位方式见图 1-2。

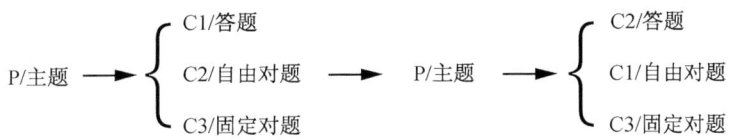

图 1-2　呈示部声部模仿对位图

作为赋格曲的展开部分,中间部将呈示部中所陈述的乐思,采取各种变化形式加以展开。这种乐思的展开通常通过调式、调性的变化来实现。主题在中间部重新进入时,一般出现在区别于呈示部调性的新调性上⑤。小说叙事在经过间插段后,中间部的叙事聚焦有所变化,但仍回归于"救赎"主题,第六和第八章仍以伊恩为叙事声部,第六章以"赎罪"与"赦免"为主要调性,此时伊恩对此已有自己的思考和质疑,泰勒如此描述伊恩心中最难堪的念头:

"我一直在赎罪,赎罪,还是赎罪,最后,我恨上帝,因为他过了这么长时间还不赦免我。有时,我觉得自己像是在与断了线的电话说话。说出来的话撞在空

---

① 安·泰勒:《圣徒叔叔》,宋伟航译,台北:校园书房出版社,2009 年,第 189 页。
② 安·泰勒:《圣徒叔叔》,宋伟航译,台北:校园书房出版社,2009 年,第 204 页。
③ 安·泰勒:《圣徒叔叔》,宋伟航译,台北:校园书房出版社,2009 年,第 81 页。
④ 安·泰勒:《圣徒叔叔》,宋伟航译,台北:校园书房出版社,2009 年,第 189 页。
⑤ 陈铭志:《赋格学新论》,上海:上海音乐学院出版社,2007 年,第 100 页。

空的墙上,没有一点回应,让我觉得自己不蒙垂听。"①

直到第八章中,埃米特牧师由于身体原因而找伊恩做教会接班人时,他们才真正探讨伊恩的"责任"是否已经尽到,而伊恩意识到妲芙妮是他"此生无可取代的那一个孩子"②,从而更印证了他之前的想法,即"正是这三个孩子,为他的人生涂上色彩,注入活力,还有……生命"③。这两章虽然呈现了新的调性,但与呈示部调性保持延续,形成小说赋格化叙事手法下,自然调式中音列相同、调号相同的平行调。而第七章和第九章则以妲芙妮为叙事声部,调性有所转变,重在伊恩的"新生活"。第七章是以"梦寐以求的佳人"④为新调性,叙述妲芙妮及兄姐如何撮合伊恩与妲芙妮的老师潘宁顿小姐,最终却并未成功的小片段。在第九章中,妲芙妮在不经意间造就了伊恩真正的姻缘,即与专业房屋整理师丽妲之间的爱情与婚姻。相较呈示部的调性而言,这两章有了较大的变化,恰似赋格曲中自原调变化(下降五度)的下属调,故中间部呈现出"P/平行调→C3/下属调→P/平行调→C3/下属调"的赋格化叙事结构。与呈示部类似的是,其主题依然是伊恩P声部,妲芙妮C3声部仍以答题形式对位出现,该部分在叙事聚焦转换上依然采取"主—答—主—答"的方式,其模拟对位的赋格化叙事手法更为明显。上述这些都使得小说的叙事结构呈现出四声部赋格曲的特点,以复调乐曲篇章结构凸显了小说叙事结构的对话特征。

二、"救赎真理"的消解:赋格化叙事的调性变化

除了在叙事结构上使用赋格曲的篇章写作方式,小说《圣徒叔叔》在主题表现上同样体现了赋格曲的模仿对位法,这种手法在小说的乐章式各部内均得以应用。如在呈示部,其内部结构以"P—C—P—C"的节奏分别来对应四章,在"P"所对应的章节,即第一和第三章,丹尼和露茜分别遭遇不幸。在第一章中,丹尼开车自杀时,泰勒描绘道:

接着,巨响传来,爆裂嘈杂,还有乱七八糟的撞击声,再接着,几声金属清脆的叮铃声,最后寂静无声。伊恩仍然站在镜子前,盯着自己的眼睛看,像是没办法移开眼睛,连眨一下都不行,动也不能。因为,他害怕动了一下,时间就会继续

---

① 安·泰勒:《圣徒叔叔》,宋伟航译,台北:校园书房出版社,2009年,第199页。
② 安·泰勒:《圣徒叔叔》,宋伟航译,台北:校园书房出版社,2009年,第252页。
③ 安·泰勒:《圣徒叔叔》,宋伟航译,台北:校园书房出版社,2009年,第206页。
④ 安·泰勒:《圣徒叔叔》,宋伟航译,台北:校园书房出版社,2009年,第226页。

往前滚去,而他也知道,他生命里的一切从此不一样了。①

而在第三章中,当伊恩从母亲那里得知露茜的死讯时,"他觉得有一股隆隆的寂静从走廊蔓延开来"②。

两则死讯均经由伊恩的心理描写从侧面表达;在因自己无心之言而造成两个生命消逝时,伊恩同时感受到了巨响和寂静,如同其内心悔意的嚣叫与无法阻挡的生命的终止符。这一模仿对位的表现手法,在伊恩"我们可不可以回头重新过一次?可不可以再给我一次机会重来?"③的恳求中达到统一,展示了呈示部的调性特色:悔恨。

小说的呈示部和中间部作为圆形直径的两极,同样展示了模拟对位的赋格化叙事手法。在间插段之后,思考、质疑与否定在小说的中间部成为一个新的调性。间插段的标题"一窍不通的人"暗示了呈示部的少年伊恩冲动、多话、盲目。对比中间部——伊恩已届中年,其个性和行事方式的变化与少年伊恩形成了对位关系,他不再"多嘴"④,而是选择"沉默"。在对待三对情侣的态度上,小说涉及了伊恩的"多嘴"与否,分别为丹尼和露茜、布兰特夫妇以及基甸和妲芙妮。在后两段关系上中年伊恩选择"沉默",彰显了其角色调性上的转变。"沉默"是一种隐喻而非概念,在本质上是否定的,它包括从拒绝到颠覆的多重意义。哈桑对"沉默"的隐喻意义做了细致的分析。基于哈桑关于"沉默"的否定性纲要,我们可以认为:首先,"沉默"意味着自我否定和对形式的否定与颠覆,意味着理性、社会和历史的分离;其次,它创造了反语言,这种语言把在场的文字转换成语义的缺失,鼓励了现象和现实的再分化;再次,"沉默"彰显思考,见于自我意识的反省,对自我的重新描述也随之发生;最终,"沉默"预示了即将来临的启示,启示坚持的瓦解,启示过去与未来,启示救赎的最终来临⑤。在小说的中间部伊恩开始质疑信仰与召唤。不论是失言、告解还是劝诫,都是话语,而话语在此背负了"意义"和"罪孽"的重担;"沉默"的反语言则是对这一切的逆转和割裂,显示出伊恩专注自我并与现实隔绝的需求,他决心通过思考(真正的召唤)、质疑(神的本真)与否定(拒绝接任牧师)来等待最终的启示降临,从而获得真正的救赎。不难看

---

① 安·泰勒:《圣徒叔叔》,宋伟航译,台北:校园书房出版社,2009年,第44页。
② 安·泰勒:《圣徒叔叔》,宋伟航译,台北:校园书房出版社,2009年,第86页。
③ 安·泰勒:《圣徒叔叔》,宋伟航译,台北:校园书房出版社,2009年,第87页。
④ 安·泰勒:《圣徒叔叔》,宋伟航译,台北:校园书房出版社,2009年,第249页。
⑤ Ihab Hassan. *The Dismemberment of Orpheus: Toward A Postmodern Literature*. New York: Oxford University Press, 1971, pp. 13-14.

出,"多嘴"与"沉默"在小说的呈示部与中间部以模仿对位的手法相对应。

在以思考、质疑与否定为新调性的中间部,伊恩的救赎被提到新的高度:是否存在一个绝对的、统一的"救赎真理"? 与埃米特牧师"把你的重担看成是赏赐,看成是神特别要你去做的功课。接受它,迎向它,这样才是你应有的唯一的人生"①的劝诫不同,简妮代替安·泰勒说出了这样的话:"我觉得我们每一个人在这世间都只有一辈子的时间。过了这辈子,就永远没有机会了。而你如果就这样让它浪费掉——这,才真的是犯罪。"②

自启蒙时期以来,在神义论和人义论的现代转化中,以科学为标准的客观规律被用以阐释人性,在二分法下的人完全被这种理性分类了:即幸福来自理性和符合规律,而不幸来自非理性和有悖规律。在这一科学体系下,人的诗性理性被抹杀了,人性自我膨胀,将对于世界和宇宙的阐释高度统一到了"绝对真理"。在此背景之下,"救赎真理"被提出了,救赎真理不是由有关事物之间按因果关系相互作用的理论组成的,而是宗教和哲学试图去满足的一种需求。这种需求让万事万物都落入一个单一背景中,而这一背景将会以某种方式揭示它自身是自然的、命定的、独一无二的。救赎真理的想法要求相信有一套对所有人都正确的信仰,这种信仰也能满足所有人的需求,它在本质上是超验的③。安·泰勒在其作品中一直试图在诗性文本中再次检视自启蒙时期开始便占据主体地位的科学理性,将哲学放入"人"的向度中重新构建,其小说使人物角色重回到了蒙田"我们能知道什么"的命题中,承认人的微不足道,承认人性追求真善美,同时也存在着无法避免和修复的缺陷。在小说《圣徒叔叔》中,安·泰勒同样致力于消解"救赎真理",或者说试图找寻在绝对、超验的"真理"之外人类"救赎"的可能性。

在小说的呈示部,"戴罪"的伊恩以皈依宗教、践行教义、听从"召唤"的方式,欲获得自身的救赎。

伊恩每次参加祷告会,就会想起第一次进这间教会的情形。他记得那天人们充满爱的歌声向他温暖相迎,记得那天的祷告一声声传递,向天际飞升。他知道,那一天走到这里,救了他。要不是再生教会,他一定是一个人苦苦挣扎着,深陷绝望之中④。

---

① 安·泰勒:《圣徒叔叔》,宋伟航译,台北:校园书房出版社,2009年,第211页。
② 安·泰勒:《圣徒叔叔》,宋伟航译,台北:校园书房出版社,2009年,第208页。
③ 理查德·罗蒂:《哲学、文学和政治》,黄宗英等译,上海:上海译文出版社,2009年,第101-107页。
④ 安·泰勒:《圣徒叔叔》,宋伟航译,台北:校园书房出版社,2009年,第209页。

出于对救赎的盲信,他几乎放弃了自己的人生,而以埃米特牧师的每一个见解作为指向。在此,以埃米特牧师为象征的救赎真理独立于再生教会每个教众的人生而存在,除了教义、信仰与所谓的真理,每个人不同的、充满偶然性的人生已经不再重要,剩下的唯有服从。

而在小说的中间部,伊恩开始质疑这一真理的讹诈性,基于"沉默"的新调性——思考、质疑与否定,以对话的方式点亮了这一乐章,且揭示和深化了小说的主题。当埃米特牧师提议他接任时,伊恩困惑了:"我难道不应该听到要我全职侍奉的呼召吗?"①这显示了盲信的结束和思考的开始。进一步地,他开始怀疑耶稣是个木匠的说法"可能渲染太多"。

"嗯,我们好像没有听过他做出来什么,是不是?我很希望知道他做过什么家具。有时候,我看着他的画像,忍不住会想看看他身上有怎样的肌肉——是不是每天用榔头、用锯子练出来的那一种肌肉。我很希望他真的拿起来几块木头做出一样东西,而不仅是四处站着谈论神学,留约瑟去做家具。"②

这一质疑与希望同时也是作者的质疑与希望:质疑"救赎真理"除了宏大统一以外,是否还具备个别性;希望"救赎"能以承认特殊性及偶然性为前提,以不同的方式泽及不同的个体。最终,伊恩拒绝了接任牧师。

"埃米特牧师——"伊恩开口。

他本该就此打住。埃米特牧师的神情突然变得很颓丧,一定是猜到伊恩要说什么了。

"这不仅关系到我是否有能力给别人答案,"伊恩对埃米特牧师说,"而且也关系到我是否愿意这么做,也关系到我是否觉得这是一个正确的选择。"

埃米特牧师等着他把话说完,伊恩知道他得再多做一点解释才行。……可他如果真要把这些说出来,争辩的门户就会大开。(什么叫作泰然接受,什么又叫作沉默被动?什么是道德的决定,什么又叫作创伤的疤痕?)这些他做不来,他只说了一句:"对不起。"③

"我"是否愿意,"我"是否觉得正确,彰示着伊恩自我意识的觉醒,而言到即止的沉默,则是以反语言进行对"救赎真理"的否定。小说的呈示部和中间部所使用的赋格曲的模仿对位手法已清晰展示了伊恩对于"救赎真理"从盲信到否定的升华。在小说的再现部,伊恩以展开新生活、迎接新生命的方式来获得"救

---

① 安·泰勒:《圣徒叔叔》,宋伟航译,台北:校园书房出版社,2009年,第244页。
② 安·泰勒:《圣徒叔叔》,宋伟航译,台北:校园书房出版社,2009年,第255页。
③ 安·泰勒:《圣徒叔叔》,宋伟航译,台北:校园书房出版社,2009年,第263-264页。

赎"。伊恩的孩子，一个新生命，诞生于小说的第十章尾声部分，这与以丹尼死亡开始的第一章遥相呼应。由死到生，小说的圆形篇章在此回到原点，如同人生、生命、信仰与救赎，代代相继，生生不息。

在以模仿对位为基本手法的四声部赋格化叙事之下，安·泰勒为小说《圣徒叔叔》造设了严谨对称的圆形篇章结构，以"主题—答题/对题""呈示部—中间部"以及各角色声部叙事聚焦转换、对话的方式讲述伊恩半生的故事。这样丰富的叙事聚焦转换使得家庭中的每个主要角色得以发声，而四声部和谐构成的家庭赋格曲则体现出家庭成员基于个体主体性的家庭共同体的一致性，是现代家庭共同体在小说叙事结构上的反映。

第二章　安·泰勒小说的宗教叙事

众所周知,西方文明基本上是基督教文明。西方人的思想、文化、伦理、道德、价值观念等等无不受基督教的深刻影响。文学和宗教更是相互不可分割,西方文学中渗透了宗教性叙事。所谓宗教叙事,即是以宗教传说与宗教教义作为潜在的叙事资源与创作题旨,围绕人的各种关系纠结传达个体特殊的生命体验与道德法则的各种例外情形,是宗教伦理形态在叙事文本中的具体描摹。宗教以否定现世的哲学本质来为人们提供精神支援系统,将人的整个社会伦理生活秩序指向某种终极意义或终极信念[①]。作为一个成长于笃信基督教的贵格会家庭的作家,安·泰勒作品中的宗教救赎主题和宗教性叙事自然无可避免。

安·泰勒的父亲劳埃德·派瑞·泰勒(Lloyd Parry Tyler)和母亲菲莉丝·马虹·泰勒(Phylis Mahon Tyler)都是虔诚的贵格会教徒。泰勒出生时,26岁的父亲和28岁的母亲都处在充满理想的年纪,当时第二次世界大战刚刚打响,美国国内环境复杂,好战情绪高涨,面对混乱的社会环境,泰勒的父母希望寻求一片净土养育自己的子女,使得孩子能在简单纯净的乐土中度过最初的童年时光。鉴于贵格会在19世纪就有数次建立乌托邦式社区的先例,他们认为这样的选择在某种意义上也践行了贵格会的生活理念。故此,从泰勒出生的次年——1942年起,他们开始了数次搬迁,并最终在北卡罗来纳州的希洛社区(Celo Community)定居。希洛社区是于1937年由著名水利建筑师、罗斯福总统任命的田纳西河流管理局第一任董事会主席阿瑟·E.摩根(Arthur E. Morgan)建立的。在安·泰勒父母看来,地处偏僻、风景秀丽的希洛社

---

① 田薇.试析宗教伦理的涵义和问题[J].山东大学学报:哲学社科版,2006(5):149-154

区,是在二战环境下践行贵格会和平与平等教义的世外桃源,也是让孩子能远离激荡、迷惘、颠覆的现代社会,能让理想成长的乌托邦。之后,安·泰勒一家还曾搬迁至其他的贵格会社区生活,可以说,安·泰勒的整个童年是浸润于基督教贵格会教友之中的,基督教教义与教会文学深深影响了泰勒,使得她的小说创作呈现出宗教性叙事特征。

第一节 西方文学传统中的宗教叙事

作为对美国影响最为深远的宗教,基督教以各种方式和途径维系着普遍的人群关系,从而建立起以"爱"与"团结"为基石的基督伦理。耶稣基督和整体基督徒的"互爱"之心在《约翰福音》中得以体现:"我赐给你们一条新命令,乃是叫你们彼此相爱;我怎样爱你们,你们也要怎样相爱。你们若有彼此相爱的心,众人因此就认出你们是我的门徒了。"①而《马太福音》则借基督之口传达了基督徒共同体中"团结"的重要性:"我又告诉你们:若是你们中间有两个人在地上同心合意地求什么事,我在天上的父必为他们成全。因为无论在哪里,有两三个人奉我的名聚会,那里就有我在他们中间。"②

在从古至今发展而来的诸多宗教中,基督教可以说是对西方文学和文化影响最为深远的,从某种程度上说西方文学发轫于《圣经》也不为过,而文学作品的宗教性叙事也同时巩固了基督教伦理,正如伊拉斯谟认为的那样,"……基督教的最大希望在于世上所有宣扬基督哲学之人首先应从福音书和使徒作品中吸收由基督教创立者制定的原则,那一度从圣父心中流出、降临世间的上帝之道在这些作品中仍然存活着,不朽不灭,我认为,这些文字宣讲上帝之道比其他任何方式都更具直接的功效"③。总体来说,宗教叙事在西方社会历史中的发展至少经历了三个阶段,在每一阶段文学创作也随之发生紧密相关的变化:

第一阶段,自然蒙昧的基督教与神圣的宗教叙事。

---

① 《圣经·约翰福音》第 13 章第 34-35 节。
② 《圣经·马太福音》第 18 章第 19-20 节。
③ Comelis Augustijn. *Erasmus: His Life, Works, and Influence*. Toronto: University of Toronto Press, 1995, p. 89.

在人类早期，宗教生活与社会生活紧密联系，几乎所有的宗教活动都是团体活动，个人在宗教方面基本不具备任何力量，而需要依靠集体的宗教仪式等与所崇拜的神灵进行联系。早期宗教的重要宗教行为包括对神灵的恳求、祈祷、献祭或使神灵平复怒气，在此过程中与神灵接近、从神灵处得到保护和指引的主要行动者是一个具有社会性的整体群体，或者一些被认为是为社会群体作为的更专业的行为者①，如祭司、巫医、法师、占卜师等。即便是由专业行为者主导的宗教活动，团体仍旧以各种方式参与到活动中来，他们或重复专业行为者的行为，或集体祝祷等，使得早期宗教行为以集体礼仪行为的面貌出现，这样的行为模式甚至对现代的宗教仍有重大影响，使得宗教教徒以其信仰为自然联结，形成了紧密的宗教共同体。然而，不可否认，人类早期的宗教共同体是以带有神话时代特点的自然而蒙昧的状态存在的。以基督教为例，教徒形成的是"所有人都与亚当相连，都源于上帝之手，并依上帝之想象而被创造出来"②的共同体。作为西方文学的源头，《圣经》本身即是教经，又是文学经典，其中不乏民间故事与犀利雄辩。《圣经·旧约》是这一时期的代表作品，包括律法书、历史书、先知书、圣文集四类，共39卷，涉及神话、传说、史诗、史传文学、先知文学、抒情诗、智慧文学、小说和启示文学等多种文学样式③。上帝的形象在《旧约》中是神圣且严酷的，人类则是渺小而微不足道的，伊甸园的背叛带来的是人类与生俱来的原罪，为了赎罪，他们必须体验伊甸园以外的残忍恐怖的世界。对于这一外部世界人类束手无策，个体甚至群体的意识均是被压制或无视的，唯有上帝的神谕至高无上，人类对上帝的律法只能无意识地顺从。尽管如此，不少学者还是认为在这一阶段的人类拥有这之后或许都再难以重回的平静，"他们不会认为自己有可能与这个社会环境脱节，他们甚至有可能从来没有试图去脱离社会"④，社会以原始状态的等级秩序而存在着，但不可否认的是其核心价值坚不可摧。

第二阶段，祛魅的基督教与"福佑"宗教叙事。

卡尔·雅斯贝斯(Karl Jaspers)将公元前800年至公元前200年称为"轴

---

① 查尔斯·泰勒：《现代社会想象》，林曼红译，南京：译林出版社，2014年，第46页。
② 卡尔·雅斯贝斯：《历史的起源与目标》，魏楚雄，俞新天译，北京：华夏出版社，1989年，第6页。
③ 参见：梁工主编：《基督教文学》，北京：宗教文化出版社，2001年，第一章第一节《〈旧约〉的文学成就》的论述。
④ 查尔斯·泰勒：《现代社会想象》，林曼红译，南京：译林出版社，2014年，第47页。

心时代"(Axial Period)①,认为这一时期是人类意识的首次觉醒。此时,人类历史上首度出现了哲学家,他们的出现标示了人类自我意识的萌芽,原始宗教的祛魅过程几乎在同一时间开始,绝对以神谕为号令的魔力世界逐渐消失,社会的创新和毁灭并驾齐驱,人类面临着战乱和灾难,同时也深刻意识到了教育、思考或改革等手段对于重塑已然混乱的社会秩序的重要性。简单地说,与早期宗教共同体相比,轴心时代的宗教共同体在社会秩序和人性之善等方面发生了重大的变化,并对后世宗教产生了深远的影响。"轴心时代"及"后轴心时代",人类理性开始觉醒,哲学的萌发在很大程度上影响了宗教,这一阶段的不少哲学家也被拉索尔克斯(Peter Ernst von Lasaulx)称为"民族宗教的改革者"②,他们大多提出"真、善、美"的宗教伦理道德假说,试图以宗教建立伦理道德体系,从而建立和谐的社会秩序。"后轴心时代"事实上标志着现代宗教的萌芽与确立,以基督教而言,其宗教价值观随之发生转变,这一阶段发生的变化是"从幸福主义到福佑主义"③的转换,它以基督教的福音时代及《新约》为标志。《新约》同样体现了多种文学样式,如福音书文学、耶稣诗文、纪事文学、书信文学、启示文学等④。耶稣基督提出人应以内心的虔诚善良为律法的价值基础,而非盲从神的律法。在这样的宗教理念之下,基督教在希腊化地区以朴素的信仰席卷了一场道德伦理意义上的革命,倡导以拯救为目的,通过自身的奉献、牺牲和教众的互爱,获得上帝的"福佑"(blessedness),从而达到永恒之幸福。也因此,基督教自公元4世纪开始,逐渐成为欧洲的秩序基础,并经数百年的发展,至13世纪左右,成为统治阶层的精神武器,而同时教会的权势也达到了巅峰。最重要的是,基督教已经作为一种宗教文化融入人们的价值观念和思维方式。

与此同时,西方文学蓬勃发展起来。在基督教的影响之下,《圣经》作为最大的文学原型,提供了取之不尽的素材和主题,在宣扬基督教信仰、传播基督

---

① 卡尔·雅斯贝斯:《历史的起源与目标》,魏楚雄,俞新天译,北京:华夏出版社,1989年,第7-8页。
② Peter Ernst von Lasaulx. *Neuer Versuch einer alten auf die Wahrheit der Thatsachen gegründeten Philosophie der Geschichte*. London: British Library, 2011, p. 115. It is a historical print edition of its 1856 version.
③ 赵敦华认为,基督教的三次价值大转变分别为从幸福主义到福佑主义的转变,从神权等级到个体神圣的转变,从情感主义到友爱主义的转变。参见:赵敦华:《全球伦理和基督教价值的转换:关于普遍伦理的可能性条件的元伦理考察》,载:罗秉祥,江丕盛主编,《基督宗教思想与21世纪》,北京:中国社会科学出版社,2001年,第3-26页。
④ 参见:梁工主编:《基督教文学》,北京:宗教文化出版社,2001年,第一章第二节《〈新约〉的文学成就》的论述。

教教义、发展基督教教会的教会文学作家中,不乏奥古斯丁、班扬这样的大家,而非教会文学①也都与基督教有着密不可分的关系。以英雄史诗为例,虽然《贝奥武甫》《希尔德布兰特之歌》《埃达》和《萨迦》等成书较早,与基督教关系不甚密切,但《罗兰之歌》《熙德之歌》《尼伯龙根之歌》《伊戈尔远征记》等却从思想观念到艺术形式都表现出基督教的深远影响。而在13世纪达于鼎盛的骑士文学中,亚瑟王与圆桌骑士的传说是最为突出的一支,其中寓意最为深刻的圣物圣杯,沃尔夫拉姆·封·埃申巴赫的史诗《帕齐伐尔》和托马斯·马洛礼的散文故事《亚瑟王之死》均将之视为基督的象征。市民文学的代表——乔叟的《坎特伯雷故事集》讲述了三十个朝圣者在朝圣途中讲述的故事,而"朝圣"本身就"清楚地传递了诗人对世事和人生的典型的中世纪观点:灵魂在漫长、艰难的路途上跋涉,向自己的归宿——上帝走去"②。生于中世纪向文艺复兴时期过渡时代的但丁,上承欧洲中世纪的基督教神学思想,下启人文主义文化的萌发,被恩格斯称为"中世纪最后一位诗人,也是新时代的第一位诗人"。其代表作长篇叙事诗《神曲》在《地狱》《炼狱》《天堂》三篇中,处处反映了自圣经到中世纪后期的基督教文化,它否定了教会在人与上帝之间的中介作用,以诗人与贝亚德丽采的童真之爱和信仰之爱来暗示人类蒙恩获救的可能性,而获得救赎的根源则在于维吉尔所代表的理性与智慧之光③。

在文艺复兴时期,欧洲文学中受基督教影响最深的是英国文学。《圣经》在这一阶段出现了诸多重要译本如《丁道尔译本》《科威德尔译本》《日内瓦圣经》《主教圣经》《杜艾-理姆斯圣经》,以及最著名的《钦定译本》。斯宾塞的长诗《仙后》被誉为"是英语文学中与圣经中追寻式浪漫故事的主题最接近的故事"④。而这一阶段成就最突出的戏剧创作,也处处体现出基督教的特征。克里斯托夫·马娄的《浮士德博士的悲剧》以中世纪基督教道德剧的形式,通过

---

① 梁工认为,由于基督教文化渗透了包括文学创作在内的中世纪社会生活的各个领域,可以说,这个时期根本不存在纯粹的世俗文学,故而宜用"非教会文学"而非"世俗文学"界定与教会文学异质的英雄史诗、骑士文学、民众诗歌和城市文学。参见:梁工主编:《基督教文学》,北京:宗教文化出版社,2001年,第139页。

② 李赋宁总主编:《欧洲文学史(第Ⅰ卷)》,北京:商务印书馆,1999年版,第127页。

③ 诗人在《天堂》第15歌中赞美信仰的化身贝亚德丽采时说:"爱情和智慧在你身上是……同样的分量,因为那太阳给你的热和光是这般相等。"太阳指上帝,热指人的自然爱欲即童真之爱,光指智慧和理性精神;后二者的融合即信仰之爱,人一旦真正拥有了信仰之爱,就能得救成圣,由此岸直接升入天堂。

④ 诺斯洛普·弗莱:《批评的解剖》,陈慧等译,天津:百花文艺出版社,1998年,第235页。

善良天使与邪恶天使之间的斗争表现浮士德的内心冲突,诠释了基督教的"七宗罪"。莎士比亚的《哈姆雷特》《麦克白》《李尔王》等剧作中的"罪恶—审判—赎罪"模式以及《威尼斯商人》所体现的博爱、宽容、仁慈、忠恕的基督教思想元素,都是基督教在这一阶段文学中的反映。弥尔顿创作的《失乐园》《复乐园》《力士参孙》三大史诗,分别采自《创世记》第 2～3 章和《启示录》《马太福音》第 4 章 1～11 节①,以及《士师记》第 13～16 章,仁爱、宽恕和忍耐等《新约》凸显的精神均在其中得以体现。班扬的《天路历程》被认为是仅次于圣经的基督教重要经典,在这部讲述朝圣之旅的宗教寓言中,人的原罪观体现在意识到自身的无所依靠,基督徒背的包袱隐喻人类的各种罪孽,神用忍耐的心宽容世人对他的忽视,并显明他的义,开始对人类进行救赎。新教认为救赎恩典不是人凭着努力得来的,不论是教会还是人本身都无法决定自己能否得救,唯有将人的朝圣之旅和神的救赎之旅结合起来,才能看清班扬所揭示的基督教真理。可见在这一阶段,教会文学作为"西方文学与基督教发生关联的最初形态"②成为文学的主流,而非教会文学也同样深刻体现了基督教主题。"福佑主义"文学在这一阶段的作品"通过对上帝——耶稣基督的赞颂、对人类苦难和罪性的揭示、对世人得救与解脱之途的冥想……传达出人类对于终极和永恒的关注与思索"③。在原始宗教共同体中个体是被忽略的,对于人类罪恶的惩罚是严酷的。而在这一阶段的文学作品中,人类个体被推到了台前,人类的理性与智慧得到开化,但其真正发展还有待启蒙运动的推动。

第三阶段,理性时代下的现代基督教与世俗化宗教叙事。

中世纪宗教与统治相一致,教阶制度与社会等级对应,"神圣"的权力带来的是世俗的特权和财富。为反对这样的神权阶级,一系列宗教改革应运而生,其中最为突出的是基督教新教。新教强调"因信称义"的教义,讲求个体内心对基督的纯正信仰,认为离开内在精神的外在善功及戒律并不能使教徒得到拯救。在这样的教义之下,新教认为个体可直接与上帝沟通,不需要教会的恩准,基督教的第二大价值转变阶段,"从神权等级到个体神圣"的转变由此产生,神圣价值观指导下的个人主义开始显现,这也使得集体宗教活动不再如之前那样紧密,《神曲》《天路历程》等作品都在某种程度上反映了这一点。这一价值转变的后期,也

---

① 耶稣在旷野禁食 40 天时,坚决抵制了撒旦的诱惑。
② 杨慧林,黄晋凯编:《欧洲中世纪文学史》,南京:译林出版社,2001 年,第 1 页。
③ 梁工主编:《基督教文学》,北京:宗教文化出版社,2001 年,第 99 页。

就是雅斯贝斯所认为的"科学技术时代"①的开端,此时的一大革命性事件便是17至18世纪的启蒙运动,启蒙运动的宗教前提是人与上帝的分离,认为宗教信仰应建立于个人信念而非权威基础上,这是人类理性的一次飞跃。康德认为启蒙运动的要义在于人运用自己的理智,脱离依附的不成熟状态②。黑格尔也认为"人类自身像这样地被尊重就是时代的最好标志,它标志压迫者和人间上帝们头上的灵光消失了。哲学家们论证了这种尊严,人们学会感到这种尊严,并且把它们被践踏的权利夺回来,不是去乞求,而是把它牢牢地夺到自己手里"③。在这一时期,现代宗教已经基本成型,其特征是注重理性和实效,神圣而虚无的启示的必要性遭到了否定,如伏尔泰、卢梭这样的自然神论者得到推崇。与伏尔泰对上帝进行抽象理想论证的自然神论不同的是,卢梭更推崇情感、良心的力量,这一点在其作品《论科学与艺术》《论人类不平等的起源与基础》《社会契约论》中均得以体现,而其哲理小说《爱弥儿》更是强调"与内心探讨"的"情感自然神论",人文主义精神在此大放异彩。在现实主义、个人主义和清教主义影响下兴起的英国小说,则更好地诠释了世俗文学,这一时期的代表人物有笛福、理查逊、菲尔丁。以《鲁滨孙漂流记》为例,我们不难从中看出个人主义由文艺复兴运动引起而由新教改革并完成巩固。小说中,鲁滨孙乱翻圣经求神指引,仅小说第一部就引用圣经原文20节左右④,然而这一时期的世俗文学毕竟已不同于福佑文学阶段的非教会文学,小说中处处可见人类理性的觉醒,以及功利的思考方式。此外小说以普通人为主人公,对神圣价值观的侧面解构,也反映了清教主义下的平均主义与民主化,以及宗教的世俗化。当然这一阶段也不乏对《圣经》进行模仿的作品,如柯勒律治《古舟子吟》中的老人原型是《创世记》中的该隐。该隐杀弟后被上帝在额上烙一个记号,四处流浪,老水手则在射死信天翁后脖上套着它,在

---

① 雅斯贝斯认为,科学技术时代自15世纪开始,经过17世纪的决定性发展,到19世纪全面展开,把欧洲与世界其他地区,特别是亚洲完全分开,使欧洲成为世界的中心。参见:卡尔·雅斯贝斯:《历史的起源与目标》,魏楚雄,俞新天译,北京:华夏出版社,1989年,第2页。

② 康德在《什么是启蒙运动》(何兆武译)一开始就如此论述:"启蒙运动就是人类脱离自己所加之于自己的不成熟状态,不成熟状态就是不经别人的引导,就对运用自己的理智无能为力。当其原因不在于缺乏理智,而在于不经别人的引导就缺乏勇气与决心去加以运用时,那么这种不成熟状态就是自己所加之于自己的了。Sapereaude! 要有勇气运用你自己的理智! 这就是启蒙运动的口号。"

③ 黑格尔在1795年写给谢林的信件中如此论述。参见:黑格尔:《黑格尔通信百封》,苗力田译,上海:上海人民出版社,1981年,第43页。

④ 梁工主编:《基督教文学》,北京:宗教文化出版社,2001年,第203页。

世间讲述其所犯罪恶①。

然而正如之后尼采的"上帝已死"所道出的负面性——宗教逐渐失去了人类社会道德标准与终极目的的地位,人类在获得知识和理性的同时,也面临着一个危险,即当个人主义的骄傲取代人作为被造物的谦卑感时,信仰和宗教共同体就面临分崩离析的可能。这一阶段宗教改革对现当代的影响是至关重要的,在对人极度乐观的启蒙运动之后,也有人悲观地看到了"人类受造物主遗弃的可悲命运"②。此时,教会文学不再是文学主流,相反反映社会的世俗文学在个人主义趋势下蓬勃发展,其中以(批判)现实主义文学为最,尽管其对社会批判不再拘泥于宗教形式,但基督教罪恶观依旧影响深远。巴尔扎克在承认教会弊端的同时,依然坚持真正意义上宗教信仰的重要性,他的《高老头》刻画了基督教神圣价值在这个罪恶社会的诸多受难,而《乡村教堂神父》则点明了唯有基督教方能解救人类对社会的罪恶破坏。狄更斯更是被视为基督教影响下的"神话作家"③,他笔下的形象多以上帝与魔鬼为原型,常常有着明晰的善恶两极。狄更斯作品中的善良人物集中体现了基督教人道主义精神浇灌下的博爱、友好、宽恕等品质,他先知式的社会批判表明了对启蒙运动的矛盾看法,认为也许唯有恢复中世纪的信仰、艺术和人性,人类才有希望④。在包括陀思妥耶夫斯基、霍桑等作家的作品中一再出现对人性之恶、魔鬼与上帝的结合等主题描写,也体现了与上帝分离后的人类,其失落和茫然与日俱增。这种启蒙运动带来了矛盾,即一方面人类理性与智慧觉醒使得人类能够独立地去看待问题,另一方面与上帝的日渐脱离使得宗教共同体不再紧密,而人类的孤独感也因此更加严重,核心价值观随之分崩离析。

可见,早期以《旧约》为律法的基督教形成的是自然蒙昧的共同体,人类只是盲从于律法和教义,个体自我是无意识的,在巍然屹立的神圣价值观之下,早期基督徒的个体是难以辨识的,而文学作品也带有那个魔法和神话时代的鲜明烙

---

① 参见:梁工:《简论该隐形象在欧洲文学中的演变》,《国外文学》,1997年,第3期的论述。
② 梁工在评论麦克维尔的《白鲸》时的论断。参见:梁工主编:《基督教文学》,北京:宗教文化出版社,2001年,第367页。
③ 英国小说家杰斯特顿认为:"与其说狄更斯是一位小说家,不如说他是一位神话作家;他是最后一个神话作家,也许还是最伟大的神话作家。"参见:罗经国编:《狄更斯评论集》,上海:上海译文出版社,1981年,第75页。
④ "19世纪前半期自以为是历来最伟大的时代,而后半期则发觉它是历来最邪恶的时期。前半期对中世纪鄙视而怜悯,认为中世纪野蛮、残酷、迷信和无知;后半期则认为除了恢复中世纪的信仰、艺术和人性外,人类没有任何希望。"参见:罗经国编:《狄更斯评论集》,上海:上海译文出版社,1981年,第83页。

印。"轴心时代"哲学的产生与宗教的祛魅,奠定了现代宗教的基础,因为认同人的身份与存在,宗教共同体得以发展为有个体意识的共同体。这一阶段的文学作品中的宗教叙事开始有了思辨性,但神谕仍然是坚不可摧的。启蒙运动以后,理性主义得以发展,人类理性得到前所未有的重视,宗教造成的不平等被逐渐摧毁,文学作品中的宗教叙事也体现出理性的光辉,伊拉斯谟在格言"阿尔西比雅丹斯就是希利努斯"中强调:"人们称牧师、主教和教皇为'教会',事实上,他们这些人只不过是教会的仆人。教会是全体基督徒。"①这很好地诠释了基督徒共同体的本质,即神圣价值观之下的信徒团体,而其中体现出来的平等主义思想则是现代基督教的特征之一。在现代基督教影响下,西方文学作品倾向于在人性之善中寻求维系和巩固基督徒共同体,这一努力在20世纪后表现动荡的现代社会的西方文学作品中体现得更为淋漓尽致。

第二节 贵格会:宗教对安·泰勒小说创作的影响

在1982年的一次访谈中,安·泰勒谈道:"我的家庭生活当时并无任何特别,但我的童年和青年期的确是……社区养育的。"②她曾表示:"我认识的一位诗人说,若想成为一名作家,你得先得场风湿热才行,但我倒是相信任何一种状况的自我隔离都同样奏效。以我为例,一切的开端都在社区(commune)——在荒无人烟处的实验性贵格会社区——然后试图重新融入外部世界。"③安·泰勒的童年几乎都是在"社区"中度过的,自6岁搬去希洛社区,她的祖父母及外祖父母就相伴左右,大家庭给予泰勒和弟弟们数不尽的爱,而泰勒也成长为一个"有爱的、可爱的、沉稳的、多思的、'内向'的孩子"④。在这样一个和睦而与世隔绝的贵格会社区,泰勒的业余爱好就是看书,阅读所带给她的是比现实生活更加

---

① Margaret Mann Phillips. *The "Adages" of Erasmus: A Study with Translations*. Cambridge: The Cambridge Press, p. 281.
② Sarah English. "An Interview with Anne Tyler". In: *The Dictionary of Literary Biography Yearbook*: 1982. Detroit: Gale Research, 1983, pp. 193-194.
③ Anne Tyler. "Still Just Writing". In: Janet Sternburg, ED. *The Writer on Her Work*. New York: Norton, 1980, p. 15.
④ Letter from Harry Abrahamson to the author, 2nd Aug, 1993.

"理性、有趣和真实的"①生活体验。而贵格会社区生活给了泰勒最初的创作素材,她早期的短篇小说所设定的场景,即是如希洛一般与世隔绝的贵格会社区:发表于杜克大学文学杂志《档案》(Archive)上的《劳拉》(Laura)中宗教观念保守的劳拉即生活在成员间关系紧密的"社区(the Community)";而在1971年发表于《南方评论》(Southern Review)的《外部世界》(Outside)中,主人公杰森·麦肯纳(Jason McKenna)离开了位于北卡罗来纳州一个叫作"芹谷(Parsley Valley)"的社区外出闯荡,等到归来时,对社区而言,他已经变成了某种程度的外人,这些都是童年贵格会社区生活印迹在泰勒文学创作中的投射。

贵格会(Quakerism)②是基督教新教主要宗派之一,由乔治·福克斯(George Fox)创办,兴起于17世纪中期的英国及其美洲殖民地。贵格会最初自称为"光明之子"或"真理之友",亦称公谊会(Religious Society of Friends)或教友会(Friends Church),这一名称出自《新约》中耶稣所言:"人为朋友舍命,人的爱心没有比这个大的。你们若遵行我所吩咐的,就是我的朋友了。以后我不再称你们为仆人,因仆人不知道主人所做的事,我乃称你们为朋友。"③贵格会的教义在当时可以说是非常独特的,贵格会认为众人心中皆存有"圣灵(Inner Light)"(或称"内在之光""基督之灵"),信徒可通过其与上帝直接交流,无需神职人员的帮助,"圣灵"可助人得到福佑,进入光明。故此,贵格会不设牧师、不设圣事,教徒崇拜上帝也没有固定的礼文或仪式,在聚会时教徒常常静默等待"圣灵"④。贵格会有着现代基督教的明显特征,推崇人的理性、潜能和个体神圣,认为人是否能得救在于圣灵对每个人的直接启示。在这种平等主义和对理性的信仰之下,贵格会教徒形成了强烈的个人意识和宽容忍耐的精神。此外,为了弥补其教义中激进的个人主义,也为了体现集体智慧和集体信仰,贵格会教徒们反而发展出了更强的集体性和权威意识,成为基督徒共同体中紧密的典范。起初,贵格会被认为是骇人听闻的异教,不仅在英国,甚

---

① Anne Tyler. "Still Just Writing". In: Janet Sternburg, Ed. *The Writer on Her Work*. New York: Norton, 1980, p. 13.
② 贵格为英语 Quaker 一词音译,意为颤抖者。关于该名称的来源说法不一。一种说法是该教派建立之初在聚会中常有人全身痉挛颤抖。另一种说法是,该名称产生于1650年,当法官传讯福克斯时,他警告法官说:你在上帝面前应该颤抖。法官说:那你们就是颤抖者了,遂由此得名。参见:于可主编:《世界三大宗教及其流派》,长沙:湖南人民出版社,2001年,第208页。
③ 《圣经·约翰福音》第15章第13~15节。
④ 在美国福音运动的影响下,贵格会之后的神学观点和礼拜形式均发生了很大的变化,各团体之间皆不相同,有些继续保留之前的形式,有些如福音教友联盟、教会联合会均设有牧师讲道。

至在17世纪50年代后期传入北美以后,教徒均惨遭迫害,直至1689年英国国会颁布《宽容法令》,这样的迫害才停止。美国独立以后,美国贵格会即脱离了英国贵格会并迅速发展,到19世纪美国贵格会的信徒已经超过了英国,并发展为三派,分别为格尼派(又称福音派)①、分离派(又称开明派)②及威尔伯派(又称保守派、正统寂静派)③,其中以自由的分离派影响最大。该派的希克斯(Elias Hicks)强调"内在之光"的至高无上,在他看来这是教徒们心中活着的基督,在某种程度上甚至比钉上十字架的基督更为重要④。希克斯的思想影响非常广泛,美国诗人惠特曼年轻时曾着迷于希克斯的布道,安东尼(Susan B. Anthony)、莫特(Lucretia Mott)、亚当斯(Jane Addams)等社会改良家以及女权运动家也是此派的信徒⑤。为了扩大影响,也为了践行贵格会一贯的致力于教育和社会福利的传统,贵格会于19世纪建立了一系列大学和中学,其中较为著名的就有分离派于1864年创立的斯沃思默学院(Swarthmore)。在这所学院,宽容平等的贵格会教义影响无所不在,这正是中学时代的安·泰勒梦寐以求的。然而由于她的父母更倾向于让男孩子获得更好的教育,泰勒最终还是放弃了斯沃思默学院,接受了杜克大学的全额奖学金(泰勒的三个弟弟后来都在父母的支持下进入了这所学院)。尽管这件事情让泰勒有所触动,感受到了父母的偏心,但她依然宽容地接受了:"那是第一次也是最后一次,我的女性身份成为主要因素。我仍然认为这缺乏公正,但好在我的生活并未就此毁灭。"⑥

贵格会极为强调爱的总纲,包括爱仇敌在内,号召教徒反对一切战争,包括正义/复仇的战争。事实上,贵格会的和平主义传统由来已久,并在美国得到鼓励与发展,1947年美国贵格会与英国贵格会共同获得诺贝尔和平奖,

---

① 该派主要由与英国联系密切的富商组成,他们赞同福音派的教义,特别拥护英国贵格会奋兴派约翰·格尼(Joseph John Gurney)的观点。费城年会的领导者主要由该派的成员组成。

② 该派主要由较贫穷地区的会友组成,他们不同意格尼的观点,认为费城年会的长老和监督不能代表他们的利益,遂脱离该会,形成分离会。其领袖为伊莱亚斯·希克斯(Elias Hicks),他强调"内心之光"的教义,此派为贵格会的自由派,1828—1829年形成希克斯派,又称开明派。

③ 1845年,以约翰·威尔伯(John Wilbur)为首的部分会友,不满意希克斯派的观点,乃脱离分离派,另组威尔伯派。此派坚持该宗早期的寂静主义,等候内心之光的启示,故又称正统寂静派。

④ Margaret Hope Bacon. *Mothers of Feminism: The Story of Quaker Women in America*. San Francisco: Harper Row, 1986.

⑤ Paul Bail. *Anne Tyler: A Critical Companion*. London: Greenwood Press, 1998, p. 14.

⑥ Anne Tyler. "Still Just Writing". In: Janet Sternburg, ed. *The Writer on Her Work*. New York: Norton, 1980, p. 14.

1949 年到 1955 年期间，美国贵格会曾四次公开反对军备扩充和战争外交政策，甚至提出缓和与苏联的关系，力求和平共存的观点。而美国贵格会于 1951 年发布的《和平进程》研究报告，则将矛头直指当时错误的价值观，对当时社会上流行的好战情绪提出质疑，认为唯有和平主义而非战胜苏联，才是美国应循之道。无怪乎，贵格会共同体以其平等宽容、不重外在形式、爱好和平的教义，在北美大陆茁壮发展，至今已经成为美国信众众多的教会之一①。美国政府甚至基于其和平主义的教义考虑，免除了贵格会成员的兵役义务。作为贵格会教徒和社会活动家，泰勒的父母也是积极的和平主义者。他们是坚定的反战人士，参与过反对 B1 轰炸机生产等活动。母亲菲莉丝还参与美国民权同盟 (The American Civil Liberties Union) 试图救助包菲德 (Velma Barfield)② 的活动，她以行动体现贵格会的教义——每个个体均有自己独一无二的价值。此外，泰勒的父母都曾致力于推动美国贵格会服务委员会 (American Friends Service Committee) 的议程，退休后，他们远赴加沙地带，为巴勒斯坦难民服务。泰勒的父母还鼓励孩子们参加和平主义者活动以及倡导种族融合的运动，受此影响，腼腆安静的泰勒成为杜克大学第一批参加黑人学生抗议活动的白人学生。

  作为一个平等宽容、简朴诚实的"低压教会"，贵格会还有两大特点：鼓励文学与平权。贵格会或许是较早实现女性平等的基督教派之一。与加尔文③声称女人生活在世上的目的就是"帮助男人活得更舒服"不同，贵格会深信所有人都与亚当及上帝之手相连，且承认亚当与夏娃受造之平等，不止将"圣灵"存之于男性心中，也存之于女性心中，男性女性"受造"平等，同样都作为神圣的个体而存在，这样的教义将贵格会共同体在基督徒共同体的基础上推进了一步。故此，贵

---

① 据美国纽约市立大学研究生院 1990 年在美国进行的"全国宗教情况调查"中获取的"美国 48 个州成年人口自述宗教信仰或无信仰一览表"的数据显示，贵格会教徒占 67 000 人，远高于排名其后的宣教会、卫斯理派和全福音教会。参见：Barry A Kosmin, Seymour P Lachman. *One Nation Under God*, *Religion in Contemporary American Society*. New York: Crown Trade Paperbacks, 1993, pp. 15-16.

② 包菲德 (Velma Barfield) 是来自北卡罗来纳州郊区的一位妇人，她被控一级谋杀罪，被判执行死刑。1978 年，她因谋杀四个人，包括她母亲及未婚夫而被捕。她从来没有否认她的罪过，她讲述她令人心寒的吸毒生涯。某次受伤后，她为了止痛，吃了医生开出的镇静剂，从此陷入吸毒的泥坑中。包菲德小时受过乱伦的性侵袭，长大后受毒品的缠累。在她承认犯罪后，身陷牢狱，独自被囚一室。一天晚上，一位看守人正在收听一个二十四小时播放的电台福音节目。她听到福音的信息，让耶稣进入她的生命中。她写下："我过去时常进出教堂，能讨论关乎神的一切，却从不明白耶稣为我而死。"她的悔改是真诚的。在她被定罪为死囚的 6 年中，很多和她一同坐监的因友对此做了见证。

③ 基督教新教加尔文宗的奠基人。

格会否认其女性教徒在创造、家庭和教会等任何形式上的性别从属,认为不论是宣讲、传道、创作还是主持聚会,男女教友均可胜任,男性与女性在宗教事务中应获得同样的席位,从而在贵格会共同体中享得同等的地位,两性平等的关系在这个共同体中得以建立。贵格会女教徒深受鼓舞和影响,涌现出不少妇女作家,其作品有神学的,也有护教学的,其中最为著名的是玛格列特·费(Margaret Fell),她共撰写了24篇论文,其作品深度已经逼近20世纪女性主义释经学①。这样的女性平等思想影响了当时整个基督徒共同体,19世纪出现了大量女性作家及女性基督教文学作品即是有力佐证,如乔治·艾略特《弗洛斯河上的磨坊》中兄妹被洪水淹没的结尾以圣经为原型,暗示了基督徒的洗礼与净化,她的其他作品如《珍妮的忏悔》和《织工马南传》均倾注了从女性主义角度对宗教感情的关注,宣扬了基督教的宽容精神。而在大量引用《圣经》原典的《简·爱》中,简·爱以"母亲"回复梦中的神的指引更是体现了女性主义神学观,即:"上帝是站在弱者、穷人、女人和被剥夺权利者一边的。上帝在绞架上、十字架上。上帝并非男人的梦,并非英雄史诗,并非以胜利者姿态出现的救世主。上帝就在没有教会区寻找他的地方,上帝就在如人们生活着并确立价值之处。在那里,上帝被当作女性,当作母亲,当作智慧来崇敬。"②

在贵格会重视文学的传统影响下,安·泰勒很早就开始文学创作,7岁时,她就已经开始在笔记本上创作小说。早在儿时,泰勒丰富的想象力就大放异彩,她记得当时她"在黑板上画下人物,并且想象他们有着怎样的生活",那时她就开始"好奇成为其他人是什么样的"③。想象力还伴随她度过童年的睡前时光,在1983年的一次访谈中,泰勒谈及儿时临睡前,常常编故事以自娱,故事的主题往往是"西行的幸运女孩"④。她旋即写下了这些小故事,这些是她童年时期最初的创作。童年的这一爱好获得了泰勒母亲的支持,从而得以延续,直至后来,安·泰勒罹患失眠症,她又重拾这一小趣味,"我假装自己是个医生,而病人源源不断地来,他们残足或断臂,向我诉说苦楚"⑤,这或许也是泰勒在23岁即正式出版第一部小说并笔耕不辍的原因。安·泰勒在小说

---

① 参见 Rosemary Radford Ruether. *Women and Redemption*: *A Theological History*. London: SCM Press, 1998, pp. 135-145.
② E M 温德尔:《女性主义神学景观》,刁承俊译,上海:上海三联书店,1995年,第6页。
③ Betty Hodges. "Interview with Anne Tyler". *Durham Morning Herald* (12 Dec. 1982), p. D3.
④ Laurie L Brown. "Interviews with Seven Contemporary Writers". *Southern Quarterly* 21 (Summer 1983), p. 11.
⑤ Betty Hodges. "Interview with Anne Tyler". *Durham Morning Herald* (12 Dec. 1982), p. D3.

创作中也秉持着平权思想，比如在其小说《圣徒叔叔》中，她所创设的虚构的教会倾注了她的宗教思想，这个教会完全没有男女不平等的思想，也不似小说中别的教会那样"绝对不准女的作男子打扮"①。在她第一部小说出版后的一次访谈中，她谈起大学某位老师曾说女性作家"永远不应以男性视角创作，因为女性不会知道男性的想法"②。似乎为了证明这位老师是错的，泰勒以男性视角创作了这部小说，而且在之后的小说中她都重视通过两性视角来创作，可见她不仅仅通过作品展示女性视角，还试图弥合男性与女性之间的差异性，实现文学作品中男女"受造"的平等。安·泰勒在创作的过程中也对笔下的角色同样抱有贵格会式的宽容，她如此描绘写作时作者与角色的关系："难的是角色有时往往不听你的摆布。几乎我所知的每个作家都那么说，但没人能把它解释清楚。这些纸上的小人儿是从哪里得到如此强大的力量的呢？我脑中给他们设计好了一个事件——离别、婚礼、一个皆大欢喜的结局。我坚定地朝着那个事件去描写，但到我就快写到的时候，一切停滞了。我没办法继续。句子变得生硬，对话也不再真实。每一次新的尝试都只能丢进垃圾桶。我从别的角度去尝试，这个不行就那个，可是最终不得不承认：角色就是不愿意那么做。我只能让情节自己发展。这时，一切都进入正轨了。"③

在泰勒作品中很难看到宏大叙事，她的小说叙事总是在日常生活的细致描绘中缓缓前行，鲜少直接涉及社会或政治题材，这或许是由于贵格会要求其教众避免担任政府职务、参加政治活动，反对其教众向任何世俗力量宣誓、效忠。然而，正如贵格会对世俗的无限关怀与同情，泰勒的小说叙事也无一不体现出对宗教伦理和对社会正义的深切关怀。尽管有人认为"贵格教会所笃信的人人平等的宗教信仰……似乎更像是缺乏权威，或者说个人主义的……上帝的绝对权威被丢失了"④，但是与此同时，贵格会发展起来的是平等主义的精神，如其起名所遵循的耶稣所言"我乃称你们为朋友"，教众因"爱人"而与耶稣为友，体现了人类理性与个体神圣带来的是耶稣与众人的平等，这样的平等主义在泰勒小说中表现得相当充分。此外，贵格会深信人人心中存有"圣灵"，

---

① 安·泰勒：《圣徒叔叔》，宋伟航译，台北：校园书房出版社，2009年，第249页。
② Jorie Lueloff. "Authoress Explains Why Women Dominate in South". *Baton Rouge Morning Advocate* (8 Feb. 1965), p. A11.
③ Anne Tyler. "Because I Want More Than One Life". In: Alice Hall Petry, ed. *Critical Essays on Anne Tyler*. New York: G. K. Hall & Co., 1992, pp. 46-47.
④ E Digby Baltzell. *Puritan Boston and Quaker Philadelphia*. New York: Free Press, 1979, p. 95.

并能通过它受神的感召,极其强调人类的心灵力量。泰勒也一再强调小说来自"我心中那些圣洁的部分"①,她笔下的主角常有顿悟的启示,有可能看到或说出令人讶异的真理,在自身难以控制的外部世界中,突破偶然性事件的影响,成为自身命运的主宰。总之,贵格会的宗教思想深深嵌入了安·泰勒所有小说作品的基调中,使之呈现出以"爱"为主题的宗教伦理叙事特征。

第三节 恩典与自由:宗教叙事中的人物形象

沃尔克认为安·泰勒的小说完全可以称得上是一个"贵格会教堂",他认为在泰勒的宗教叙事中,"每个角色都是平等的,都具有权威的话语权"②。泰勒笔下刻画的宗教人物形象中,基督③、牧师和教徒的形象都具有浓重的人文主义色彩。康德认为:"大自然的历史是由善而开始的,因为它是上帝的创作;自由的历史则是由恶而开始的,因为它是人的创作。"④在前述的第三阶段以启蒙运动为里程碑开始的理性时代,人类个体受到了充分的尊重和重视,然而,与上帝分离后的人类虽然脱离了早期宗教的蒙昧状态,但仍未获得"神的智慧",而恰恰开始了宗教的二元难题。上帝作为造物主给予了善的"恩典",但理性时代人性的迷茫与自大也带来了所谓"自由"的骄傲。泰勒通过作品中的各色宗教性人物角色的塑造,试图指出克服"今生的骄傲"的谦卑的必要性。与早期宗教的原始顺从不同,这种谦卑建立在理性的基础上,是人在认识上帝和认识自己的同时构建起的平和自然的状态。这种状态由两方面共同架构,其一为内化的自我心灵,即"静默"的内在"圣灵";其二为外化的交际,即"听劝言"⑤的"对话"态度。这两个方面均以某种天然联结为主要渠道,第一个建立在单一个体与上帝联结的基础上,第二个则建立在单一个体与其他个体联结的基础上,这两大天然联结,使得"谦卑"在泰勒小说的宗教伦理叙事中的根本

---

① Anne Tyler. "Still Just Writing". In: Janet Sternburg, ed. *The Writer on Her Work*. New York: Norton, 1980, p. 11.
② Joseph C Voelker. *Art and the Accidental in Anne Tyler*. Columbia: University of Missouri Press, 1989, p. 3.
③ 此处基督指的是,如同耶稣基督一般,在神与人之间架起沟通交流桥梁的角色。
④ 康德著:《历史理性批判文集》,何兆武译,北京:商务印书馆,1991年,第68页。
⑤ "骄傲只启争竞,听劝言的却有智慧。"《圣经·箴言》第13章第10节。

地位得以凸显。

一、牧师

泰勒笔下最早的牧师形象可追溯到她于1961年完成但未出版的首部小说《骑士,我认得你》(*I Know You, Rider*)中的司帕瑞·法拉第(Spirit Farraday)。在这部打印在父亲办公废纸背面的小说中,泰勒以反讽和幽默的笔触塑造了司帕瑞这个角色。作为一个巡回布道者,司帕瑞由于"精神性头疼"[①]而不得不改行做了衬衣销售员,这一改行的象征意义是极为明显的,更是作为贵格会教徒的安·泰勒以反讽手法对角色进行的绝妙处理。在否认神权等级制度运动中应运而生的贵格会秉承着个体可通过"圣灵"与上帝沟通,而无需通过神职人员,这一教义虽然在之后美国的福音运动中有所改变(福音教友联盟、教会联合会开始设有牧师讲道),但相较于通过讲道获得感召,贵格会更"重内心轻外在",倾向于通过自身灵性、静默修习来获得感召。在正统的贵格会看来,牧师是"为神做工"的荣耀,而非谋生的职位,是不应当获得报酬的。尽管泰勒并未说明司帕瑞"头疼"的原因,但放弃了布道的司帕瑞从事了衬衫销售员的工作,不得不说这是作为贵格会教徒的安·泰勒以反讽手法对角色进行的绝妙处理,她通过司帕瑞的口吻写道:"上帝才是我的生意,实实在在的生意。"[②]但他又旋即表示:"我的确推销上帝,但绝不是廉价地、简单地推销。"[③]既然通过布道而获得收入是与基督教精神相悖的,那么司帕瑞就无异于在"售卖"宗教,尽管司帕瑞本人认为"推销"与信仰并不矛盾,因为推销本身能让你更好地思考信仰,"你得自己想明白,如果在另一个世界,耶稣遇到了赫鲁晓夫,会对他说些什么。"[④]司帕瑞的世俗主义在此处已经展现无遗,而他布道的经历和热心的性格使得他干预了主角丹尼(Danny Ponder)的生活。

丹尼可以说是一个永不停歇的自由灵魂,他在小说中唯一的正事就是寻思如何花掉他打牌赢来的钱:到底是赎回自己的吉他,还是给女友麦琪(Mag-

---

① Anne Tyler. "I Know You, Rider". unpublished, held in the Anne Tyler Papers at Duke University's Special Collection Library, p. 50.
② Anne Tyler. "I Know You, Rider". unpublished, held in the Anne Tyler Papers at Duke University's Special Collection Library, p. 53.
③ Anne Tyler. "I Know You, Rider". unpublished, held in the Anne Tyler Papers at Duke University's Special Collection Library, p. 53.
④ Anne Tyler. "I Know You, Rider". unpublished, held in the Anne Tyler Papers at Duke University's Special Collection Library, p. 53.

gie)买条红裙子。他的朋友陶德(Todd Landis)责任感强很强,一直说服他找份正经工作安顿下来,迷惘的丹尼在镇里游荡时遇到了司帕瑞。司帕瑞挽救了丹尼濒临崩溃的恋爱关系,他说服丹尼的女友说,她的责任就是安慰和信任像丹尼这样人,拯救他们的灵魂。故事的最后,司帕瑞目睹了丹尼的改变,他勉强自己去迎合陶德以及这个世俗的世界,然而讽刺的是,丹尼却在求职面试的路上意外身亡了。这种自由与现实碰撞之下的意外结果深深触动了司帕瑞,他想和几个人谈谈丹尼的死给他带来的感受,却始终无法用语言表达。这时,司帕瑞想起某一天他因为没钱付房租,与房东起争执,而四处寻找丹尼时,丹尼在街上一边走,一边用口哨一再重复地吹着的四个音符。丹尼吹奏着四个音符前行,就是这位梭罗式的角色朝着自己心灵曲调行进。最后,司帕瑞学着丹尼"心灵之曲"的口哨声,在大街小巷行进,宣告春天就要来了,小说此时也宣告司帕瑞去世俗化的努力,他尝试放弃外在形式(甚至语言),感受自身内心的灵光,这不得不说是一个贵格式的结局。此时的司帕瑞事实上又回归到了一个牧师的角色,他不再以言语(如布道文)传道,而是以这四个音符的曲调去揭示自由与现实之间的要义,探求灵魂深处真正的皈依。同时这也是一个反讽的结局,即原本看似需要"拯救"的丹尼,却在心灵层面上"拯救"了牧师司帕瑞。与其固守教义还不如听从内心的"圣灵",这或许就是这部处女作中泰勒的宗教叙事想要表达的意义。

  泰勒小说中另一个典型的牧师形象则是《圣徒叔叔》中的埃米特牧师。小说《圣徒叔叔》是泰勒所有作品中最为全面地反映其宗教思想和价值观的一部,小说的主角是一个开篇时将要进入名校的准大学生伊恩·贝德罗。伊恩的哥哥丹尼娶了带着两个孩子的离异母亲露茜。当他们的孩子姐芙妮出生之后不久,因为伊恩的无心之语,丹尼以为妻子出轨,愤而开车自杀。丹尼死后,露茜也因为过量服用安眠药而死亡,撇下三个年幼的孩子。此时伊恩甫入大学,在埃米特牧师的鼓励和再新教会的感召下,他决定放弃学业,回家抚养三个侄子女。改写了伊恩整个人生的是埃米特牧师以及他所创办的"再新教会"(the Church of the Second Chance)。再新教会是一个禁用糖、咖啡因和酒精的小教会,尽管安·泰勒曾强调"为避免冒犯现存各教,我觉得最好还是用一个想象的教会"[①],而这个想象的教会则体现了泰勒对于基督教的想象。再新教

---

① Patricia Rowe Willrich. "Watching through Windows: A Perspective on Anne Tyler". *Virginia Quarterly Review* 68 (*Summer* 1992), p. 516.

会是一个非常小的教会,教众不多,影响也不广泛,教会只有一位牧师,就是教会的创办人埃米特牧师。埃米特牧师"唯一的经济来源,是在一所私立女校担任兼职的辅导员"①,他如同早期贵格会教义所倡导的那样,并不从布道工作中牟取金钱收入,这就凸显了他"为神做工"的纯洁性。埃米特牧师在再新教会组织聚会时的理念,是贵格会式的:牧师在教徒与基督之间并非必需的中介桥梁,教徒并不依赖牧师与神沟通,教徒可通过"圣灵"修习,获得启示。小说中埃米特牧师一度罹患较严重的心脏病并入院治疗,在他住院期间,再新教会的教众先是邀请了别的教会的牧师代班讲道,可是当过了3个礼拜再也邀请不到牧师布道的时候,教众们就选择跳过讲道环节,自行唱诗、祝祷和默想了,这样的礼拜程序一直维持到埃米特牧师出院返回牧师岗位,这期间并未有教众提出这样的方式影响了自己与基督的沟通。而基于对内心和生命本身的尊重,埃米特牧师认为教会不应当作宣教,因为"生活本身就是在宣教"②。同样地,埃米特牧师所组织的聚会方式也是贵格式的,再新教会在布道、唱诗、祝祷以后,以静默的方式等待神的感召。如同贵格会一般,他们不重外在形式和程序,而重视内在灵修,主角伊恩在首次加入聚会的时候,他就感受到了静默的力量:

"……静默,好深,伊恩觉得自己像是整个人埋在里面。他在静默里敞开自己,他向静默投靠过去,觉得自己像是漂在涌动的祷告声浪上面,每一个祷告的人,都在祈求他得到原谅。所以,上帝怎会不听?"③

可见,从司帕瑞到埃米特,安·泰勒终于通过宗教叙事的努力塑造了一个理想的牧师形象,而这个牧师形象毋庸置疑是贵格会式的。

二、基督与天使

在基督教教义中,教徒必须通过上帝之子耶稣基督,方能与上帝沟通,获得启示。在泰勒的小说《补缀的星球》中,"天使"作为帮助盖特林一家获得启示的媒介,事实上承担了基督的角色。《补缀的星球》是安·泰勒正式出版的第十四部小说,小说的主角巴纳比·盖特林(Barnaby Gaitlin)是泰勒笔下另一个亟待"拯救"的角色。他是宽裕体面的盖特林家族的败家子④,少时顽劣偷盗邻居财

---

① 安·泰勒:《圣徒叔叔》,宋伟航译,台北:校园书房出版社,2009年,第247页。
② 安·泰勒:《圣徒叔叔》,宋伟航译,台北:校园书房出版社,2009年,第247页。
③ 安·泰勒:《圣徒叔叔》,宋伟航译,台北:校园书房出版社,2009年,第164页。
④ 台湾地区版本译作"败家子",英文原文为 black sheep。

物,母亲一家家哀求并赔了8700美金。婚后他与妻子居住在岳父母的车库里,有孩子却不尽责,离异后妻子改嫁费城,在公司做工的他时常去费城看望女儿。这是泰勒笔下典型的失败男性,他们缺乏生活的动力、改变的勇气和对家庭的责任心。尽管如此,巴纳比在内心也希望能彻底改变自己的生活,在去费城的车站,遇到了他的"天使"。寻找自己的天使,并明白她的启示,是盖特林家族四代男性的传统,就泰勒对于这一家族的描写来看,其与《寻找凯莱布》中的派克家族是很相似的,巴纳比也仿佛是凯莱布的某个翻版。鉴于盖特林家寻找天使的传统,巴纳比对于他的"天使"是非常在意的,他费尽心思寻求机会与天使相处,仔细聆听她的每一句话,"希望从她那里得到启示"[1]。他满心希望这个叫作索菲亚(Sophia)、意味着"智慧"的"天使",能够如同父兄的天使一样,以神奇的感召或箴言改变他的生活。他带着近乎蒙昧的信仰聆听"天使"的每一句话,祈求的事实上是在已经陷入混乱的生活中得到拯救。可是在巴纳比是否盗窃客户葛林太太钱款的事情上,索菲亚自己掏钱掩盖这一看似善意的行为,揭示的却是对巴纳比的不信任。最终工友玛婷帮其取回索菲亚的钱,巴纳比对天使的幻想终于"搁浅",他怀疑天使存在与否。

"假设我曾祖父有天走在街上,居然碰见了他的天使,就是那位扎了金黄色辫子的女人,'小姐!'他叫住她,'小姐!等一下!我还没谢谢你呢。'"

"那个女人转过身来,问,'我吗?'是位很普通、很平庸的女子,甚至可以说是其貌不扬,嘴唇干裂或是鼻子油光水亮——看季节啦。'什么事呢?'她问。我祖父那时可能就会知道,他错了——根本没有天使。或是他的天使其实就是其他的人,一些他从来没有想到的人。"[2]

然而,在这个过程中,巴纳比的生活确实改变了。首先是他终于还了母亲曾经付出的8700元赔偿金,并发现母亲为之付出最多的并非一直挂在嘴边的赔偿金,而是放下身段为他向邻居求情的拳拳爱护,这使得他与父母的关系得到了改善。其次在"葛林太太盗窃事件"中,坚定支持和信任他的年迈客户们让他倍感温馨:

"我心里出现了幅画面,一群老人家在排球场上一直把我像球一样朝上顶,不让我掉下来,一个接一个顶住我,让我始终在网上。一个不得已歇手时,就会

---

[1] 安·泰勒:《补缀的星球》,宋伟航译,台北:皇冠文化,1999年,第63页。
[2] 安·泰勒:《补缀的星球》,宋伟航译,台北:皇冠文化,1999年,第298页。

有另一个接手。他们的脸或许会变,但是高举的手始终不变。"①

虽然他的工作和生活并没有发生什么重大的改变,但这些周遭的爱意在他的生活中显现出来,这一点对他而言意义重大,不啻为一种新生。犯过错的巴纳比对于"天使"的追寻和否定揭示了小说《补缀的星球》的宗教意义:不论是谁,不论是否有罪,只要笃信,终将得救。然而安·泰勒在巴纳比的故事中指出,巴纳比的救主并非是"天使",而恰是贵格会所倚赖的"友爱"——母亲的爱、客户们的爱和工友的爱。巴纳比原本是个一旦发现别人对他不友好,就反而要做出更糟的事情来的人,小说的最后,他体会到了这世界对他友爱,也同样开始了他有爱的人生,正是"爱"成为他真正的"天使",这正是基督"爱人"的体现。

三、教徒

对于宗教而言,教徒是范围最广、最基础的要素,而在泰勒笔下的众多教徒中,《圣徒叔叔》中的主角伊恩·贝德罗是最为复杂的。伊恩不负责任的无心之语害得兄嫂先后丧命,可以说他从小说一开始就是"罪人",然而在埃米特牧师的劝诫下,他毅然从名校休学并做木匠学徒,担起抚养侄子女直到他们成人的责任。皈依使得他获得"再新"(the Second Chance)的机会,信仰使得他成了"义人",与此同时,伊恩又克服了"今生的骄傲",成为泰勒笔下宗教形象中最为谦卑的基督教徒。

基督教徒的谦卑来自对上帝造万物的信仰,认识到人的有限、渺小与上帝的超验、全能,从而深刻怀有"被造感"(creature-feeling)。与之相对的是"今生的骄傲",包括因有德性而产生的"道德的骄傲"和因有知识而产生的"理性的骄傲",《圣经》认为它们"不是从父来的,而是从世界来的"(《圣经·约翰一书》第2章第16节)②。小说的开始,伊恩是个受家人邻里疼爱的大男孩,女友温柔美丽,自己又考上了名校,顺风顺水,前途不可限量。然而一句未经证实就脱口而出的闲言,却害得哥哥开车撞墙自尽,而嫂子在之后也意外丧生。闲话的起因在于伊恩对嫂子不贞的怀疑,伊恩本身恪守道德,在和女友的交往过程中也保持一定的距离,而嫂子露茜却似乎显露出不贞的迹象。伊恩的道德自我膨胀了,一句闲话的背后,事实上是对认为道德低于自己的露茜的谴责和蔑

---

① 安·泰勒:《补缀的星球》,宋伟航译,台北:皇冠文化,1999年,第285页。
② 赵敦华:《全球伦理和基督教价值的转换:关于普遍伦理的可能性条件的元伦理考察》,载于:罗秉祥、江丕盛主编:《基督宗教思想与21世纪》,北京:中国社会科学出版社,2001年,第11页。

视,即产生了"德性的骄傲"。之后,决定"赎罪"的伊恩所做的最大的放弃,或许就是从名校辍学,开始跟着木匠师傅做学徒,这也是他父母在一开始极力反对的。"核心时代"哲学突起,哲学家曾视早期基督教为愚昧的神话时代的产物,因此,使徒保罗说:"我要灭绝智慧人的智慧,废弃聪明人的聪明……世人凭借自己的智慧,既不认识神,神就乐意用人所当作愚拙的道理,拯救那些信的人,这就是神的智慧了。"(《圣经·哥林多前书》第1章第19～21节)与福克纳在《去吧,摩西》中以赛克为了替家族和南方赎罪而牺牲自己,所选择做木匠一样,伊恩为了赎罪,从名校辍学,转而从事木匠工作,来养育侄子女。这不仅仅是耶稣形象的再现,同时还是一种隐喻,即对"理性的骄傲"的再思考:到底高校知识和体力劳动哪一个才是"拯救"的良药?知识带来的骄傲,是人远离上帝的原因之一,小说中,泰勒通过一个小角色的口传达了这样的信念:"一无所知的人,才是真上天堂的人。"[1]也就是说,不以人的聪明为高超的智慧,而意识到上帝的智慧方为无限的存在,这样的人,才能离神更近。与此同时,安·泰勒做了意味深长的安排——"我的救主就是木匠"[2]——在伊恩和耶稣基督之间建立了联系[3]。决定为侄子女放弃一切的伊恩意识到"他的一切,都要从头来过,从最低、最低的地方开始,看他能到多低,就要多低。其实,这样他反而安心"[4]。"凡自高的,必降为卑;自卑的,必升为高"(《圣经·路加福音》第18章第9～14节)已经明确指出了"卑"的可贵,伊恩的"降低"实际上是基督徒意义上的"升高",也因此,他才会更"安心"。

  20世纪以来,动荡与宁静、反叛与传统、皈依与背弃这样的矛盾一再在当代社会上演,与以往不同,基督教已经不能全面指导和规范社会生活,对政治、经济、哲学、文学等领域的控制力也大大减弱。伴随着对尼采"上帝已死"的普遍误解,神圣价值观面临分崩离析的窘迫境地。自由主义神学和福音运动为现代基督教延续了生命,在泰勒的宗教叙事中所体现出来的平等主义与仁爱精神同时也是现代基督教得以保持活力的源头所在。但不可否认的是,人们不再以无限敬畏与赞叹去面对神启或救赎,人文主义精神在开启人类理性的同时也使得基督教遭遇了世俗化。在这样的基督教世俗化之下,安·泰勒小说的宗教叙事体

---

[1] 安·泰勒:《圣徒叔叔》,宋伟航译,台北:校园书房出版社,2009年,第237页。
[2] 安·泰勒:《圣徒叔叔》,宋伟航译,台北:校园书房出版社,2009年,第250页。
[3] 根据《圣经》和其他资料,基督教普遍认可的史实为:耶稣在30岁之前为木匠,之后传道3年,最终为世人赎罪而钉死在十字架上。
[4] 安·泰勒:《圣徒叔叔》,宋伟航译,台北:校园书房出版社,2009年,第177页。

现了福克纳式的人道主义宗教观。在福克纳的小说《一个寓言》中,老将军撒旦对基督式殉难的班长说他赞美并尊重人,认为是人而非天神方能永生不死,一直存在下去。泰勒笔下的牧师,不论是司帕瑞这样的世俗人,抑或是埃米特这般的孱弱者,都与神圣形象相去甚远;而《补缀的星球》中传达"启示"的"天使"们,也都一再被证明仅仅只是再普通不过的人群,她们所传达的"启示"无非是使得盖特林家积累了更多财富,是世俗的,而非真正的神启。反观教徒,这个最应该平凡的群体,却出现了伊恩这样耶稣化的形象,虽然他所赎的罪过是自己所犯下的,而不似耶稣基督般为天下人赎罪,但安·泰勒在其宗教叙事中体现出来的贵格会的个体神圣的观念已经表露无遗。

第四节　冥想与顿悟:宗教叙事的语言特征

基督教贵格会通过"圣灵"与神沟通,尤为重视内心自省,提倡静默修习。静默修习即通过默想的方式感悟与神同在的境界,其关键在于静谧的状态。摩西是在静谧的牧场上听到上帝呼唤的,他在何烈山为岳父叶忒罗牧羊,除了羊啃小草的声音别无声响,这时耶和华在经火而不燃的荆棘中向他显现,将带领百姓出埃及的重担置于他肩上。撒母耳也在夜深人静之际听到上帝的呼声。耶稣开始传道之前,曾独自退居旷野的深山中,静思默想40天;召选十二门徒的前夜,他只身在山上通宵祈祷;他传道时经常单独在僻静处祈祷,时而于东方破晓前走上山头,或到旷野中与天父默默交谈[①]。路易·马兹如此描述静默修习:"……他(指教徒——引者注)在自我内部向上帝直抒情怀;他通过记忆、理想和意志接近上帝的爱;他凭借想象、视觉、听觉、嗅觉、味觉、触觉感受到与上帝同在的各种情景——它们正在一个内向的精神舞台上表演。"[②]马兹认为既然默想是"以人所能支配的全部能力理解现实,理解上帝显现的意义",那么"日常生活也将参与其中,因为默想之人必须感到上帝的显现就在此地此时……在心灵的深处"。诚如使徒保罗对以弗所人的吩咐——"要被圣灵充

[①] 梁工主编:《基督教文学》,北京:宗教文化出版社,2001年,第61页。
[②] 路易·马兹:《冥想诗》。载于:陈永国译,《世界三大宗教与艺术》,长春:吉林人民出版社,1991年,第525页。

满。当用诗章、颂词、灵歌彼此对说,口唱心和地赞美主"①,静默修习带来的是默想诗文。默想诗文属于基督教灵修文学,代表了作者对神同在境界的感悟,常借隐喻、比喻等修辞手法,把记忆、理解和意志倾注于基督教的象征物上。安·泰勒的小说中,不乏对宗教仪式、宗教聚会和对宗教信仰的细节描写,几乎涵盖以上大多数宗教语言②范畴,如赞美诗"天恩何等广,我心多欢畅,倚靠我主永恒之臂膀"③等等,不一而足。

然而最能体现出安·泰勒宗教叙事语言特征的,则是一类文学性宗教语言,这类语言将宗教语言中的宗教特性提炼抽离,并置于世俗与日常生活之中,通过文学的方式对其进行再加工,从而扩大了宗教语言的范畴,使之成为某种带有灵性的文学语言。这样的宗教语言,也为其他学者所探讨。心理学家荣格在1958年出版的《心理学与宗教:东方与西方》④中曾提出,鉴于宗教本身的神秘特性,宗教体验是复杂抽象且难以言喻的,这就使得语言遭遇了表述困难,故此,宗教语言多用象征手法,试图给读者留下某种形象化的"印象"(impression)⑤。胡德(R. W. Hood)在此基础上强调宗教语言在很大程度上依靠明喻和暗喻等修辞手法⑥,凯特·洛文塔尔进一步将这类宗教语言进行扩展,形成了具有以隐喻和明喻为独特特征,以无时间性、无空间性、安宁与统一为独特内容的语言风格,并举例如下:"我记得早春的一天,我独自待在森林里,我的耳朵听到各种神秘的声音……唤醒了我体内的一切,并且它们获得了意义。为什么我要进一步去看呢?因为他(上帝)在那里,如果没有他,没有人能生存。(托尔斯尔的体验,詹姆斯讲述,1902)"⑦如果将上述语言充分扩展成为一种文学性的宗教语言,可姑且称之为默想语言。默想语言可以被看作是基督教默想诗文的变体,常将宗教感受寄

---

① 《圣经·以弗所书》,第5章,第18—19节。
② 宗教语言是宗教共同体中赖以表达和沟通的方式,普遍认为,宗教语言存在于宗教话语和文本中,具体形式如下:公认的权威,如《圣经》、布道、见证、witnessing 等,如宗教共同体中的个体谈论的带有灵感的体验;预言,宗教共同体中的权威人物对未来所做出的假设或警告;轶事,以各种形式出现的故事或话语,以指导、鼓舞和告知宗教共同体中的多数个体为目的。参见:凯特·洛文塔尔:《宗教心理学简论》,罗跃军译,北京:北京大学出版社,2002年,第42—45页。
③ 安·泰勒:《圣徒叔叔》,宋伟航译,台北:校园书房出版社,2009年,第165页。
④ 本文参考其1969年英译本第二版。
⑤ 参见:C G Jung. *Psychology and Religion: East and West*. Princeton: Princeton University Press, 1969, pp. 62-67.
⑥ 参见:R W Jr. Hood. "The construction and preliminary validation of a measure of reported mystical experience". *Journal for the Scientific Study of Religion*, 1975, pp. 14,29-41.
⑦ 参见:凯特·洛文塔尔著:《宗教心理学简论》,罗跃军译,北京:北京大学出版社,2002年,第41—42页。

托于自然景物或生活场景的描述,以凡近之事物为象征而入深远之情理,从而体现顿悟式的哲理与内涵。默想语言在现代诗篇中的使用,最普遍的莫过于冥想诗,如罗伯特·弗罗斯特的《未选之路》《一簇野花》《雪夜林边停》等。在泰勒小说的默想语言中,比出现宗教信仰(如基督教)或崇拜对象(如上帝)更重要的是是否体现如下特征:第一,使用明喻、隐喻、提喻、拟人等修辞方式;第二,模糊语言描述中的时空概念,凸显在同一时间的空间/事件或同一空间/事件的不同时间,强调同存性;第三,语言所描绘的角色或语言的叙事者孤立于周遭世界,多数为心理描写,以内化的语言表现"顿悟"。

以下三个片段取自安·泰勒的小说《岁月之梯》,这些描述便体现了这样的默想语言:

(1)"突然之间大海出现在他们眼前,好像点醒了他们来此的目的。蒂莉娅仿佛每年都会忘记似的——那无边无际、灰濛濛的大海,那熟透腐败的气味,那来来往往唏嘘不已的海潮声……。而当她身在别处为琐事烦忧时,这大海依然这样运行,千古不变。蒂莉娅凝视着跳跃在波涛上面的金色阳光,一直到拿着游艇的卡罗从她身后撞上来为止。'妈!你怎么搞的嘛!'卡罗叫。'噢!对不起!'她回答,继续往海的方向前进。"①

(2)"在她身后,凡农的车子再度发动,然后咆哮而去,留下一片寂静——是那种震惊之后的沉默。仿佛这整个城镇都因为蒂莉娅的所作所为而惊讶不语。"②

(3)"蓓尔抱着猫咪走到窗前,那些玻璃因为布满灰尘几乎变得不透明了。窗帘的顶端沾着蜘蛛网,那盆摆在窗台上的一盆绿色植物显得枯黄而无力。事实上,这整个房间看起来一片晦暗无光,仿佛它已走进蒂莉娅脑海中最模糊的记忆力似的。"③

《岁月之梯》是安·泰勒已出版的22部小说中篇幅最长的一部作品,故事以一则报刊的寻人启事开篇,主角是一位中年家庭主妇蒂莉娅·葛林斯特。可以说,蒂莉娅基本是一个依附他人而生的人,儿时父亲是她的保护伞,到了适婚年龄,她的丈夫继承了她父亲的衣钵和她家的诊所,成为她的依靠,可以说她一直生活在父亲、姐姐和丈夫的庇护之下,几乎从未独立做过自己人生的

---

① 安·泰勒:《岁月之梯》,唐清蓉译,台北:方智出版社,1996年,第99页。
② 安·泰勒:《岁月之梯》,唐清蓉译,台北:方智出版社,1996年,第122页。
③ 安·泰勒:《岁月之梯》,唐清蓉译,台北:方智出版社,1996年,第251页。

决定。但就是这样一个家庭主妇,在一次全家海边度假期间,突然意识到了自己人生的缺陷,她仿佛突然厌恶起自己与丈夫的附庸关系。于是乎,她在偶然和不免带一些心血来潮的情形之下,跟随一个陌生人的车去了另一个城镇,在这里她改名换姓,租屋求职,开始了自食其力的女秘书生活。上述三个片段均为以主角蒂莉娅为叙事者的心理描写。片段(1)为蒂莉娅全家刚刚来到度假地,这个度假地是葛林斯特一家每年都要去的地方,厌倦之情是难以避免的。在此之前蒂莉娅与比她年轻的艾德·柏勒-布莱有过一段婚外暧昧,这作为一个契机,使得她开始思考自己的婚姻和人生,并愈发觉得与丈夫之间缺乏激情与浪漫。蒂莉娅认为丈夫之所以与她结婚,只是为了继承他父亲的诊所罢了。更糟糕的是,冷静理智的葛林斯特先生是整个家庭的决策者,甚至在某种意义上像个独裁者,而蒂莉娅在家人甚至是孩子们眼中,都是一个不成熟的、不理性、无法照顾自己的人,这些念头使得她烦躁不安。在片段(1)中,"无边无际""千古不变"的"大海"隐喻了无限的永恒的上帝,时间在这段描写中仿佛凝结,只有蒂莉娅和大海同存于此,直到儿子卡罗打断她的冥想。"他们来此的目的"可以说是度假,但对蒂莉娅来说,也是从大海中获得某种顿悟。年复一年到同样的地方度假就如同日复一日相同的婚姻生活,使得她感觉疲惫,她深觉自己需要某种改变的力量,来重新开始。就在片段(1)之后,蒂莉娅和丈夫葛林斯特先生的对话变得不再那么温顺,她甚至指出那么多年来丈夫对她名字称呼的错误,之后,她在沿着海边走的时候决定,"要这样一直走下去,直到她走到陆地的尽头掉到海里为止"[①],最后她决定彻底地改变——离开家,搭陌生人的车去陌生的地方。

片段(2)是蒂莉娅刚刚下车来到海湾镇的时候,这一段使用了拟人的修辞,通过对外在世界的描写来映射蒂莉娅的心理世界。"那种震惊之后的沉默"是宗教伦理意义上的矛盾谴责:一方面,蒂莉娅抛家弃子来到这里是对其家庭和婚姻责任的背叛;另一方面,蒂莉娅的自我意识长久以来是被压抑的,其本人并未得到家人的重视与尊敬,甚至在她走了之后,家人登出的寻人启事都对其外貌语焉不详——"发色为金色或浅棕色,身高五英尺二英寸或五英尺五英寸(157.48厘米或165.1厘米——笔者注),体重为九十磅或一百一十磅(40.8千克或49.9千克——笔者注)。眼睛颜色为蓝色或灰色,抑或绿色"[②],

---

① 安·泰勒:《岁月之梯》,唐清蓉译,台北:方智出版社,1996年,第107页。
② 安·泰勒:《岁月之梯》,唐清蓉译,台北:方智出版社,1996年,第1页。

他们对她的忽视程度可见一斑。故此,当蒂莉娅在海湾镇以葛林小姐的身份租房、求职,完全自食其力的时候,我们很难从伦理意义上给她以绝对的负面评判。我们可以看到蒂莉娅的自我意识的觉醒使得她从丈夫身边离开,这一点与理性时代人类与上帝的分离极为相似。可以说,在这之前,葛林斯特先生作为家中的绝对权威扮演了某种上帝的角色,他对妻子有着无限的温柔和引导,而他唯一缺乏的是珍爱与热情,可此时的蒂莉娅意识到后者才是夫妻之间应当具备的。与葛林斯特先生分离后的蒂莉娅如同理性时代人类一般充满彷徨与矛盾,正如她自己之后对孩子们所说的,"事情并不是那么单纯清楚,我从来不想伤害你们,甚至连离开你们都不是我想要的。只是……我在无意之间跟你们分开之后,就不知道该怎么回来。"①事实上,蒂莉娅是矛盾的。一方面,她没想过离家太久,一直希望丈夫能接她回去;另一方面,她又喜爱自己在海湾镇做一个独立自信的秘书葛林小姐的感觉,虽然孤单,但是这给了她充分的个体自由,也因此,即便每晚她都哭泣,却睡得异常安稳。

片段(3)使用了隐喻的修辞手法,晦暗的出租房的意象,是蒂莉娅对于出走现状的灰心,也表达了她对家庭、对丈夫和孩子的思念。正如教徒们企望回到伊甸园一般,蒂莉娅同样渴望回家,回归到那个巴尔的摩的共同体而不用孤立于这个海湾镇的出租房。故事的最后,蒂莉娅经历一年半出走的"时光之旅"②回到丈夫身边,在自由与团结之间,她选择了团结,但是这一回归不是简单的回归:

过去这一年半,其实真的是一场穿越时光的旅行……她顺利走完了……走完了那一趟之后,她的确又回到原来与山姆共度的日子,而旁边的人也或多或少向前迈进了一些③。

"向前迈进"的不止旁边的人,还包括蒂莉娅,她的回归不是原本那个蒂莉娅的回归,她已经经历了一年半的独立生活,也完全证明了自身的谋生能力,故事最后她的回归是在自我意识完全觉醒之后的回归,可以看作是理性时代人以新的方式回归宗教的隐喻。

在泰勒作品中,类似的语篇描写并不鲜见,它们在不同的故事语境中做不同叙事,却保留了一些共性,简单而言如下:首先,它们建立于一个普遍的宗教隐喻之下,是和"人—上帝"或者"人—宗教"之间的关系相关的;其次,它们在

---

① 安·泰勒:《岁月之梯》,唐清蓉译,台北:方智出版社,1996年,第443页。
② 安·泰勒:《岁月之梯》,唐清蓉译,台北:方智出版社,1996年,第494页。
③ 安·泰勒:《岁月之梯》,唐清蓉译,台北:方智出版社,1996年,第495页。

具体语言艺术上,使用了一系列的修辞手法,特别是隐喻和明喻;再次,它们在场景和叙事上是同存的,有着无时间性和无空间性的特点;最后,它们通常是一系列心理描写,在这一描写的过程中,角色通常是孤立而安宁的,是不为周遭喧闹世界所影响的,展现了人物与神更接近的安宁的内心"圣灵",同时往往与角色的"顿悟"相关。这样的文学性宗教语言,将宗教融入日常的俗世生活,在最广泛的意义上对日常生活进行宗教伦理层面的描述与探讨,不啻为一首宗教叙事的冥想诗。

第三章 安·泰勒小说中的空间叙事

第一节 希洛社区

在美国历史上不乏充满理想主义的作家,曾尝试通过各种方式与经济至上的消费文化相斗争,他们通常选择远离尘嚣之地开始心灵之旅,并将之反映到作品中。他们或如梭罗独自开始世外桃源般的修行,创作出《瓦尔登湖》(*Walden*,1854),或如霍桑加入集体的构筑梦想家园的努力,创作出小说《福谷传奇》(*The Blithedale Romance*,1852)。亨利·詹姆斯(Henry James)认为《福谷传奇》是霍桑"最为明亮、耀眼、富有活力"的作品,而这部作品正是以霍桑在著名的实验性社区布鲁克农场(Brook Farm Institute of Agriculture and Education)的经历为蓝本的。1841年在马萨诸塞州的西罗克斯伯里附近,记者、社会改良家、唯一神教牧师、超验主义者乔治·黎普列(George Ripley)和他的妻子索菲亚·黎普列(Sophia Ripley)创办了布鲁克农场,吸引了不少耳熟能详的新英格兰作家、记者及社会改良家,如纳撒尼尔·霍桑(Nathaniel Hawthorne)、威廉·亨利·查宁(William Henry Channing)、西奥多·帕克(Theodore Parker)、玛格丽特·富勒(Margaret Fuller)、查尔斯·安德森·丹纳(Charles Anderson Dana)。在这个社区内,世俗的影响被削减了,文学与文化受到了前所未有的推崇。可以说他们构建了一个与当时社会迥异的理想主义社区,激励和启发了包括霍桑在内的不少作家的创作。可惜的是,布鲁克农场实验社区并未长期持续下去,1846年社区就解体了,尽管如此,爱默生还是给予了布鲁克农场这个社会改良实验项目以相当高的评价,称之为"一场小型的法国大革命,一个煎饼锅里的理性时代"(a French Revolution in small, an Age of Reason in a patty pan)。在19世纪,布鲁克农场并非唯一的小型改良实验,贵格教会也创办了各种大小不一的实验性贵格会"福佑社区"(Blessed Community),这些社区作为贵格会教徒的聚居地,也是彼此共享同样的信仰的精神共同体。

安·泰勒的父母作为虔诚的贵格会教徒,深受贵格会这一传统的影响,在纷繁的二战战火之下,他们希望寻找到一方能够践行贵格会教义的净土,一片即便辛劳但简单的乐土,在1941年安·泰勒出生后,这一想法对他们来说就更为迫切。1942年起,泰勒一家为此开始了数次搬迁,父亲劳埃德·派瑞·泰勒和母亲菲莉丝·马虹·泰勒寻找适合养育他们孩子的社区,他们希望孩子的成长能远离战争的影响,也盼望社区生活能让孩子明白日常生活的价值所在。他们首先搬至宾夕法尼亚州凤凰城(Phoenixville)的科尔德布鲁克农场(Coldbrook Farm),但只待了两年,就又搬回至芝加哥郊区。1948年夏,他们从明尼苏达州搬迁至北卡罗来纳州,终于在此地的希洛社区定居下来,这里也成了泰勒度过快乐童年时光的地方。

1937年著名水利建筑师、罗斯福总统任命的田纳西河流管理局第一任董事会主席阿瑟·E.摩根在北卡罗来纳州的扬西县(Yancey County)建立了希洛社区。在当时类似的社区中,希洛社区是规格较大、制度较为完备的一个,社区占地1 200英亩(约4.9平方千米),最多可容纳40余户家庭。希洛社区有着自己独立的税收制度和土地使用制度。希洛是基于土地信托制度的,社区土地的所有权是属于社区的,绝不出售,居民承诺与邻里和睦友好地相处,拥护社区的理念和管理,便可以受托方式获得自己的房屋和土地。社区不为居民提供就业机会,但偶尔会贷款给社区居民,贷款是以居民改善社区土地使用为目的的。此外,居民可以通过组织社区夏令营活动、经营家庭作坊,或为其他居民工作的方式来解决自身就业和谋生问题。《希洛社区章程》认为,这样的体制可以鼓励"成员建立个体经营体,从而使得土地和金钱能够(以生产为目的)使用和流通"[①]。社区对成员的宗教信仰或意识形态不做要求,鼓励多种文化和信仰共存,倡导居民与自然的和谐共处。社区内部建立了自己的政府管理体系,有自己的民主制度,凡加入社区的新成员必须通过票选,社区

[①] *Celo Community Constitution*. Reprinted in Hicks, p. 226.

所有居民共同组成常规联合会,新成员的申请获得大会列席居民75%以上的赞成票才能通过,同时,大会还拥有投票弹劾社区原有居民的权利。

　　希洛社区建设的首要目的,是为社区成员"提供享受生活的机会,包括个体表达、邻里友好协作以及维护与欣赏自然环境"①。社区提倡成员进行劳作的目的仅仅是给自己和其他成员提供简单生活的保障,强调与自然的和谐相处,而非过度开发、消耗土地。希洛社区的创始人摩根以"人类社会的铀"(human uranium)来借喻社区,他解释说,一立方码(约0.76立方米)的花岗岩中即含有足够的铀,可以炸毁一座山,这些铀的粒子在分离的时候毫无威慑力,唯有汇聚起来,达到"临界质量"(Critical Mass)才具有强大的力量,社区的居民由于共同的目标和理想汇聚于此,从而也就具备了无穷的改变社会的能力。可见,对摩根而言,希洛社区并非一个简单的地理意义上的空间共居地,还是某种形式的精神集聚体,居民们由于共同的理念选择了希洛社区,又由于在社区内践行共同的生活方式而形成了更加紧密的地缘共同体。希洛社区这种强大的精神力量在空间广度上发散的同时,也在时间长度中传递。对于儿童教育,希洛社区有着自己独特的理念和体系,社区倡导家庭教育和社区教育,这在一定程度上将社区居民的后代与外部社会相对隔离了。安·泰勒早年即接受家庭教育,泰勒的父母依据"卡尔弗特学校函授项目(Calvert School Correspondence Program)"对她和弟弟以色列·劳埃德·泰勒(Israel Lloyd Taylor)实行家庭教学。直至1962年,希洛社区甚至建立了自己的阿瑟·摩根学校,学校招收社区居民以外的初中学生,试图将希洛社区的理念与精神向外传递。安·泰勒曾在《时尚》杂志(*Vogue*)上撰文称,童年的经验和生活与父母联系紧密,对成年期影响深远②。无疑,安·泰勒从幼年时期就受到了摩根构建的希洛社区理念的影响,在希洛社区,泰勒对空间与地缘的意义有了最直观的感受,这样的理念成了安·泰勒小说创作中空间叙事的源头。泰勒笔下一系列男性角色,如《如果黎明曾来到》中的本·乔·霍克斯、《天文导航》中的杰瑞米·鲍林、《思家饭店的晚餐》中的艾兹拉·塔尔、《意外的旅客》中的梅肯·利里、《圣徒叔叔》中的伊恩·贝德罗等的生命之旅,都体现出了希洛社区创始人摩根的宗旨——"不是逃避生活,而是生命的历险"③。

---

① *Celo Community Constitution*. Reprinted in Hicks, p. 226.
② Elizabeth Evans. *Anne Tyler*. New York: Twayne Publishers, 1993, p. 7.
③ Elizabeth Evans. *Anne Tyler*. New York: Twayne Publishers, 1993, p. 4.

第二节 异托邦

安·泰勒笔下以希洛社区为原型涉及空间叙事的作品并不鲜见,她早期的短篇小说作品在这一点上体现得尤为明显。安·泰勒在杜克大学就读期间,曾参与编辑了学校的文学杂志《档案》,短篇小说《劳拉》就是泰勒当时在该杂志上发表的作品之一。《劳拉》所讲述的是劳拉的孩子如何面对死亡的故事,故事中的劳拉生活在成员间关系紧密的"社区(the Community)",这个"社区"的制度和风貌都与希洛社区非常相似。劳拉是一位母亲,她的宗教信仰极为虔诚,十分珍视《圣经》,她读起《圣经》来就"好像有人在听着似的,她大声地、无止境地用她那平板沉闷的声音读着"[①]。相比较而言,"社区"其他人对《圣经》的精神意义并无太多感受,他们对《圣经》的漠然如同他们对劳拉死亡的态度,"他们不可能就那么继续生活,好像什么都没发生一样,然而他们就是这么做了"[②]。劳拉所遭遇的这种冷漠与无动于衷,显现出个体的孤立感,而泰勒的另一篇短篇小说《外部世界》也同样刻画了这种在空间叙事中个体的孤立。《外部世界》发表于《南方评论》,小说的主人公杰森·麦肯纳生活在一个叫作"芹谷"的社区,这个社区位于北卡罗来纳州,这一地理场景设置与希洛社区如出一辙。由于对社区内的生活心生厌倦,杰森决定离开芹谷,外出闯荡,然而在外的日子却并不如他想象中那般美好,杰森不断怀念他芹谷的生活,最后还是回到了社区。杰森是泰勒笔下较早出现的由于孤立感而离开地缘共同体的角色之一,同时《外部世界》也体现了泰勒小说"行旅主题"中的"逃离—回归"经典模式。回到"芹谷"以后,杰森发现自己已经难以再次融入"芹谷"的生活,对社区而言,他已经变成了某种程度的外人。泰勒通过这个短篇小说指出,不论是"逃离"还是"回归"都无法消解个体对于地缘共同体的孤立感,同时,这种孤立感也不是通过"逃离"可以躲避的,而如果将视野放宽,那么对于外部世界而言,"芹谷"本身也是一个孤立之地。安·泰勒在长篇小说中也着重重现了这种孤立感,当她的处女作《如果黎明曾来到》被高度评价为带有明

---

① Anne Tyler. "Laura". *Archive* 71 (March 1959), p. 36.
② Anne Tyler. "Laura". *Archive* 71 (March 1959), p. 37.

显的南方文学风格时,她在克利福德·里德利的访谈中却坦言这部作品的南方性事实上是基于她本人在南方的孤立感。她说:我"抱着好奇心去写(这部小说),想知道成为巨大的南方家庭的一员到底是什么感受……我在南方总有种孤立的感觉;我羡慕他们每一个人。我曾经捆过烟草,听农妇们坐在长桌子边,整日整日地聊天;她们让我着迷。"①她常常称自己为南方的"外人"(outsider)。

不论是安·泰勒本人还是她笔下的各类空间叙事作品,它们表现出来的异质空间特征是共同的,孤立感正是这种异质性的集中体现,米歇尔·福柯(Michel Foucault)为这种异质空间提出了"异托邦"(Heterotopia)概念②。"异托邦"是一个与托马斯·莫尔(Thomas More)的"乌托邦"(Utopia)相对的概念。康德曾指出乌托邦的"不在场"性,他认为"从扭曲的人性中造不出完全笔直的东西"③,即创造一个完美的乌托邦世界是人力所不能及的。霍伊在《自由主义政治哲学》中指出,乌托邦的设想已经超越了人类可以实现的"理想"范畴,他认为作为完美的、以现实对立面存在的乌托邦,是肯定无法实现的④。可以说,乌托邦似乎就是那个失落的伊甸园,正如人类无法吐出善恶树上的果子、重回伊甸园一般,人类也无力构建真正的乌托邦,然而人类试图建立乌托邦的努力却从未停止过。福柯认为,相对于"不在场"的乌托邦,异托邦具有"在场"性,是"与现实完全对立的地方,它们在特定文化中共时性地表现、对比、颠倒了现实。它们作为乌托邦存在,但又是一些真实的地方,切切实实存在,并形成于该社会的基础上。这些地方往往是独立的、超然的,即使在现实中有它确定的方位,它似乎也不属于现实,与它所反映、表现的现实地方完全相反。它超然于现实之外但又是真实之地,从这个角度我称其为异托邦。我相信,在乌托邦与异托邦之间,有一些相关联或相同的经验,即镜像经验"⑤。福柯认为,异托邦的特性在于其兼具想象与真实的双重性,不同于虚幻的乌托邦,异托邦是现实中可能存在的空间,但是它又不完全等同于现实,而是带有异质性的"他者空间"(the other space)。

---

① Clifford Ridley. "Anne Tyler: A Sense of Reticence Balanced by 'Oh, Well, Why Not?'". *National Observer*, 22 July, 1972, p. 23.
② "异托邦"最早是在福柯的著作《词与物》中提出来的,但是在这部作品中,"异托邦"仅仅作为一个流于言语层面的概念被提出来。1967 年,福柯在其演讲稿《不同的空间》中才对"异托邦"概念进行了全面细致的描述,可惜的是,福柯在世的时候还未能对此概念做出更为彻底的论述。
③ 康德:《从世界公民立场设想的一般历史》,转引自:张汝伦:《良知与理论》,广西:广西师范大学出版社,2003 年,第 145 页。
④ 霍伊:《自由主义政治哲学》,刘锋译,上海三联书店,1992,p13
⑤ Michel Foucault. "Of Other Places". In: Nicholas Mirzoeff, ed. *Visual Culture Reader*. Routledge, 1988, p. 239. 转引自:吕超:《比较文学新视域:城市异托邦》,北京:中国社会科学出版社,2011 年,第 31-32 页。

在福柯看来,异托邦具有六大原则:①

第一,在任何文化和文明中,都存在着精心设计的理想体制,甚至是某种已经实现了的"乌托邦"。福柯强调,乌托邦最大的特性在于其"不在场性"(a placeless place),也就是说,乌托邦超然于所有真实场域以外,在现实中是不可能实现的。而异托邦由于兼具真实与想象的双重性,成为承担人类理想主义的空间场所。

第二,异托邦是能够持续存在的空间,同时也是一个变化的概念,同样的异托邦(福柯以墓地为例)在不同时代所代表的含义也随之发生变化,异托邦的空间场域在时间川流中也具有移位性。

第三,异托邦能够在一处真实场域中并置多个异托邦,而其所并置的多个异托邦本身可能是多元,甚至冲突的,这体现了异托邦的共时性、并置性和碎片化。

第四,异托邦常与时间的断裂(désoupages du temps)相关联,福柯将它与"异时间"(heterochronias)联系起来。一方面,异托邦可能呈现出时间无限叠加累积的形式,即强调其传承与融汇;另一方面,福柯以集市和度假村为例,指出异托邦在时间流中也可能是片段或孤立的。

第五,异托邦是一个开放而又封闭的系统,一方面它是可进入的空间,而另一方面它又是孤立的空间。有一些异托邦看似对外部空间开放,实际上却隐藏着排他性。而对于另一些异托邦而言,进入可能意味着需要顺从其内部的仪式或规定,福柯在此举了穆斯林浴场净身的例子。

第六,异托邦有着与其他空间相关联的功能,这个功能兼具两大极端:虚幻性与补偿性。也就是说,异托邦既可以创造虚幻的空间,也可以创造出与真实空间一般完善、缜密、有序的空间。

福柯意识到空间并非是单一形式的,所谓对立的空间,如私人空间与公共空间的对立、家庭科技与社会空间的对立、文化空间与实用空间的对立等,在某种程度上是伪命题。时至当代,空间不再如中世纪一般被局部化,"我们生活在空间之中,由此我们自身得到了伸展。我们的生命实际上消逝于其中的空间,我们的时间和历史发生于其中的空间,吞噬和磨平我们的空间,也是一个自在的异质

---

① 参见:福柯:《不同的空间》,载《激进的美学锋芒》,周宪译,北京:中国人民大学出版社,2003年,第19—28页。《不同的空间》这篇文章是福柯在1967年3月14日参加建筑研究会时所发表的演讲稿,在建筑界内引起了巨大反响,但是直到1984年,这篇文章才获得作者的允许刊登在《建筑、运动、连续性杂志》的第5期。福柯在这篇文章中从时间和空间双重角度出发,博古通今,阐述了空间形式的嬗变及其主要问题,对于现代性"空间"意义给出了独到的见解。

空间(异托邦)。换言之,我们并不是生存于某种个体或事物也许置于其中的虚空之中,我们也不是生存于染上了闪光色彩的虚空之中。我们是生存于一种关系整体之中,这些关系决定了彼此不可还原和绝对不可重叠的位所"①。也就是说,作为异托邦的空间体现出位所(emplacement)特性,这一特性意味着异托邦不再仅仅代表地理意义的空间场域。异托邦是由各种错综复杂的关系来表达的,对于某个异托邦的定义和认同,是需要通过参考这一异托邦内部关系以及其与外部空间的关系来实现的。

由此可以认为异托邦是如下的复杂概念:它以"在场"为其空间特征,同时凸显了"异质""他者"的空间样貌;在时间性上它具有双重性,一方面指涉片段化时间下的空间,另一方面也指涉无限累积重叠时间下的空间;就其内部结构而言,异托邦具有"并置"和"共时"的特性,以异质的、充满矛盾与张力的形式包容其内部个体或内部并置的异托邦(这种结构构成可以理解为"合弄"形式②);异托邦与外部其他空间之间是在承认和尊重多元及多样性基础上共存的,但同时,异托邦相对其他空间而体现出来的差异性、颠覆性、偏离性和排他性又使得它成为相对孤立的空间。

有一点必须指出的是,正如福柯意识到"空间"概念的现代变革一样,本书所论述的"空间"并不仅仅指涉某个地理空间场域,而是包含时间、内部个体、外部联系等诸多因素在内的复杂整体,这个整体体现为现代性之下的地缘共同体的表现形式。希洛社区以及泰勒笔下以其为原型的理想主义社区,正是以异托邦为表现形式的地缘共同体。它们首先是设计缜密、制度完备的空间场域;其次这些社区是以人与自然融合或人与人和谐相处等美好愿景为创办理念的真实空间(或是虚构的真实,即虚拟作品中的真实),兼具了想象与真实的双重性;再者,在这些社区中,家庭主体性和多元化被提到了一个较高的要求上,各个家庭可被视为并置于社区异托邦中的多元异托邦;同时,社区相对于外部社会而言是封闭的空间场域,但如果通过某些方式(如希洛社区要求获得列席居民75%的赞成票)则可以进入,即具有开放和封闭的双重特性。最为重要的是,在这些地缘共同体中,居民之所以会聚集于此,乃是由于其秉持相同的理念,践行相似的生活方式。

---

① 福柯:《不同的空间》,载:《激进的美学锋芒》,周宪译,北京:中国人民大学出版社,2003年,第21页。
② 1967年匈牙利作家兼哲学家Koestler在他的题为"机器里的灵魂"的书中提出了一个新的词"合弄"来描述生物和社会系统中的基本组织单元。它是由希腊文"holos"(可以解释为"整体")加后缀"on"(可以解释为"粒子或部分")构成的,因此"合弄"可以解释为:"同时为一整体且为一整体的一部分。"本书在第一章中对此简要解释过。

这些居民之间的关系相较于外部社会是更为紧密的,而社区相对于外部空间而言,又因为有着不同的制度、理念、构建方式而相对孤立,通过比照紧密的内部关系和疏离的外部关系,这些以异托邦为表现形式的空间叙事得以建构起其精神空间。

第三节　南方场景

美国南方文学可以说是非常具有地域空间特征的区域文学之一,卡什曾下过定论:"南方人首先是直接来自土地的产物。"[①]泰勒毫不讳言:"我喜爱南方……我可以一整天坐在那里听人们聊天。罗利人(Raleigh)的对话,哪怕是直接记录下来都异彩纷呈。他们所讲的都是故事!"[②]美国南方是一个历史概念,历经几度变化,独立战争开始时东临大西洋、西临密西西比河的"南方州"可以说是约翰·阿尔登所谓的"第一个南方",随着包括纽约州、新泽西州、宾夕法尼亚州和特拉华州在内的"中部州"的出现,"美国南方"才有了特殊的意义和限定的必要。18世纪60年代,查尔斯·梅森(Charles Mason)和杰里米亚·狄克逊(Jeremiah Dixon)在宾夕法尼亚州和马里兰州之间所划分的梅森-狄克逊线(Mason-Dixon line)成为南北分界线,至此美国南方被正式定义为美国南方和东南方的部分地区,自弗吉尼亚州横贯至得克萨斯州、从佛罗里达州纵伸至马里兰州的广袤区域。这块区域由多个自然地理区域构成,有潮汐地、海湾地区、阿巴拉契亚山脉高地、蓝岭山脉以及密西西比河谷等,涵盖农村和城市、海滨和山区,其地理差异之大是美国其他地区无法比拟的,其中南方的潮汐地,是指沿大西洋海岸向内陆纵深约200英里(约322千米)的地区,又分为低地、沼泽地和松林地,这一区域就涵盖马里兰州的部分地区以及弗吉尼亚、南北卡罗来纳和佐治亚等州。潮汐地土地肥沃,自然条件优越,沿海港口衔邻、海湾密布,内陆则河流纵横,航道环生,直至西部山区的瀑布线。而潮汐地区域的北卡罗来纳州和马里兰州的巴尔的摩,正是安·泰勒几乎所有小说的地方背景,特别是1967年起其举家迁往的城市巴尔的摩,成为泰勒大部分作品的场景设置地。

[①] W J Cash. *The Mind of the South*. New York: Vintage Books, 1941, p. 31.
[②] Jorie Lueloff. "Authoress Explains Why Women Dominate in the South." In: Alice Hall Petry, ed. *Critical Essays on Anne Tyler*. New York: G. K. Hall, 1992, p. 23.

南方地貌多样,种族差异明显,在沼泽地、山区、棉田、河流、海港和城镇中,有着路易斯安那州克里奥人,佐治亚州的穷苦白人,田纳西、肯塔基、弗吉尼亚和北卡罗来纳等州的山里人、黑人以及白人种植者。正如安·泰勒所言,南方的每一天、每一句闲谈、每一段轶事都是小说创作的绝佳素材,南方作家们仅仅凭借自身经验以及所见所闻所感而撰写的作品,都能够成为极具地方色彩的佳作。在北方和北方文学中,泰勒难以找到这种"异彩纷呈"的对话——他们缺乏南方对话中的某种特质,泰勒认为这种特质是一种"纯粹的隐喻,越到社会的底层,就越接近真实"①。

在南方新生代作家中,能够如泰勒一般固守于南方场景的作家着实不多,南方文学以南方场景为标志的传统,不免造成了关于南方文学是否依旧存在的争论,鲍比·梅森(Bobbie Ann Mason)曾经如此描述新生代的南方作家——"老一代的作家有着很强的南方、家庭和土地意识,我想新一代的南方作家写的是这种意识是如何崩溃的。"②扎根南方阿巴拉契亚山而创作出《果农》(*The Orchard Keeper*,1965)、《外层黑暗》(*Outer Dark*,1968)、《神之子》(*Child of God*,1973)等"南方哥特小说"的科马克·麦卡锡(Cormac McCarthy),从田纳西州移居得克萨斯州后便告别了南方场景,创作出《血色子午线》(*Blood Meridian or the Evening Redness in the West*,1985)及"边境三部曲"——《骏马》(*All the Pretty Horses*,1992)、《穿越》(*The Crossing*,1994)、《平原上的城市》(*Cities of the Plain*,1998)等西部作品,可说是新一代南方作家对南方场景疏离的例证之一。理查德·福特(Richard Ford)更是从本质上否定了南方,他写道:"作为激发创作的原动力,南方的区域特征已经过了它的鼎盛时期,……南方已经成了令人遗憾的'阳光地带',一个商业区……南方不再是一个别具特色的地方。"③显然,他所否定的南方是工业化进程下的现代南方,是农村庄园的神秘而祥和的面纱褪去后的城市社会,而他的否定事实上是一种追忆和缅怀,恰恰显现出南方在他心中无可取代的地位。正如福克纳的《押沙龙,押沙龙!》中,昆丁回答施里夫关于南方是怎样的问题时的回答:"你不会明白的,只有生于斯、长于斯的人才会明白。"④安·泰特曾经如此描绘"南方"的含义:"对于生活在这个工业前社会的人们

---

① Jorie Lueloff. "Authoress Explains Why Women Dominate in the South". In: Alice Hall Petry, ed. *Critical Essays on Anne Tyler*. New York: G. K. Hall, 1992, p. 23.

② 转引自:Jefferey Folks, James Perkins, eds. "Bobbie Ann Mason: Searching for Home". In: Albert E Wilhelm. *Southern Writers at Century's End*. Lexington: University Press of Kentucky, 1997, p. 152.

③ Richard Ford. "Walker Percy: Not Just Whistling Dixie". *National Review* 29, May 13, 1977, pp. 561-162. 转引自:李杨:《美国南方文学后现代时期的嬗变》,济南:山东大学出版社,2006年,第72-73页。

④ William Faulkner. *Absalom, Absalom!*. New York: Vintage Books, 1972, p. 361.

而言,金钱对于其个体身份认同毫无帮助,他们的身份认同是建立在某个确定的地方、拥有的土地及其上的物质财富之上的。我这个姓氏的人,不管多贫穷,也会觉得与其做镇上最富有却毫无地方认同感的人,还不如与法耶特的泰特西山水相连。"① 工业前的南方人口流动性较低,人们栖居于此,世代生息,家族、风景、文化均凝固于此,使得"南方"本身超出了其物质载体的意义,而上升为一种精神与身份的归属感,虽然随着现代工业化和现代化的进程,南方的变化已经无法忽视,但是有理由相信,这样一种南方归属感和身份认同是不会随之消散的。正如韦尔蒂所言:"'区域'这个词使用得有些漫不经心,透露出一种优越感,因为这样没有区分出地方生活的原材料和其艺术成果的差别。'区域'是外人用的术语,而对于区域内的作者而言是毫无意义的,因为他认为他只是在描写生活而已……从发源地而生发的清晰鲜明、直白动情声音的艺术总会获得最长久的理解。我们通过地域扎下自己的根,无论出生、机遇、命运或人生之旅将我们抛向何方。"② 可见,"南方"在南方小说中不仅仅是田野山川的文学地理景观,更是一种精神寄托与隐喻,是对于心之所归的地域家园般的热爱与守望。

南方对于安·泰勒而言,不仅仅是其在美国版图上的地理空间,更重要的是其所继承和表达的文学及文化层面的精神意义,在这个层面上,"南方"作为其空间叙事的场景,以其地理场域为依托,承载着历史传承的精神文化,是无法与"时间"割裂开来的。参考前一节福柯对于异托邦论述的第四条原则③,如果以"异时间"为参照,相对以"片段空间"形式呈现的异托邦希洛社区而言,有着广袤地理场域和悠久文学传统的南方则表现为时间叠加累积的异托邦,这样的南方地缘共同体不免带有厚重的历史感。南方的历史感之源在于南北战争,沃克·帕西曾如此回答为何南方作家辈出——"因为我们打了败仗"。战争的结局使人警醒,重新审视自我与世界,完成了一次思想意识的飞跃,看到了自我和世界的本真面目。这种强烈的反思以文学的形式迸发出来,使得对过去和历史的极度关注和执着成为传统南方

---

① Allen Tate. *Collected Essays*. Denver: Alan Swallow, 1959, p. 558.
② Eudora Welty. *The Eye of the Story*. New York: Random House, 1978, pp. 132-133.
③ 福柯认为空间是现代人面临的重要问题之一,对于当时学界重视时间而轻视空间的问题,他曾经提出过异议。他说:"从康德以来,哲学家们思考的是时间。黑格尔、柏格森、海德格尔。与此相应,空间遭到贬值,因为它站在阐释、分析、概念、死亡、固定以及惰性的一边。我记得十年前参加过对空间政治问题的讨论,人家告诉我,空间是一种反动的东西,时间才与生命和进步相关。"(见福柯:《权力的眼睛:福柯访谈录》,严锋译,上海:上海人民出版社,1997 年,第 153 页)他认为,"在西方经验中,空间有其历史,人们一定会注意到时间与空间的这一无可避免的连接。"(参见:福柯:《不同的空间》,载:《激进的美学锋芒》,周宪译,北京:中国人民大学出版社,2003 年,第 19-28 页)由于时间因素的加入,空间不再是一个固化的概念,而是从中世纪的"局部化",走过古典时代的"绵延"(extention),又被现代性的"位所"(emplacement)而取代。

文学的特点之一。历史作为传统南方文学的著名主题,具有坚如磐石的质感和无所不在的渗透力,给传统南方文学带来了沉重的悲剧色彩和鲜明的区域特征。作为南方文学的代表人物,福克纳认为过去寓于现在,先辈或历史是活着的人的一部分,并以此种方式参与到故事中来;在他的作品中,历史从未消散,人物始终处于过去、现在与未来的相互包容交汇之中。他的观点很好地反映了传统南方文学的历史观:历史是具有完整性、连续性、系统性的链条,给人以启迪、知识和力量;历史记录了人的勇敢与懦弱、成功与失败、崇高与卑劣,人是历史的产物,无法摆脱过去的影响。

与一些南方作家不同,安·泰勒的日常小说并不涉及宏大叙事,也不以战争创伤为创作题材,然而这并不代表她对美国南方的历史缺乏关注。小说《昨日当我们盛年》中的女主角雷贝嘉如同泰勒笔下众多母亲一样,是一个家庭协调者和抚育者的角色,尽管她淹没在家庭琐事中无暇思考人生,但是她一直对南北战争时期的著名将军罗伯特·爱德华·李(Robert Edward Lee)有着浓厚的兴趣。大学时期,雷贝嘉曾经着手研究李将军,对"李决定跟南方结成生命共同体的真正原因"[①]有自己的理论,直到年过半百,她依旧去书店购买李将军的书籍,[②]打算重拾当年的研究。罗伯特·李是南北战争期间美国南方联盟最出色的将军,曾任西点军校校长,以总司令的身份指挥联盟军。李将军在一定程度上被认为是反对蓄奴制的,他曾解放自有奴隶,还支持奴隶登记加入联盟军,并以自由作为对参军奴隶的犒赏。南北战争之后,他积极推动南方重建,曾出任弗吉尼亚列克星敦的华盛顿学院校长(即如今的华盛顿与李大学,Washington and Lee University),在教育方面成果卓越,仅仅用了5年时间,就将一所名不见经传的小学校提升成美国第一所开设新闻、商业与西班牙语课程的大学,他所设立的校训带着坚决而强烈的南方荣誉观念:"做一个绅士(Be a Gentleman)。"安·泰勒对于李将军的偏爱是不无道理的。尽管他的家乡弗吉尼亚实行蓄奴政策,李还是将自己家族的奴隶全部解放,并给予路费和资产;国家分裂迫在眉睫时,李坚决支持统一,认为美国应该是一个团结的整体,没有南、北、东、西之分;战争爆发以后,李又婉谢林肯总统联邦平叛军总司令的任命,而是选择回乡为南方而战。尽管战败,但是李将军获得了南方和北方共同的尊重。可以说,李将军本身就是南方地缘共同体的象征,他坚韧不拔的荣誉感是南方地方色彩的体现;他反对蓄奴制度的努力和行动体现了人际平等与和谐的观

---

① 安·泰勒:《昨日当我们盛年》,易萃雯译,台北:时报文化,2003年,第198页。
② 安·泰勒:《昨日当我们盛年》,易萃雯译,台北:时报文化,2003年,第163页。

念;他支持统一,认为并无南北之分,是多元并存精神的表现;他最终选择为南方而战,则是作为异托邦的南方地缘共同体的独立性的表达。

如前所述,作为异托邦的南方空间叙事虽然是以地理空间场域为背景的,但其真正含义是建立在其内部空间及外部空间的各种错综复杂的关系网络之上的,安·泰勒将之归纳为"人与人之间的细微联系"。她明确指出,"北方小说家忽略了……文静的、委婉的人。在他们的小说里,没有多少安静、文弱、天性纯良的人。小说到处都是破坏和毁灭,人与人之间交往过程中那些细致微妙的小事,在北方小说中却得不到体现。而大部分南方作家都(将创作视野)聚焦于人与人之间的细微联系。"①伊丽莎白·伊凡(Elizabeth Evens)认为"人与人之间的细微联系"(little threads of connection between people)在其他不少南方作家的作品中体现,比如在尤多拉·韦尔蒂的笔下,既绘写了《金苹果》(*The Golden Apples*,1949)中斯诺迪·麦克林(Snowdie Maclain)和她暴戾的丈夫之间的关系,又描述了小说《乐观者的女儿》(*The Optimist's Daughter*,1972)中罗瑞尔·麦凯尔瓦·汉德(Laurel Mckelva Hand)和她的家庭之间的关系;在弗兰纳里·奥康纳的笔下,有着短篇小说《人造黑人》(*The Artificial Nigger*,1955)中的祖孙关系,也有《持续的寒意》(*The Enduring Chill*)中的母子冲突②。在安·泰勒的小说中,这种联系更是俯拾皆是,《圣徒叔叔》和《昨日当我们盛年》都展现了非血缘但相亲的家庭故事,在《挪亚的罗盘》中我们看到祖孙之间的紧密关系,在《寻找凯莱布》中则有史诗般的错综复杂又爱恨交织的各种微妙关系,正是在这些"人与人之间的细微联系"中,安·泰勒笔下的人物形象才得以全面塑造,其南方场景下的小说画卷才得以展开。或许正因为此,她的作品往往更强调"是谁"而不是"发生了什么",她在总结小说《锡罐树》的时候强调,"这个故事的讲述方式是典型的南方式。这种从'发生了什么'到'到底是在谁身上发生'(以及'这人的祖辈是谁')的倾斜,即便说不是南方特有的,至少也是南方的显著特点,缓慢(的情节发展)以及讽刺的语调也是。"③然而这样的创作手法,难免忽视情节的展开和推进,有评论认为她的作品"没什么大事发生"④,"只是一系列的人物群像"⑤。对此,安·泰勒在1979年的一次访谈中给出了回应,她

---

① Jorie Lueloff. "Authoress Explains Why Women Dominate in the South". In: Alice Hall Petry, ed. *Critical Essays on Anne Tyler*. New York: G. K. Hall, 1992, p. 23.

② 参见:Elizabeth Evans. *Anne Tyler*. New York: Twayne Publishers, 1993, p. 10.

③ Anne Tyler. "He Did It All for Jane Elizabeth Firesheets". *New York Times Book Review* (15 June, 1986), p. 9.

④ Rollene W Saal. "Loveless Household". *New York Times Book Review* (22 Nov. 1964), p. 52

⑤ *Virginia Quarterly Review* 41(Winter 1965), p. viii.

说:"我注重人物塑造,人物才是一切。我从不认为我该倾注同样的关注于情节之中。"①

第四节　城市中的村庄

德国社会学家滕尼斯将家庭延伸为逐步发展的三类:孤立的家、村庄的家和城市的家。他认为孤立的家尚不属于家庭系统,而在村庄和城市的家中,是强调邻里关系的,邻里关系是亲属关系的延伸,亲属有家庭作为其共同生活的场所,以血缘或者夫妻关系为天然联结,而邻里则是区域内共同生活的普遍特性,由于彼此间共同的风俗习惯、相互间的频繁接触或协作而联结。村庄的家作为城市的家的发展前期,具备两大特征:一是村庄的家基于农业背景稳固下来,开垦的农田作为世代延续的家族财产是使得流动家庭固定下来的重要因素,人们由于受农田、房屋以及他自身的事业束缚而形成稳固的共同体;　是村庄的家基本上能够实现自给自足,或者通过邻里和共同体帮手(如小手工业者)的帮助作为补充构成牢不　破的统一体。城市　视为由合作社和家庭组成的共同体,它通过相互促进和协同互助构成有机和谐的共同体生活方式。城市与村庄一样,其共同生活同样是建立在共同的语言、风俗、信仰、土　、房屋和财富等等之上的。我们虽然无法忽视城市人口的流动性,但是其城市本身所附有的文化与思想是继承和扩展的,也就是说,即便相对于村庄而言,城市在成员的稳固性上并不占优势,然而鉴于其对市民的教育和影响,其精神层面是相对固定的,这也是城市共同体的基础所在。此外,较之于村庄,城市的劳作更为精细且富有创造力,更具有艺术的倾向,"艺术作为城市日常生活的内容,作为城市诗歌和服装的准则和规则,作为城市秩序和法律的准则和规则,是有效的和适用的。"②正如柏拉图在《法律篇》中所言:"城邦像一部真正的戏剧",而安·泰勒就撰写了一部又一部南方城市的生活戏剧。

总体来说,安·泰勒的小说场景分为两　,一是她成长和攻读大学(杜克大学)的北卡罗来纳州,　是她自1976年起居住的马里兰州的巴尔的摩。在泰勒截至2015年出版的20部小说中,前3部小说《如果黎明曾来到》《锡罐树》和《直线下滑

---

① George Dorner. "Anne Tyler: A Brief Interview with a Brilliant Author from Baltimore". *The Rambler* 2 (1979), p. 22.

② 斐迪南·滕尼斯:《共同体与社会》,林荣远译,北京:商务印书馆,1999年,第93—94页。

的生活》是以北卡罗来纳州为场景的,其余17部小说则以她之后所居住的巴尔的摩为场景。在前3部小说中,唯有《直线下滑的生活》是其居住在巴尔的摩时期创作的。可以看出,泰勒的创作是依托自身实际生活为背景的,她的不少作品场景并不复杂,变换和跨度均不大,有的甚至有如室内剧一般简单,这或许源于韦尔蒂从普通生活中创造出文学作品的影响。但同时,她作品中的场景又是富有深意的,连同一些隐喻意义的场所,比如世代居住的老宅、毫无变迁的老街(或老街坊),甚至每年一次的相同的度假地等等,共同展现小说中南方地缘共同体的特征。

小说《圣徒叔叔》的开篇是典型场景之一:

在威夫里街,每个人彼此都很熟。毕竟威夫里只是一个短短的街区而已:狭窄的路面,满是补过一遍又一遍的痕迹。街道的一头是高高的墓园石墙,另一头是高凡斯路混乱的商业区。街的两旁一棵棵老枫树搭起绿荫,树身满是突起的节瘤,凹凸不平。两旁的隔板房矮矮的,乍看上去好像只有前门的门廊。

这里的每栋房子都扮演着自己独特的角色。就拿9号来说,一直住着老外,只是主人总在换。各色的中东研究生来来往往,都是去约翰·霍普金斯大学上课的。每到晚餐时刻,各种异国香料的美味香气就从他们的房子中飘出来。再比如6号,大家都一起叫它"新婚之家",其实克莱恩夫妇已经结婚两年,感觉就像起了毛的布料,已经旧了。8号住的是贝德罗一家,他们一家人在邻居们眼里出来都不只是单独的个人,而是幸福的一家子,是威夫里街最美满、最"苹果派"的美国家庭:和蔼可亲的父母,三个漂亮的儿女,一条狗,一只猫,还有不多的几条金鱼①。

威夫里街作为城市的街区,却有如村庄的家一般稳固而紧密,在小说跨度的十多年中,这条街每个门牌号所对应的家庭长久不变,邻里间对于彼此的感觉也恒久不变,比如即便伊恩已经长大成人,大家对他的印象"还是在人行道上骑着他的三轮脚踏车"②的小宝贝,当十数年后克莱恩夫妇的孩子已经七岁有余的时候,他们仍旧被看作"新婚夫妇"。象征现代社会的商业区和南方死亡主题表现之一的墓园隔街相对,在这条街上一切都仿佛凝结了,路面、枫树和矮房搭起的是不曾流动的时光与邻里关系,它们有如立于闹市展台上的风景,在周遭的车流与人流中岿然不动,显现出现代工业化社会的快速变迁下安·泰勒对于美国南方固守而执着的隐喻。

如果说街区本身就接近于村庄的家,那么火车站作为现代城市人口流动的集

---

① 安·泰勒:《圣徒叔叔》,宋伟航译,台北:校园书房出版社,2009年,第17页。
② 安·泰勒:《圣徒叔叔》,宋伟航译,台北:校园书房出版社,2009年,第17页。

散地之一,则应当更难以体现稳定性。在小说《补缀的星球》的开始,住在巴尔的摩的主角巴纳比·盖特林仅仅是因为汽车送修才坐火车去费城看望女儿,但由于无意间遇到自己的"天使",他开始通过火车来往双城并以此制造相遇,这就使得火车站成为小说中一个固定的标志性场所。如同其他车站一样,人流是这个火车站的特点之一,其"通风、透亮、干净、亮晶晶的质感,都被人群给挤没了"①,然而泰勒却为这样一个典型的城市场所设计了一件奇妙的事情——一个家有病妻的灰发男子在此寻到一位女士索菲亚,为远在费城的女儿捎去护照。现代城市人口的流动带来的最大特点是相互之间的陌生,以及由此产生的冷漠与疏远,在这个意义上,将女儿急需使用的护照交予陌生人实在不是明智的选择,与此同时,作为陌生人在递送包裹严实的护照的同时其实也承担了风险,泰勒通过巴纳比的心理描写来描述其包装:

"那男子拿着个小包裹……不是牛皮纸袋——一般不是都用牛皮纸袋的么——可是,他用的是有软衬的信封,平装书大小。啊——哈! 有软衬哎! 你这不就摸不出来里面装的是什么了吗! 而且从我站的角度看过去,那信封还特别用订书针钉得死死的。女士小心哪! 我在心里咕哝。"②

是否确实是护照还是违禁品,成为巴纳比始终想要弄清的一个小谜团。当他向同事玛婷转述这一事件的时候,玛婷的反应暗示了现代城市个体之间可能存在的相互猜忌和疑虑,其对话如下:

我说:"今天在火车站时,有个家伙到处央人替他带东西到费城给他女儿。"

"哇! 疯狂炸弹客!"

"他说送的是他女儿的护照。"

"噢! 是哟。"

然后……也不知道我怎么会这样子的。我本来是想照实说了,老天在上,真的没骗你。可是我冲口说出的是:"所以,等到他问到我时,我说好,我替他带。"

"没有吧!"

"有!"我一口顶了回去。(我一时以为她不相信我说的话。)"他说看我的面相就知道我是老实人,"我对她说,"我怎么好拒绝呢?"

"说不定他是要炸掉火车站哎。"

"喔,那看来他没得逞,"我说,"因为我现在还可以站在这里跟你讲这件事,他

---

① 安·泰勒:《补缀的星球》,宋伟航译,台北:皇冠文化,1999年,第12页。
② 安·泰勒:《补缀的星球》,宋伟航译,台北:皇冠文化,1999年,第14页。

不会,我相信他那东西真的是护照。当然啰,我没去翻,我旁边有位女士,金发女士,一直说'哎,看一下嘛,你怎么不看?看一下嘛!'可是我就是不看。"①

虽然《补缀的星球》出版于1998年,当时美国还未到2001年"9·11"事件以后国家安全达到全民戒严和白热化的状态,但是恐怖袭击事件也已经时有发生:1988年12月21日,一枚炸弹在美航103班机上被引爆,机上259人和地面11人因此遇难,这就是震惊世人的洛克比空难事件;1995年4月19日,美国南部俄克拉荷马州一栋政府大楼遭遇炸弹袭击,共168人在事件中遇难……这些事件使得安全检查和安全意识被提到议事日程之上,对陌生人的信任与否不再仅仅局限于个人及道德层面,更成为自身甚至群体安全问题的一大考量,这样的社会背景恐怕是"南方文艺复兴"时期作家尚未遇到的议题。玛婷给出的"疯狂炸弹客"的第一反应,事实上展现了当时社会对于此类事件的谨慎甚至于避之唯恐不及的态度,而让人也让巴纳比本人困惑的是,他对玛婷撒谎了,是索菲亚而不是他替人带了护照,也是他而非索菲亚一直对包裹里面究竟是否真的是护照抱有强烈的好奇。他之所以会撒谎,正是由于他通过这一事件意识到"索菲亚。那么高尚""索菲亚真是高尚""好有原则"②。他渴望有机会做类似的事,成为索菲亚一般的人,这也是他将索菲亚视为盖特林家"天使"之一的原因。

更值得一提的是,捎带护照事件正是由于以陌生人齐聚的城市火车站为背景,在敢于将护照托付给陌生人和勇于在未曾见到护照本身的情况下决定帮忙捎带护照的情节设计之下,方能体现其独有的戏剧张力,城市在这一议题的表现上成了不可取代的因素。同时,如果说帮助捎带护照这样一个看似微小的事件,揭示了某种通常仅在村庄而非城市中存在的人与人之间的邻里般的托付与信任,那么索菲亚告知对方自己的周期往返——"我住在巴尔的摩很久了。我只是在这里待上一天,看看我的母亲。每个周末都来;周六早上坐十点十分的'爱国号',礼拜天回去"③——则巧妙地将一个标志着城市人口流动的火车站转化成了某种固定场所,城市的不确定性悄然消解了,村庄般的稳固得以体现。毫无疑问,相比较以工业前南方为创作背景的作家而言,在这一背景之下依旧继续南方宁静而祥和的地缘共同体的传统,将陌生人视为这广袤南方共同体的成员之一,给予其无条件的尊重和信任,对作家而言本身就是一个挑战。可以说,相形之下,这种信任和团结的传达是更加可贵的,也更能体现南方共同体精神的传承。

---

① 安·泰勒:《补缀的星球》,宋伟航译,台北:皇冠文化,1999年,第45页。
② 安·泰勒:《补缀的星球》,宋伟航译,台北:皇冠文化,1999年,第27页。
③ 安·泰勒:《补缀的星球》,宋伟航译,台北:皇冠文化,1999年,第15页。

对于这位1964年出版其第一部小说的新生代南方作家而言,泰勒作品中所展现的南方场景均是工业化之后的南方城市,这大大区别于"南方文艺复兴"时期多数作家所展现的南方的乡土风貌,但在泰勒所描绘的南方城市生活中,我们又看到了如同村庄般的稳定性以及密切的邻里关系,约翰·厄普代克早在其对泰勒的《世俗之物》的书评中就评价泰勒笔下的美国是平和的"村庄化的"城市,她空间叙事作品中的南方场景交织了南方城市的戏剧性以及南方农村质朴与紧密的共同生活,是在当代南方现实环境之下对于传统南方地域特征的延续。在这个意义上,可以说她的作品是对新生代南方作品进行研究的极佳样本。

第五节　可视的文学空间

泰勒并未仅仅局限于在小说中展现南方城市的文学地理学景观,而是通过空间叙事的手法在小说中呈现出多维度的空间,以立体的手法重现"南方"。作为泰勒21世纪的开篇之作,《昨日当我们盛年》就集中体现了这种独特的空间叙事手法所展现的艺术生命力。这部小说讲述了人到中年的女主人公因反思年轻时的人生选择而引发的自我怀疑与困惑,作者通过后经典空间叙事手法,不仅深刻展现了人物复杂的心路历程,还再现了当代美国南方城镇生活的无序与碰撞。小说的第一空间分别是三个沿纵轴对称交替重复的地理空间,它们展示了小说的文学地理学景观;小说的第二空间则是两条以横轴对称、振荡交错的曲线,标示着小说两大文本意义空间的并置与交汇;小说的第三空间为其可能世界空间,它作为小说空间叙事模型的三维竖轴,实现了小说文本的空间叙事从现实叙事向虚拟叙事的扩展,现实空间、回忆空间、想象空间在其中交缠共生,使得小说文本最终呈现出第三空间南方文学景观。

一、"三元辩证法"下的空间叙事理论

文学文本的历时性和线性叙事方式,曾使得时间成为小说叙事研究中最为重要的要素,20世纪现代主义小说打破时间与空间的界限,不再遵循传统现实主义的时序叙事方式,而显示出自身独有的艺术魅力,同时催生了小说空间叙事理论的诞生。空间认识论为小说空间叙事理论的发展提供了理论基础。爱德华·索亚在探讨文学文本叙事研究时,提出"将文本看作一副地图——通过空间逻辑而不是时

间逻辑扭结在一起的具有诸种同存性关系和同存性意义的地理"①。在文本研究中,语言本身的顺序性连接特征,即句子陈述的线性组织方式,会阻碍事实上具有同时性的真实空间的表述和再现。索亚认为文学文本的空间叙事研究应在情节与文本的线性流动之下,对空间的"诸种同时发生的事件和侧面图绘作偶然性描述,这样才有可能几乎在任何时候都有可能叙述而又不失去总体目标这一主线,从而建立更具批判性的能说明问题的方式,观察时间与空间、历史与地理、时段与区域、序列与同存性等的结合体"②。

索亚的空间叙事理论是建立在亨利·列斐伏尔(Henri Lefebvre)的"空间三元辩证法"思想基础之上的,该思想认为同时存在三个维度的空间,亦即:可感知的(perceived)物质空间,或称空间实践(spatial practice);构想的(conceived)逻辑抽象与形式抽象的精神空间,或称空间的再现(representations of space);以及逻辑-认识论的生活的(lived)空间,或称再现的空间(spaces of representation)。其中,第三者并非前两者的简单叠加,而是对它们螺旋上升式的超越。同时,索亚的"第三空间"理论囊括了空间研究的两个向度:一是可被标识或分析的具体形式;二是关于意义表征的精神构建。前者指涉第一空间,侧重空间的地理学意义,即文本所论的"文本场景空间";后者指涉第二空间,侧重精神及文化意义,是通过话语建构的空间再现完成的,对应本文所论的"文本意义空间"。本书认为第一空间和第二空间并无清晰界限,它们相互融合,共同建构小说的文本空间。而第三空间则是"一种独特的批判性空间意识,正可适应空间性—历史性—社会学重新平衡之三维辩证法中体现新范域、新意义"③,它源于对"第一空间—第二空间"二元论的肯定性解构和启发性重构,充满想象且彻底开放,是容纳多种同存性的空间,对其的"探索可被描述和刻写进通向'真实和想象'地方的旅程"④。

二、Y 轴:文本场景空间

文本场景空间作为空间叙事的基本单位,对叙事有两方面的影响:一是干预叙事时间,二是通过场景转换及衔接推进叙事进程。小说文本的场景空间文学以地

---

① 爱德华·索亚:《后现代地理学:重申批判社会理论中的空间》,北京:商务印书馆,2004 年,第 1 页。
② 爱德华·索亚:《后现代地理学:重申批判社会理论中的空间》,北京:商务印书馆,2004 年,第 2 页。
③ 爱德华·索亚:《第三空间:去往洛杉矶和其他真实和想象地方的旅程》,上海:上海教育出版社,2005 年,第 12 页。
④ 爱德华·索亚:《第三空间:去往洛杉矶和其他真实和想象地方的旅程》,上海:上海教育出版社,2005 年,第 13 页。

理学方式最直观地构建,具有客观性及物质性的特点,囊括了角色互动的诸种语境、范围以及节点。文本场景空间并非单纯的对外部环境的直观展示,作为文学景观,它也是作者借以表现时间、展示叙事结构、推动小说叙事的要素。

小说《昨日当我们盛年》的女主角雷贝嘉年过半百,寡居多年,小说开始她梦到与一位陌生的少年在火车上同行,梦里她心中涌动爱意,仿佛这少年是她的骨肉至亲。当她对梦探究许久、百思不得其解之时,女儿明芙的一句话"你是梦到如果你选了另一条岔路的话,结果会怎样"①似乎点醒了她。她回忆起年少时的人生抉择:本与男友维尔·艾伦比计划大学毕业后结婚的她,在一次派对中偶然遇到离异且带着三个女儿的乔·戴维奇,很快与其相恋并结婚。婚后他们育有一女,但仅数年乔便去世,之后雷贝嘉继续在戴维奇老宅"热情洋溢"中承办派对以支撑家庭并抚养四个女儿。对梦境的思考使得雷贝嘉拷问自己如何"变成这个其实不是我的人"②。小说随后在雷贝嘉缅怀先夫乔·戴维奇的回忆空间和建构的若当初与维尔·艾伦比结合的可能空间中并置展开。就在雷贝嘉与维尔重新约会交往之后,她猛然醒悟到乔对她人生的意义,断然与维尔分手。在文本场景空间上,小说以巴尔的摩戴维奇家老宅为主要场景空间,间插雷贝嘉娘家"教堂谷"和维尔居住地"马凯顿"两个城镇,采用了动态场景空间叙事的手法。小说的文本场景空间在上述三个地理空间之间转换,即:戴维奇家老宅,巴尔的摩的"热情洋溢"(标记为场景空间 A),雷贝嘉娘家"教堂谷"(标记为场景空间 B),以及维尔居住地"马凯顿"(标记为场景空间 C)。这些文本场景空间大多以篇章为单位转换,故可建构小说《昨日当我们盛年》文本场景空间结构如图 3-1。

如结构图 3-1 所示,小说的场景空间分章节做如下动态切换:第一章(场景空间 A)→第二章(场景空间 A)→第三章(场景空间 B)→第四章(场景空间 A)→第五章(场景空间 A 及 C)→第六章(场景空间 A)→第七章(场景空间 A)→第八章(场景空间 A 及 C)→第九章(场景空间 A)→第十章(场景空间 A)→第十一章(场景空间 A)。这一空间叙事节奏变换以场景空间 A 为中心,在三个场景空间变换及重复下,形成了除线 P 所指向的场景空间 A 与场景空间 B 外,以纵轴(Y 轴)对称的空间叙事结构。

而在线 P 上并置的场景空间 A 与场景空间 B 分别指涉了迈克·克朗所称的"行旅主题"③的冒险空间与家园空间。娘家教堂谷(场景空间 B)带有原初的家园

---

① 安·泰勒:《昨日当我们盛年》,易萃雯译,台北:时报文化,2003 年,第 39 页。
② 安·泰勒:《昨日当我们盛年》,易萃雯译,台北:时报文化,2003 年,第 21 页。
③ 迈克·克朗:《文化地理学》,南京:南京大学出版社,2003 年,第 71 页。

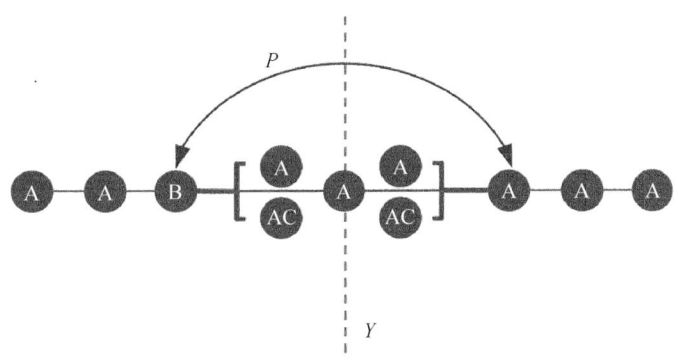

图 3-1　文本场景空间

意义,而巴尔的摩的老宅"热情洋溢"(场景空间 A),作为雷贝嘉当初毅然放弃一切奔向的地方,成为其冒险空间。在小说开始,雷贝嘉从家园空间(场景空间 B)出走至冒险空间(场景空间 A),并历经种种(丈夫早殇、独自抚养女儿、经营"热情洋溢"),而后渴望回归家园空间(寻找当初的岔路口);而这一主题正是美国传统南方小说的主题特征。不同的是,作为美国南方新生代作家,泰勒的小说《昨日当我们盛年》并未如传统南方小说般在家园回归处止步,回归是小说的开端而非结局,雷贝嘉在小说中"回归"的与艾伦比的关系,只是又一场冒险空间的旅行(场景空间 C),最后雷贝嘉终于意识到自己内心的真正自我愿景,成为"闹哄哄的大家庭的一员,一如儿时的梦想"①,也认识到老宅"热情洋溢"(场景空间 A)才是她心灵的真正家园,小说的行旅过程自此结束——"思乡的痛,就在她自己家里"②。自此可看出,线 P 上并置的两个场景空间作为冒险空间和家园空间而言,界限模糊,亦此亦彼,超越了克朗"行旅主题"的二元空间,迈向了三元空间的叙事领域。这三大场景空间有节奏地动态交替,弱化了读者对小说时间流的关注。小说通过对文本的地理学景象层层描绘,以图景方式推进叙事进程,其叙事结构的对称轴(Y 轴)即为小说三维空间叙事模型的纵轴。

三、X 轴:文本意义空间

尽管文本场景空间是文学文本空间叙事的基本要素,但文学文本毕竟是一张纷繁复杂的意义之网,而非对客观世界的简单映射,场景、人物、情节与意象等可共

---

① 安·泰勒:《昨日当我们盛年》,易萃雯译,台北:时报文化,2003 年,第 81 页。
② 安·泰勒:《昨日当我们盛年》,易萃雯译,台北:时报文化,2003 年,第 305 页。

同构成文学文本的意义空间。相对于具体和客观的文本场景空间,文本意义空间乃是多种文学要素的共同投射,是主体的、内省的、精神的、意象的,在建构文学文本的主题上体现得更为深入。如果说文本场景空间是小说空间叙事的描绘层,那么文本意义空间则是以小说文本为整体而架构的空间形式。本书将以老宅"热情洋溢"(文本场景空间 A)和先夫乔·戴维奇(包含感情、回忆等要素)标记的文本意义空间标识为意义空间Ⅰ,将以"马凯顿"(场景空间 C)和旧男友维尔·艾伦比(包含感情、回忆和重新交往等要素)标记的文本意义空间标识为意义空间Ⅱ,则可建构小说文本意义空间结构如图 3-2:

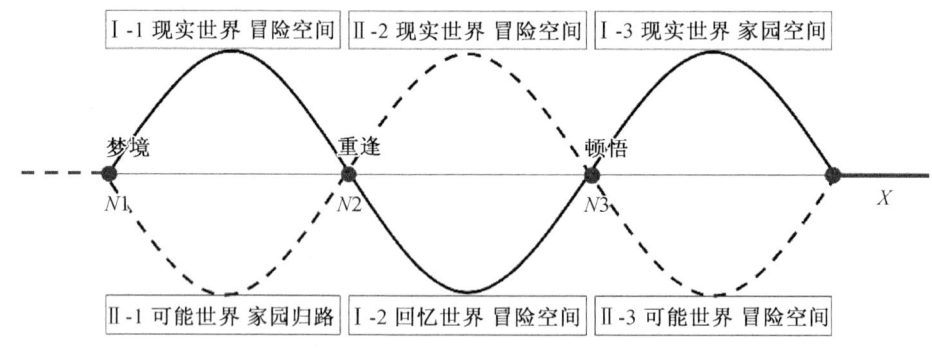

图 3-2　文本意义空间

如图 3-2 所示,实线Ⅰ代表小说文本的意义空间Ⅰ,虚线Ⅱ代表小说文本的意义空间Ⅱ,它们以横轴(X 轴)对称振荡交错,在节点 $N1$、$N2$、$N3$ 处逼近,并最终相交为同一条线。其中,节点 $N1$ 是雷贝嘉年少时对意义空间Ⅰ与意义空间Ⅱ选择的质疑,表现在其与陌生少年同行梦境的隐喻中。如果当时选择了虚线Ⅱ所代表的可能世界,一切会如何发展? 这一念头成为雷贝嘉对现实生活思考反省乃至逃离的节点,它不仅将雷贝嘉的生活,更将小说文本架构成两个平行世界。意义空间Ⅱ因与"昨日"及"母亲"更为接近,而被认为是回归家园空间的途径,巴尔的摩的老宅在此则成为当年离开家园空间而闯入的冒险空间。小说的另一节点 $N2$ 以雷贝嘉与维尔的重逢为标志,它猛然将意义空间Ⅰ与意义空间Ⅱ的现实世界与可能世界的身份调转,意义空间Ⅱ因雷贝嘉与维尔现实的密切接触而成为当时的现实世界,意义空间Ⅰ则变成了以回忆支撑的虚拟世界,雷贝嘉在不断追问"如果乔还在的话"中缅怀。此时,意义空间Ⅰ与意义空间Ⅱ事实上均是冒险空间,雷贝嘉还依旧在寻求家园的意义,踌躇着"要选择当谁"。在将维尔正式介绍给全家人的见面会后,"她脸孔朝前,往外凝望。街灯映照下,每样东西都蒙上轻柔、灰濛濛的感觉,就像回忆。她觉得这些自己以前全都经历过。她知道她经历过:那样子浇她冷水;那种给压制给圈住的感觉……"①这一顿悟正是节点 N3,雷贝嘉终于了解意义空间Ⅱ并非其家园空间,而是另一个冒险空间;相反,意义空间Ⅰ却是她年少时就期盼的"热闹的大家庭",她明白了"他(乔·戴维奇)救了她逃离什么"②,振荡曲线在此处汇聚融合,雷贝嘉最终回到了真正的家园空间。

"时间永远分岔,通向无限的未来。"(博尔赫斯语)美国传统南方小说文本相对自足,虚拟文本中虚拟世界的运动轨迹单一,现实化程度较高,缺乏容纳更多偶然性与可能性的空间。作为新生代南方作家的领军人物之一,安·泰勒在《昨日当我们盛年》中却选择将两条并置的虚拟事件线索现实化,这样的叙事安排大有深意。就特定节点而言,虚拟态都处于本体论上的平等地位,它们沿时间轴线向未来延伸,分裂成若干个平行的可能世界。因此,这样的小说叙事方式不是对既定故事的呈现,而是通过同时展开叙事的线性时间及非线性空间,生成故事情节。建构小说文本的虚拟世界。在小说《昨日当我们盛年》中,乔·戴维奇和维尔·艾伦比标志着雷贝嘉生活中现实世界与可能世界的两个平行世界,小说每一章节均在意义空间Ⅰ和意义空间Ⅱ的空间内转换叙事,显现出其小说文本的平行空间结构。在传统叙事手法的小说创作中,线性情节推动故事的发展,而在小说《昨日当我们盛年》中,文本平行并置的空间结构增强了小说文本意义空间的开放性及故事发展的潜力。图 3-2 中振荡交错的实线Ⅰ与虚线Ⅱ所标示的意义空间Ⅰ与意义空间Ⅱ在小说的每一章节中以拼贴补缀的方式展现,体现出空间叙事的共时性特征,模糊了两者二元对立的界限,其对称轴(X 轴)即为小说三维空间叙事模型的横轴。

四、Z 轴:可能世界空间

然而,不论是指涉第一空间的文本场景空间,还是指涉第二空间的文本意义空间,都无法完整地架构小说的整体空间叙事结构。索亚认为第一空间因聚焦于直接的表面现象而无法超越自身,是对空间性的近视阐释,是空间性的错位;而第二空间则歪曲性地处于远位置的视点,空间性生产被表征为认知和心理设计,被还原为单一的心理构想、思维方式或观念作用的过程,是为空间的错位。他指出二元的第一和第二空间缺乏更好体现出空间同存性和冲突性的基础,应重新将空间性聚

---

① 安·泰勒:《昨日当我们盛年》,易萃雯译,台北:时报文化,2003 年,第 258 页。
② 安·泰勒:《昨日当我们盛年》,易萃雯译,台北:时报文化,2003 年,第 282 页。

焦于"源于对它们(第一空间与第二空间)所假定的完整性的拆解和临时重构"①的第三空间。第三空间作为主体性与客体性、抽象与具象、真实与想象、可知与不可知、重复与差异、精神与肉体、意识与无意识全部汇聚在一起的多元空间,是"走向开放的抉择"。他引申列斐伏尔的观点称:第三空间反映了真实世界,"实际的空间是另一个世界,一个彻底开放的元空间……一个'他性'的空间,一个超越已知的和理所当然的空间之外的战略性的和异类的空间"②。简言之,第三空间是真实的,但它不是固定僵化的空间,而是不断臻于完善的连续体,这使得其更加难以描述。在小说《昨日当我们盛年》中,泰勒致力于通过雷贝嘉的生活反映现代南方城镇的真实世界。她以复杂的空间叙事手法彰显真实世界的非平面特性——它是空间交错的。如前所述,在小说《昨日当我们盛年》中纵向并置的文本场景空间(Y轴)与横向并置的文本意义空间(X轴)对应第一空间和第二空间两大空间维度,而无穷开放的可能世界(Z轴)则对应第三空间。小说文本在三大空间维度的架构中,最终可建立起如图3-3的三维空间坐标模型。

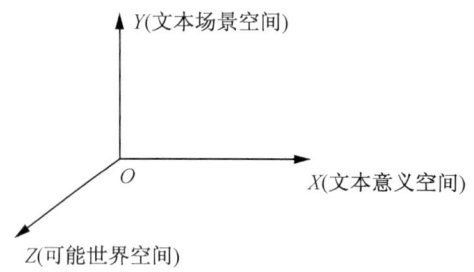

图3-3 三维叙事空间

小说通过Y轴和X轴构成对称的场景空间与意义空间,小说叙事在雷贝嘉的现实世界和梦境世界这两大并置的空间结构中穿行,叙事的线性顺序被打破。自梦境开始的可能世界与现实世界交错,家园空间与冒险空间对峙,彼此界限模糊,形成亦此亦彼的空间整体,亦是泰勒用以描绘真实世界的可能世界体系。经由莱布尼茨(Gottfried Leibniz)提出,并由戴维·刘易斯(David Lewis)、索尔·克里普克(Saul Kripke)等学者发展的"可能世界(Possible Worlds)"理论可表述为一个世界体系,包括作为系统中心的现实世界(the actual world)以及周遭的众多可能世界,而现实世界只是众多世界中的一个,是得到事例化(instan-

---

① 爱德华·索亚:《后现代地理学:重申批判社会理论中的空间》,北京:商务印书馆,2004年,第77页。
② 爱德华·索亚:《后现代地理学:重申批判社会理论中的空间》,北京:商务印书馆,2004年,第42页。

tiation)的某个可能世界。布赖德雷（Raymond Bradley）和施瓦尔茨（Norman Swartz）认为可能世界体系有三重：现实世界、非现实（non-actual）但可能的世界、既非现实又非可能的世界①。故此可以认为小说的意义空间Ⅰ和意义空间Ⅱ分别对应雷贝嘉世界体系中的现实世界以及非现实但可能的世界，它们无限逼近，振荡交换。德勒兹认为，梦幻、想象、记忆等构建的可能世界同现实世界一样是真实的，只是并非所有的可能都能成为现实；可能世界之所以是真实的，是因为可能世界能够对现实产生影响②。可能世界空间是彻底开放的体系，包含无穷的世界。小说文本作为虚构作品，其叙事本身即是虚拟的，故事世界的任务和时间并不具有自足的意义，而是在它与后来时间的联系中逐渐呈现意义；即使是已经现实化的事态，其意义也不是确定的，而是表现为在叙事达到封闭之前的一种虚拟性。在小说《昨日当我们盛年》中，泰勒将故事的叙事范围从实际发生的时间线扩展到各种虚拟叙事，赋予小说文本极大的开放性，展现了"第三空间"的"真实"魅力。

综上所述，小说《昨日当我们盛年》的文本意义空间、文本场景空间及可能世界空间逐级深入却又有机统一。在对文本的这三大空间层次分析的基础上，本书建立了可视的三维空间叙事模型，更为直观地剖析该作品的空间叙事特征。小说自梦境起，就在现实空间、回忆空间、想象空间、可能空间、家园空间、冒险空间中交错并置，现实世界与虚拟世界的分界不甚明晰，回忆与现实纠缠，假设与想象共生，两者互相交缠，有无相生，使得小说的叙事空间呈现出一种既可能又不可能的微妙的第三空间文学景观。这一小说文本的三维空间叙事模型，不仅是对爱德华·索亚第三空间叙事理论的立体展示，也体现了安·泰勒在小说叙事手法上的空间叙事特征。

以地域为坐标的空间叙事是南方小说延续的传统关照，也是其作为区域文学的标志之一。尽管在当代社会语境下，"人与地方的关系从来没有像现在这样多元、脆弱而短暂……地方对人类生活的意义在发生历史性的衰落"③，但如同安·泰勒一般的南方作家依旧固守着地域对于人类群体以及文学至关重要的价值，在泰勒的笔下，"南方"依旧是那个和谐宽广的大家庭，是人们能够将身心安

---

① Bradley Raymond, Norman Swartz. *Possible Worlds: An Introduction to Logic and its Philosophy*. Oxford: Basil Black, 1979, p. 4.
② Gilles Deleuze. "The Actual and the Virtual". In: Gilles Deleuze, Claire Parnet. *Dialogues* Ⅱ. London: Continuum, 2002, p. 148.
③ Alvin Toffler. *Future Shock*. New York: Bantam Books, 1970, p. 75.

置的故乡。城市化的进程虽然改变了南方的外在面貌,但其内部的精神价值依然得以传承,南方城市还是那个失落了的伊甸园。而这一点,在其空间叙事手法之下被抽象化和升华了,小说文本本身成了一个由文本场景空间、文本意义空间和可能世界空间构成的三维的南方场景。"南方",这片数代人魂牵梦萦的土地,在新的历史背景下,以同样的精神传承被展现了,其空间叙事的意义,在充满流动性和不确定性的当下,并未减弱,而是增强了。

结　语

　　2007年至2010年短短三年间,当代美国文坛的四大宿将库尔特·冯内古特(Kurt Vonnegut)、诺曼·梅勒(Norman Mailer)、约翰·厄普代克和J.D.塞林格(J.D. Salinger)相继离世,当时就有评论者认为,他们的去世,标志了美国严肃小说的终结,取而代之成为美国当代文学主流的是以丹·布朗为代表的通俗小说家,后者的《达·芬奇密码》是有史以来最为畅销的小说。不能否认,随着美国当代社会经济文化的变化发展以及价值观的多元化和迁移,读者似乎已更多地倾心于快餐式和更具刺激性的通俗作品(如网络文学、电视剧本、言情小说、惊悚小说等),这就迫使当代美国小说家们努力在通俗与严肃文学创作之间寻找均衡点,创作出既具有深刻思想又吸引大量读者的作品。安·泰勒就是其中最有代表性的一位。安·泰勒自22岁起发表第一部小说,至今已出版了22部长篇小说,其中大多是畅销书;作为畅销书作家,她获得过许多重要文学奖项,如普利策文学奖、福克纳文学奖、美国国家图书奖、卡夫卡奖等,这些奖项无疑奠定了安·泰勒在当代美国严肃文学史上的重要地位。安·泰勒的小说以其特有的艺术魅力,既成为出版业的畅销书,又成为影视界的宠儿,她的作品《意外的旅客》被改编成电影上映后,获得了包括奥斯卡奖在内的许多电影大奖;还有另外5部作品也被改编成收视率颇高的电影和电视剧。有媒体甚至说"没有安·泰勒,美国小说将是一个不可估量的凄凉之地"。自20世纪80年代起,安·泰勒的小说就已经被译成多种文字在世界各地出版,如今她已成为一位享有国际声誉的当代著名作家。

　　安·泰勒的小说不仅以家庭主题闻名,还凭借精湛的叙事艺术获得读者和评论界的高度赞誉。安·泰勒主要以现实主义的笔法描写家庭生活和反映美国中产阶级人物的精神世界,以略带反讽同时不乏幽默的笔调捕捉社会风貌,刻画时代特性,注重反映普通人群的凡俗日常生活和普通情感。她笔下所描绘的世界正是我们普通人所生活于其中的凡俗琐碎的现实世界。她的作品充满了细致微妙的细节描写,往往通过准确捕捉到的日常生活中一些很容易为人所忽略的但却意蕴深长的场景和时刻,来描写当代社会的风貌与特征,揭示出当代人的生存状态和精神世界。这位被称为"我们这个时代最好的现实主义小说家"的普利策文学奖获奖作家,在描写日常生活被人遗忘的点点滴滴方面,在当代作家中可谓佼佼者。事实上,人生正是由一大堆不起眼的琐事和人际关系所构成。安·泰勒以犀利之眼,由内而外剖析人物,洞悉人生的悲欢离合。然而,她的小说中不只是悲伤,还有希望,因此有趣而深刻,让人回味再三。

安·泰勒强调小说来自"我心中那些圣洁的部分",因此她的小说宗教叙事中个体对于"自由"以及神的"恩典"的追寻,体现出现代基督教根植的矛盾性:一方面,随着人类理性的觉醒,人类的自我意识得以发展,这就使得人类能够"自由"独立地去看待和解决问题,在一定程度上减弱了对神的依赖;而另一方面,人类的独立"自由",造成他们与神的日渐脱离,从而使现代基督教共同体不再如往日般紧密,由于信仰神的"恩典"的核心价值观正在瓦解,人类也感受到了从未有过的深刻的孤独感,这正是现代美国社会纷繁复杂的问题的源头。现代基督教典型代表之一的贵格会,作为安·泰勒宗教影响的源头,其强调爱的总纲、自由平权的思想、反对向世俗政府或组织效忠的教义都深深影响了泰勒的小说创作。相对于传统基督教绝对的"神圣"观念,贵格会崇尚"内心灵光",不重宗教仪式,推崇人的理性、潜能,将教义扩展到对世俗生活的指导中。在安·泰勒的笔下,不论牧师角色,还是基督与天使形象,都是凡人形象的展现,反而如伊恩·贝德罗一般的教徒角色,却展现出耶稣基督式的自我牺牲,体现出贵格会深信人类"个体神圣"的现代"世俗"性,是理性时代下的现代基督徒共同体与世俗文学创作的典型代表。相对于其他基督教派,贵格会更强调静默修习,安·泰勒以"世俗"化的态度,将宗教默想语言运用于文学创作之中,不仅绘写了角色的"顿悟",也从语言形式层面对小说内容层面进行补充,体现了小说文本的宗教性叙事特征。

安·泰勒的小说文本还体现出现代空间性的典型特征。鉴于儿时所受到的"希洛社区"理念的影响,安·泰勒对于地缘共同体的精神意义及关系网络的理解深刻,因此泰勒的空间观不囿于二维的地理场域空间,而是融合了时间观与精神场域的三维空间理念。安·泰勒以美国南方为小说的地理场景空间,展现的是兼具开放性和封闭性的"异托邦"地缘共同体。从"异时间"层面而言,安·泰勒一方面以对南方文学的传承展示了地缘共同体在时间无限累积叠加上的能力,另一方面,她对地缘共同体的"社区"式描绘,体现了其"片段空间"的特性。这一点在具体地理场域空间样貌上的体现表现为:安·泰勒所描绘的当代南方城市虽然有别于"南方文艺复兴"时期经典南方作家笔下的南方风貌,但这些南方城市以其独有的方式呈现出村庄化的特征,显现出她在当代经济社会中固守经典南方场景的决心。

安·泰勒的小说既继承了美国小说的传统,又结合现实主义与现代主义以及后现代主义等的创作理念和手段,拓展了现实主义小说的创作艺术。她的小说构思巧妙、想象丰富、语言生动、哲理深刻,能给读者带来阅读的愉悦感,而这正是安·泰勒的小说在评论界和出版界都获得成功的原因。可以说,要想了解当代美国小说,不论是通俗作品还是严肃作品,都无法避开安·泰勒。因此,研究安·泰勒小说叙事艺术,其意义不仅在于安·泰勒是当代美国重要的小说家之一,还在于通过安·泰勒和她的作品,可以了解当代美国文坛上那些兼具严肃文学特征与畅销文学特征的小说所体现的深刻内涵和艺术之美。

附录

安·泰勒小说一览表

序号	小说英文名（出版年份）	小说中文名
1	*If Morning Ever Comes*（1964）	《如果黎明曾来到》
2	*The Tin Can Tree*（1965）	《锡罐树》
3	*A Slipping-Down Life*（1970）	《直线下滑的生活》
4	*The Clock Winder*（1972）	《时钟发条》
5	*Celestial Navigation*（1974）	《天文导航》
6	*Searching for Caleb*（1975）	《寻找凯莱布》
7	*Earthly Possessions*（1977）	《世俗之物》
8	*Morgan's Passing*（1980）	《摩根的逝世》
9	*Dinner at the Homesick Restaurant*（1982）	《思家饭店的晚餐》
10	*The Accidental Tourist*（1985）	《意外的旅客》
11	*Breathing Lessons*（1988）	《呼吸呼吸》
12	*Saint Maybe*（1991）	《圣徒叔叔》/《伊恩的救赎》
13	*Ladder of Years*（1995）	《岁月之梯》
14	*A Patchwork Planet*（1998）	《补缀的星球》
15	*Back When We Were Grownups*（2001）	《昨日当我们盛年》
16	*The Amateur Marriage*（2004）	《业余婚姻》

(续表)

序号	小说英文名(出版年份)	小说中文名
17	*Digging to America*(2006)	《掘近美国》
18	*Noah's Compass*(2010)	《挪亚的罗盘》
19	*The Beginner's Goodbye*(2012)	《学着说再见》
20	*A Spool of Blue Thread*(2015)	《一轴蓝线》
21	*Vinegar Girl*(2016)	《悍妇》/《凯特的选择》
22	*Clock Dance*(2018)	《时钟舞》

参考文献

Primary Sources
Novels：

[1] Tyler, Anne. *If Morning Ever Comes*[M]. New York：Knopf, 1964.

[2] Tyler, Anne. *The Tin Can Tree*[M]. New York：Knopf, 1965.

[3] Tyler, Anne. *A Slipping-Down Life*[M]. New York：Knopf, 1970.

[4] Tyler, Anne. *The Clock Winder*[M]. New York：Knopf, 1972.

[5] Tyler, Anne. *Celestial Navigation*[M]. New York：Knopf, 1974.

[6] Tyler, Anne. *Searching for Caleb*[M]. New York：Knopf, 1976.

[7] Tyler, Anne. *Earthly Possessions*[M]. New York：Knopf, 1977.

[8] Tyler, Anne. *Morgan's Passing*[M]. New York：Knopf, 1980.

[9] Tyler, Anne. *Dinner at the Homesick Restaurant*[M]. New York：Knopf, 1982.

[10] Tyler, Anne. *The Accidental Tourist*[M]. New York：Knopf, 1985.

[11] Tyler, Anne. *Breathing Lessons*[M]. New York：Knopf, 1988.

[12] Tyler, Anne. *Saint Maybe*[M]. New York：Knopf, 1991.

[13] Tyler, Anne. *Ladder of Years*[M]. New York：Knopf, 1995.

[14] Tyler, Anne. *A Patchwork Planet*[M]. New York：Knopf, 1998.

[15] Tyler, Anne. *Back When We Were Grownups*[M]. New York：Knopf, 2001.

[16] Tyler, Anne. *The Amateur Marriage*[M]. New York：Knopf, 2004.

[17] Tyler, Anne. *Digging to America*[M]. New York：Knopf, 2006.

[18] Tyler, Anne. *Noah's Compass*[M]. New York：Knopf, 2010.

[19] Tyler, Anne. *The Beginner's Goodbye*[M]. New York：Random House, 2012.

[20] Tyler, Anne. *A Spool of Blue Thread* (Large Print)[M]. New York：Random House, 2015.

[21] 安·泰勒. 岁月之梯[M]. 唐清蓉,译. 台北:方智出版社,1996.

[22] 安·泰勒. 补缀的星球[M]. 宋伟航,译. 台北:皇冠文化,1999.
[23] 安妮·泰勒. 思家饭店的晚餐[M]. 周小宁,等译. 南京:译林出版社,1999.
[24] 安妮·泰勒. 呼吸呼吸[M]. 胡允桓,译. 上海:上海译文出版社,2002.
[25] 安·泰勒. 昨日当我们盛年[M]. 易萃雯,译. 台北:时报文化,2003.
[26] 安妮·泰勒. 业余婚姻[M]. 林学明,等译. 北京:朝华出版社,2006.
[27] 安·泰勒. 圣徒叔叔[M]. 宋伟航,译. 台北:校园书房出版社,2009.
[28] 安·泰勒. 挪亚的罗盘[M]. 宋伟航,译. 台北:校园书房出版社,2011.
[29] 安·泰勒. 伊恩的救赎[M]. 吴和林,译. 武汉:长江文艺出版社,2011.
[30] 安·泰勒. 学着说再见[M]. 廖月娟,译. 台北:天下远见出版公司,2013.

Short Stories：

[1] Tyler, Anne. *I Know You, Rider*[C]. unpublished, held in the Anne Tyler Papers at Duke University's Special Collection Library.

[2] Tyler, Anne. *Laura*[J]. Archive, 1959(71)：36-37.

[3] Tyler, Anne. *The Lights on the River*[J]. Archive, 1959(72)：5-6.

[4] Tyler, Anne. *I Never Saw Morning*[J]. Archive, 1961(73)：11-14.

[5] Tyler, Anne. "The Baltimore Birth Certificate"[J]. *The Critic：A Catholic Review of Books and the Arts*, 1963(21)：41-45.

[6] Tyler, Anne. "I Play Kings"[J]. *Seventeen*, 1963：338-341.

[7] Tyler, Anne. "Nobody Answers the Door"[J]. *Antioch Review* 24, 1964：379-386.

[8] Tyler, Anne. "Dry Water"[J]. *Southern Review*, 1965(1)：259-291.

[9] Tyler, Anne. "As the Earth Gets Older"[J]. *New Yorker*, 1966(29)：60-64.

[10] Tyler, Anne. "The Genuine Fur Eyelashes"[J]. *Mademoiselle*, 1967：102-103, 136-138.

[11] Tyler, Anne. "The Feather behind the Rock"[J]. *New Yorker*, 1967(12)：26-30.

[12] Tyler, Anne. "The Tea-Machine"[J]. *Southern Review*, 1967(3)：171-179.

[13] Tyler, Anne. "The Common Courtesies"[J]. *McCall's*, 1971：62-63, 115-116.

[14] Tyler, Anne. "With All Flags Flying"[J]. *Redbook*, 1971：88-89, 136-140.

[15] Tyler, Anne. "Outside"[J]. *Southern Review*, 1971(7)：1130-1140.

[16] Tyler, Anne. "A Misstep of the Mind"[J]. *Seventeen*, 1972：118-119, 170, 172.

[17] Tyler, Anne. "A Knack for Languages"[J]. *New Yorker*, 1975(13)：32-37.

[18] Tyler, Anne. "The Geologist's Maid"[J]. *New Yorker*, 1975(28)：29-33.

[19] Tyler, Anne. "Your Place Is Empty"[J]. *New Yorker*, 1976(22)：45-54.

[20] Tyler, Anne. "Average Waves in Unprotected Waters"[J]. *New Yorker*, 1977(28)：32-36.

Non-fictions:

[1] Tyler, Anne. "Introduction"[M]// *Anne Tyler*, *Shannon Ravenel*. *The Best American Short Stories* 1983. Boston: Houghton Mifflin, 1983: xi-xx.

[2] Tyler, Anne. "Introduction"[M]// *Alice Adams*. *The Available Press/ PEN Short Story Collection*, New York: Ballantine, 1985: ix-x.

[3] Tyler, Anne. "Youth Talks about Youth: 'Will This Seem Ridiculous?'"[J]. *Vogue*, 1965(1): 85+.

[4] Tyler, Anne. "Trouble in the Boys' Club: The Trials of Marvin Mandel"[J]. *New Republic*, 1977(30): 16-19.

[5] Tyler, Anne. "Reynolds Price: Duke of Writers"[J]. *Vanity Fair*, 1986: 82-85.

[6] Tyler, Anne. "Olives Out of a Bottle"[C]. *Archive*, 1975 (87): 70-90.

[7] Tyler, Anne. "When the Camera Looks, It Looks for All of Us"[N]. *National Observer*, 1976(14): 19.

[8] Tyler, Anne. "Because I Want More than One Life"[N]. *Washington Post*, 1976(15): G1+. (Reprinted as "Confessions of a Novelist" in Duke Alumni Register Feb. 1977: 20.)

[9] Tyler, Anne. "Writers' Writer: Gabriel Garcia Marquez"[N]. *New York Times Book Review*, 1977(4): 70.

[10] Tyler, Anne. "My Summer"[N]. *New York Times Book Review*, 1978(4): 9+.

[11] Tyler, Anne. "The Poe Perplex"[N]. (Review of Julian Symons, *The Tell-Tale Heart: The Life and Works of Edgar Allan Poe*.) *Washington Post, Book World*, 1978(9): E3.

[12] Tyler, Anne. "Please Don't Call It Persia"[N]. *New York Times Book Review*, 1979(18): 3+.

[13] Tyler, Anne. "A Visit with Eudora Welty"[N]. *New York Times Book Review*, 1980(2): 33-34.

[14] Tyler, Anne. "The Fine, Full World of Welty"[N]. *Washington Star*, 1980(26): D1, D7.

[15] Tyler, Anne. "He Did It All for Jane Elizabeth Firesheets"[N]. *New York Times Book Review*, 1986(15): 8-12.

[16] Tyler, Anne. "Why I Still Treasure 'The Little House'" [N]. *New York Times Book Review*, 1986(9): 56.

[17] Tyler, Anne. "Books Past, Present and to Come"[N]. *Washington Post, Book World*, 1992(6): 4.

[18] Tyler, Anne. "Still Just Writing"[M]. *In The Writer on Her Work: Contemporary*

Women Writers Reflect on Their Art and Situation. Ed. J. Sternburg. New York: Norton, 1980: 3-16.

Secondary Sources
Books:

[1] Augustijn, Comelis. *Erasmus: His Life, Works, and Influence* [M]. Toronto: University of Toronto Press, 1995.

[2] Bacon, Margaret Hope. *Mothers of Feminism: The Story of Quaker Women in America* [M]. San Francisco: Harper Row, 1986.

[3] Bail, Paul. *Anne Tyler: A Critical Companion* [M]. London: Greenwood Press, 1998.

[4] Bank, Stephen P. and Michael D. Kahn. *The Sibling Bond* [M]. New York: Basic Press, 1982.

[5] Biller, Henry. *Father, Child, and Sex Role. Lexington* [M], MA: Heath Lexington Books, 1971.

[6] Cash, W. J. *The Mind of the South* [M]. New York: Vintage Books, 1941.

[7] Checkland, Peter. *Systems Thinking, Systems Practice* [M]. John Wiley & Sons, 1981.

[8] Cixous, Helene. *The Laugh of the Medusa*. Trans. Cohen, Keith and Cohen, Paula. Sign, Vol. 1, No. 4 (Summer, 1976) [M]. Chicago: The University of Chicago Press, 1976.

[9] Croft, Robert W. *An Anne Tyler Companion* [M]. London: Greenwood Press, 1998.

[10] Croft, Robert W. *Anne Tyler: A Bio-Bibliography* [M]. London: Greenwood Press, 1995.

[11] Dally, Anne. *Inventing Motherhood* [M]. New York: Schocken Press, 1983.

[12] Digby, Baltzell, E. *Puritan Boston and Quaker Philadelphia* [M]. New York: Free Press, 1979.

[13] Evans, Elizabeth. *Anne Tyler* [M]. New York: Twayne, 1993.

[14] Faulkner, William. *Absalom, Absalom!* [M]. New York: Vintage Books, 1972.

[15] Fishman, Charles. *Family Therapy Techniques* [M]. Cambridge: Harvard University Press, 1981.

[16] Gullette, Margaret Morganroth. *Safe at last in the middle years the invention of the midlife progress novel: Saul Bellow, Margaret Drabble, Anne Tyler, and John Updike* [M]. Berkeley: University of California Press, 1988.

[17] Hassan, Ihab. *Radical Innocence: Studies in the Contemporary American Novel* [M]. Princeton: Princeton University Press, 1961.

[18] Hassan, Ihab. *The Literature of Silence: Henry Miller and Samuel Beckett* [M]. New

York: Random House of Canada Limited, 1967.

[19] Hassan, Ihab. *The Dismemberment of Orpheus: Toward a Postmodern Literature*[M]. New York: Oxford University Press, 1971.

[20] Hassan, Ihab. *The Right Promethean Fire: Imagination, Science, and Cultural Change*[M]. Urbana, Chicago, and London: University of Illinois Press, 1980.

[21] Hassan, Ihab. *The Postmodern Turn: Essays in Postmodern Theory and Culture*[M]. Columbus: Ohio State University Press. 1987.

[22] Jung, C. G. *Psychology and Religion: East and West*[M]. Princeton: Princeton University Press, 1969.

[23] King, Richard H. *A Southern Renaissance: The Cultural Awakening of the American South*[M]. New York: Oxford University Press, 1980.

[24] Linton, Karin. *The Temporal Horizon: A Study of the Theme of Time in Anne Tyler's Major Novels*[M]. Uppsala, Sweden: Acta Universitatis Upsaliensis, 1989.

[25] Minuchin, Salvador. *Families and Family Therapy*[M]. Cambridge: Harvard University Press, 1974.

[26] Nancy, Jean-Luc. *The Inoperative Community*[M]. Minneapolis: University of Minnesota Press, 1991.

[27] Perry, Carolyn and Weaks, Mary Louise, ed. *The History of Southern Women's Literature*[M]. Baton Rouge: Louisiana State University Press, 2002.

[28] Petry, Alice Hall, ed. *Critical Essays on Anne Tyler*[M]. New York: G. K. Hall, 1922.

[29] Petry, Alice Hall. *Understanding Anne Tyler*[M]. Columbia: University of South Carolina Press, 1990.

[30] Rainwater, Catherine and Scheick, William J. eds. *Contemporary American Women Writers: Narrative Strategies*[M]. Lexington, KY: University Press of Kentucky, 1985.

[31] Redfield, Robert. *The Little Community, and Peasant Society and Culture*[M]. Chicago: University of Chicago Press, 1971.

[32] Reynolds, William. *The American Father*[M]. New York: Paddington Press, 1978.

[33] Rorty, Richard. *Philosophy and the Mirror of Nature*[M]. New Jersey: Princeton University Press, 1979.

[34] Rorty, Richard. *Contingency, Irony, and Solidarity*[M]. Cambridge: Cambridge University Press, 1989.

[35] Rorty, Richard. *Objectivity, Relativism and Truth: Philosophical Papers I*[M]. Cambridge: Cambridge University Press, 1991.

[36] Rorty, Richard. *Essays on Heidegger and Others*: *Philosophical Papers II*[M]. Cambridge: Cambridge University Press, 1991.

[37] Rorty, Richard. *Truth and Progress*: *Philosophical Papers III*[M]. Cambridge: Cambridge University Press, 1998

[38] Rorty, Richard. *Philosophy and Social Hope*[M]. New York: Penguin, 2000.

[39] Rorty, Richard. *Puckett, Kent, ed. Against Bosses, Against Oligarchies*: *A Conversation with Richard Rorty*[M]. Chicago: Prickly Paradigm Press, 2002.

[40] Rorty, Richard. *Philosophy as Cultural Politics*: *Philosophical Papers IV*[M]. Cambridge: Cambridge University Press, 2007.

[41] Ruether, Rosemary Radford. *Women and Redemption*: *A Theological History*[M]. London: SCM Press, 1998.

[42] Ryan, Marie-Laure. *Narrative as Virtual Reality*[M]. Baltimore: The Johns Hopkins University Press, 2001.

[43] Ryan, Marie-Laure. *Possible Worlds, Artificial Intelligence, and Narrative Theory*[M]. Bloomington: Indiana University Press, 1991.

[44] Stephens, C. Ralph, ed. *The Fiction of Anne Tyler*[M]. Jackson: University Press of Mississippi, 1990.

[45] Tate, Allen. *Essays of Four Decades*[M]. Anthens: The Swallow Press, 1968.

[46] Toffler, Alvin. *Future Shock*[M]. New York: Bantam Books, 1970.

[47] Voelker, Joseph C. *Art and the Accidental in Anne Tyler*[M]. Columbia: University of Missouri Press, 1989.

[48] Welty, Eudora. *The Eye of the Story*[M]. New York: Random House, 1978.

[49] 查尔斯·泰勒. 现代社会想象[M]. 林曼红,译. 南京:译林出版社,2014.

[50] 华莱士·马丁. 当代叙事学[M]. 伍晓明,译. 北京:北京大学出版社,1990.

[51] 齐格蒙特·鲍曼. 共同体[M]. 欧阳景根,译. 南京:江苏人民出版社,2003.

[52] 康德. 历史理性批判文集[M]. 何兆武,译. 北京:商务印书馆,1991.

[53] 斐迪南·滕尼斯. 共同体与社会[M]. 林荣远,译. 北京:商务印书馆,1999.

[54] 霍伊. 自由主义政治哲学[M]. 刘锋,译. 上海:三联书店,1992.

[55] 张汝伦. 良知与理论[M]. 广西:广西师范大学出版社,2003.

[56] 理查德·罗蒂. 哲学、文学和政治[M]. 黄宗英,等译. 上海:上海译文出版社,2009.

[57] 陈铭志. 赋格学新论[M]. 上海:上海音乐学院出版社,2007.

[58] 申丹. 叙事、文体与潜文本:重读英美经典短篇小说[M]. 北京:北京大学出版社,2009.

[59] 申丹. 叙述学与小说文体学研究[M]. 北京:北京大学出版社,2004.

[60] 常若松. 人类心灵的神话:荣格的分析心理学[M]. 武汉:湖北教育出版社,1999.

[61] 荣格. 荣格全集[M]. 张月,等译. 上海:上海三联书店,2009.

[62] 托莉·莫.性/文本政治:女性主义文学理论[M].台北:台湾编译馆与巨流图书有限公司,2005.

[63] 凯特·洛文塔尔.宗教心理学简论[M].罗跃军,译.北京:北京大学出版社,2002.

[64] 李杨,《美国南方文学后现代时期的嬗变》,济南:山东大学出版社,2006.

[65] 福柯,等.激进的美学锋芒[M].周宪,译.北京:中国人民大学出版社,2003.

[66] 吕超.比较文学新视域:城市异托邦[M].北京:中国社会科学出版社,2011.

[67] 罗秉祥,江丕盛主编.基督宗教思想与21世纪[M].北京:中国社会科学出版社,2001.

[68] E·M·温德尔.女性主义神学景观[M].刁承俊,译.北京:三联书店,1995.

[69] 罗经国.狄更斯评论集[M].上海:上海译文出版社,1981.

[70] 梁工.基督教文学[M].北京:宗教文化出版社,2001.

[71] 黑格尔.黑格尔通信百封[M].苗力田,译.上海:上海人民出版社,1981.

[72] 杨慧林,黄晋凯.欧洲中世纪文学史[M].南京:译林出版社,2001.

[73] 诺斯洛普·弗莱.批评的解剖[M].陈慧,等译.百花文艺出版社,1998.

[74] 李赋宁.欧洲文学史第Ⅰ卷[M].北京:商务印书馆,1999.

[75] 卡尔·雅斯贝斯.历史的起源与目标[M].俞新天,译.北京:华夏出版社,1989.

[76] 涂尔干.宗教生活的基本形式[M].渠东,等译.上海:上海人民出版社,1999.

[77] 乔伊斯·卡罗尔·欧茨.直言不讳:观点和评论[M].徐颖果,译.武汉:长江文艺出版社,2006.

[78] 诺贝特·埃利亚斯.个体的社会[M].翟三江,等译.南京:译林出版社,2003.

[79] 玛莎·努斯鲍姆.诗性正义:文学想象与公共生活[M].丁晓东,译.北京:北京大学出版社,2010.

[80] 本尼迪克特·安德森.想象的共同体:民族主义的起源与散布[M].吴叡人,译.上海:上海人民出版社,2003.

[81] 雷蒙·威廉斯.关键词:文化与社会的词汇[M],刘建基,译.北京:三联书店,2005.

[82] 卡尔·雅斯贝斯.历史的起源与目标[M].魏楚雄,俞新天,译.北京:华夏出版社,1989.

[83] 赵一凡,等,编著.西方文论关键词[M].北京:外语教学与研究出版社,2006.

Articles:

[1] "Mademoiselle's Annual Merit Awards." *Mademoiselle*, 1966: 45-49.

[2] Almond, Barbara R. "The Accidental Therapist: Intrapsychic Change in a Novel"[J]. *Literature and Psychology*, 1992 (38): 84-104.

[3] Baum, Rosalie Murphy. "Boredom and the Land of Impossibilities in Dickey and Tyler"[J]. *James Dickey Newsletter*, 1989 (6): 12-20.

[4] Betts, Doris. "The Fiction of Anne Tyler"[J]. *Southern Quarterly*, 1983(21): 23-37.

[5] Binding, Paul. "Anne Tyler"[M]// In *Separate Country: A Literary Journey through the American South*. New York: Paddington Press, 1979: 198-209.

[6] Birns, Margaret Boe. "Ibsen's Lady, Tyler's Housewife: Animus Possession in the Modern Heroine"[J]. *Anima: An Experiential Journal*, 1984 (10): 86-92.

[7] Blais, Madeleine. "Still Just Writing"[J]. *Washington Post Magazine*, 1991 (25): 8-12+.

[8] Bloom, Alice. "George Dennison, *Luisa Domic*, Bobbie Ann Mason, *In Country*, Anne Tyler, *The Accidental Tourist*"[J]. *New England Review and Bread Loaf Quarterly*, 1986(8): 513-525.

[9] Bond, Adrienne. "From Addie Bundren to Pearl Tull: The Secularization of the South"[J]. *Southern Quarterly*, 1986(24): 64-73.

[10] Bowers, Bradley R. "Anne Tyler's Insiders"[J]. *Mississippi Quarterly*, 1988—1989 (42): 47-56.

[11] Brown, Laurie L. "Interviews with Seven Contemporary Writers"[J]. *Southern Quarterly*, 1983 (21): 3-22.

[12] Brush, Mary Anne. "The Two Worlds of Anne Tyler"[J]. *Baltimore Towne Magazine*, 1989: 28-37.

[13] Carroll, Virginia Schaefer. "The Nature of Kinship in the Novels of Anne Tyler"[M]// Ed. C. Ralph Stephens. In *The Fiction of Anne Tyler*. Jackson: University Press of Mississippi, 1990: 16-27.

[14] Carson, Barbara Harrell. "Art's Internal Necessity: Anne Tyler's *Celestial Navigation*"[M]// Ed. C. Ralph Stephens. In *The Fiction of Anne Tyler*. Jackson: University Press of Mississippi, 1990: 47-54.

[15] Carson, Barbara Harrell. "Complicate, Complicate: Anne Tyler's Moral Imperative"[J]. *Southern Quarterly*, 1992(31): 22-34.

[16] Chevalier, Tracy. "Tyler, Anne"[M]// Ed. Lesley Henderson. *Contemporary Novelists*. 5th ed. Chicago: St. James Press, 1991:891-893.

[17] Chodorow, Nancy. Considerations on a Biosocial Perspective on Parenting[M]. *Berkeley Journal of Sociology*, 1977—1978 (22):179-197.

[18] Commire, Anne. *Something About the Author*[M]. Detroit: Gale Research Inc, 1975, 7: 198-199.

[19] Conley, John. "A Clutch of Fifteen"[J]. *Southern Review*, 1967 (3): 782-85.

[20] Cook, Bruce. "A Writer-During School Hours"[N]. *Detroit News*, 1980(6): E3.

[21] Cook, Bruce. "New Faces in Faulkner Country"[J]. *Saturday Review*, 1976 (4): 39-41.

[22] Crane, Gwen. "Anne Tyler, 1941—"[M]// Lea Baechler and A. Walton Litz. In *Modern American Woman Writers*. New York: Charles Scribner's Sons, 1991:499-510.

[23] Currie, Marianne D. "'Stringtail Man': Music as Motif in *Searching for Caleb*"[J]. *South Carolina Review*, 1991 (24): 135-40.

[24] Dorner, George. "Anne Tyler: A Brief Interview with a Brilliant Author from Baltimore"[N]. *The Rambler*, 1979 (2): 22.

[25] Doyle, Paul A. . "Tyler, Anne"[M]. // James Vinson. *Contemporary Novelists*. 1st ed. New York: St. Martin's Press, 1972:1264-1266.

[26] Durham, Joyce R. "City Perspectives in Anne Tyler's *Morgan's Passing* and *The Accidental Tourist*"[J]. *Midwest Quarterly*, 1992 (34): 42-56.

[27] Dvorak, Angeline Godwin. "Cooking as Mission and Ministry in Southern Culture: The Nurturers of Clyde Edgerton's *Walking Across Egypt*, Fannie Flagg's *Fried Green Tomatoes at the Whistle Stop Café* and Anne Tyler's *Dinner at the Homesick Restaurant*"[J]. *Southern Quarterly*, 1992 (30): 90-98.

[28] Eckard, Paula Gallant. "Family and Community in Anne Tyler's Dinner at the Homesick Restaurant"[J]. *Southern Literary Journal*, 1985 (22): 33-44, 93-105.

[29] Elkins, Mary J. *Dinner at the Homesick Restaurant*: The Faulkner Connection[J]. Atlantis: *A Women's Studies Journal*, 1985 (10): 93-105. (Reprinted in *The Fiction of Anne Tyler*. Ed. C. Ralph Stephens. Jackson: University Press of Mississippi, 1990: 119-135.)

[30] Evanier, David. "Song of Baltimore"[J]. *National Review*, 1980,(8): 973.

[31] Evans, Elizabeth. "Mere Reviews": Anne Tyler as BookReviewer[M]// Alice Hall Petry. In *Critical Essays on Anne Tyler*. New York: G. K. Hall, 1992:233-42.

[32] Evans, Elizabeth. "Anne Tyler"[M]// In *American Women Writers: A Critical Reference Guide from Colonial Times to the Present*. New York: Frederick Ungar, 1982: 275-276.

[33] Farrell, Grace. "Killing off the Mother: Failed Matricide in *Celestial Navigation*"[M]// Alice Hall Petry. In *Critical Essays on Anne Tyler*. New York: G. K. Hall, 1992: 221-232.

[34] Ferry, Margaret. "Recommended: Anne Tyler"[M]. *English Journal*, 1987:93-94.

[35] Forsey, Joan. "An Author at 22"[N]. *Montreal Gazette*, 1964 (2): 18.

[36] Freiert, William K. "Anne Tyler's Accidental Ulysses"[J]. *Classical and Modern Literature*, 1989 (10): 71-79.

[37] Gardiner, Elaine, and Catherine Rainwater. A Bibliography of Writings by Anne Tyler [M]// In *Contemporary American Women Writers: Narrative Strategies*. Lexington: University Of Kentucky Press, 1985: 142-152.

[38] Garland, Jeanne. "Who's Who in the Baltimore Writing Establishment"[J]. *Baltimore*

Magazine, 1979: 55-59.

[39] Gibson, Mary Ellis. "Family as Fate: The Novels of Anne Tyler"[J]. *Southern Literary Journal*, 1983 (16): 47-58. (Reprinted in *Critical Essays on Anne Tyler*. Ed. Alice Hall Petry. New York: G. K. Hall, 1992:165-174.)

[40] Gilbert, Susan. "Anne Tyler"[M]// Tonette Bond Inge. In *Southern Women Writers: The New Generation*. Tuscaloosa: University of Alabama Press, 1990: 251-278.

[41] Gilbert, Susan. "Private Lives and Public Issues: Anne Tyler's Prize-winning Novels" [M]// C. Ralph Stephens. In *The Fiction of Anne Tyler*. Jackson: University Press of Mississippi, 1990: 136-146.

[42] Gloag, Julian. "Home Was a House Full of Women"[M]. *Saturday Review*, 1964 (26): 37-38.

[43] Gullette, Margaret Morganroth. "The Tears (and Joys) Are in the Things: Adulthood in Anne Tyler's Novels"[J]. *New England Review and Bread Loaf Quarterly*, 1985 (7): 323-334.

[44] Hoagland, Edward. "About Maggie, Who Tried Too Hard"[N]. *New York Times Book Review*, 1988 (11): 1.

[45] Hodges, Betty. "Interview with Anne Tyler"[N]. *Durham Morning Herald*, 1982 (12):D3

[46] Hood,R. W. ,Jr. "The construction and preliminary validation of a measure of reported mystical experience"[J]. *Journal for the Scientific Study of Religion*, 1975: 14, 29-41.

[47] Iannone, Carol. "Novel Events"[J]. *National Review*, 1989 (1): 46-49.

[48] Inman, Sue Lile. "The Effects of the Artistic Process: A Study of Three Artist Figures in Anne Tyler's Fiction"[M]// C. Ralph Stephens. In *The Fiction of Anne Tyler*. Jackson: University Press of Mississippi, 1990: 55-63.

[49] Jackson, Katherine Gauss. "Mad First Novel, but Without Madness"[J]. *Harper's*, 1964: 52.

[50] Johnston, Sue Ann. "The Daughter as Escape Artist"[J]. *Atlantis: A Women's Studies Journal*, 1984 (9): 10-22.

[51] Kakutani, Michiko. "Book of the Times"[N]. *New York Times*, 1985 (28): C21.

[52] Kanoza, Theresa. "Mentors and Maternal Role Models: The Healthy Mean between Extremes in Anne Tyler's Fiction"[M]// C. Ralph Stephens. In *The Fiction of Anne Tyler*. Jackson: University Press of Mississippi, 1990: 28-39.

[53] Koppel, Gene. "Maggie Moran, Anne Tyler's Madcap Heroine: A Game Approach to *Breathing Lessons*"[J]. *Essays in Literature*, 1991 (18): 276-287.

[54] Lamb, Wendy. "An Interview with Anne Tyler"[J]. *Iowa Journal of Literary Studies*, 1981 (3): 64.

[55] Lueloff, Jorie. "Authoress Explains Why Women Dominate in South"[N]. *Baton Rouge Morning Advocate*, 1965 (8): A11

[56] Manning, Carol S. "Agrarianism, Female-Style"[J]. *Southern Quarterly*, 1992 (30): 69-76.

[57] Manning, Carol S. "Welty, Tyler, and Traveling Salesmen: The Wandering Hero Unhorsed"[M]// C. Ralph Stephens. In *The Fiction of Anne Tyler*. Jackson: University Press of Mississippi, 1990: 110-118.

[58] Marovitz, Sanford. "Anne Tyler's Emersonian Balance"[M]// Alice Hall Petry. In *Critical Essays on Anne Tyler*. New York: G. K. Hall, 1992: 207-220.

[59] McMurtry, Larry. "Life Is a Foreign Country"[N]. *New York Times Book Review*, 1985 (8): 1.

[60] Michaels, Marguerite. "Anne Tyler, Writer 8:05 to 3:30"[N]. *New York Times Book Review*, 1977, (8): 13+. (Reprinted in *Critical Essays on Anne Tyler*. Ed. Alice Hall Petry. New York: G. K. Hall, 1992: 40-44.)

[61] Mott, Benjamin De. "Funny, Wise and True"[N]. *New York Times Book Review*, 1982 (14): 1, 14.

[62] Papadimas, Julie Persing. "America Tyler Style: Surrogate Families and Transiency." *Journal of American Culture* 15 (Fall 1992): 45-51.

[63] Petry, Alice Hall. "Bright Books of Life: The Black Norm in Anne Tyler's Novels"[J]. *Southern Quarterly*, 1992 (31): 7-13.

[64] Pollitt, Katha. "Two Novels"[N]. *New York Times Book Review*, 1976 (18): 20-22.

[65] Prescott, Orville. "Return to the Hawkes Family"[N]. *New York Times*, 1964 (11): 41.

[66] Reed, J. D. "Postfeminism: Playing for Keeps"[J]. *Time*, 1983(10): 60-61.

[67] Ridley, Clifford A. "From First Novels to the Loves of William Shakespeare"[N]. *National Observer*, 1964 (16): 21.

[68] Ridley, Clifford A. "Spark and Tyler Are Proof Anew of Knopf Knowledge of Top Fiction"[N]. *National Observer*, 1965 (29): 24-27.

[69] Ridley, Clifford. "Anne Tyler: A Sense of Reticence Balanced by 'Oh, Well, Why Not?'"[N]. *National Observer*, 1972 (22): 23.

[70] Robertson, Mary F. "Anne Tyler: Medusa Point and Contact Points"[M]// Eds. Catherine Rainwater and William J. Scheik. In *Contemporary American Women Writers: Narrative Strategies*. Lexington: University of Kentucky Press, 1985: 119-142. (Re-

printed in *Critical Essays on Anne Tyler*. Ed. Alice Hall Petry. New York: G. K. Hall, 1992: 184-204)

[71] Ross-Bryant, Lynn. "Anne Tyler's *Searching for Caleb*: The Sacrality of the Everyday"[J]. *Soundings: An Interdisciplinary Journal*, 1990 (73): 191-207.

[72] Saal, Rollene W. "Loveless Household"[N]. New York Times Book Review, 1964 (22): 52.

[73] Shafer, Aileen Chris. "Anne Tyler's 'The Geologist's Maid': 'Till Human Voices Wake Us and We Drown.'"[J]. *Studies in Short Fiction*, 1990 (27): 65-71.

[74] Shelton, Frank W. "Anne Tyler's Houses"[M]// C. Ralph Stephens. *The Fiction of Anne Tyler*. Jackson: University Press of Mississippi, 1990: 40-46.

[75] Shelton, Frank W. "The Necessary Balance: Distance and Sympathy in the Novels of Anne Tyler"[J]. *Southern Review*, 1984 (20): 851-60. (Reprinted in *Critical Essays on Anne Tyler*. Ed. Alice Hall Petry. New York: G. K. Hall, 1992: 175-183)

[76] Sullivan, Walter. "Gifts, Prophecies, and Prestidigitations: Fictional Frameworks, Fictional Modes"[J]. *Sewanee Review*, 1977, (85): 122.

[77] Sullivan, Walter. "Worlds Past and Future: A Christian and Several from the South"[J]. *Sewanee Review*, 1965 (73): 179.

[78] Town, Caren J. "Rewriting the Family During Dinner at the Homesick Restaurant"[J]. *Southern Quarterly*, 1922 (31): 14-23.

[79] Trouard, Dwan. "'Teaching the Cat to Yawn': Criticisms of St. Anne"[J]. *Southern Quarterly*, 1991 (30): 83-89.

[80] Wagner, Joseph B. Beck Tull: "'The absent presence' in *Dinner at the Homesick Restaurant*"[M] C. Ralph Stephens. *The Fiction of Anne Tyler*. University Press of Mississippi, 1990: 73-83.

[81] Wilhelm, Albert E. "Bobbie Ann Mason: Searching for Home"[M]// Eds. Folks, J. and Perkins, J. *Southern Writers at Century's End*. Lexington: University Press of Kentucky, 1997:152.

[82] Willrich, Patricia Rowe. "Watching through Windows: A Perspective on Anne Tyler"[J]. *Virginia Quarterly Review*, 1992 (68): 497-516.

[83] Wilson, Robert. "'Saint Maybe', A Sure Thing"[N]. *USA Today*, 1991 (23): D1.

[84] Yardley, Jonathan. "Women Write the Best Books"[N]. *The Washington Post*, 1983 (16): B1+.

[85] Young, Thomas Daniel. "A Second Generation of Novelists"[M]// Louis D. Rubin, Jr. *History of Southern Literature*, Baton Rouge: Louisiana State University Press, 1985: 466.

[86] Zahlan, Anne R. "Anne Tyler"[M]// Joseph M. Flora and Robert Bain. *Fifty Southern Writers After* 1900: *A Bibliographical Sourcebook*. Westport: Greenwood Press, 1987: 491-504.

[87] Zahlan, Anne R. "Traveling Towards the Self: The Psychic Drama of Anne Tyler's The Accidental Tourist"[M]// C. Ralph Stephens. *The Fiction of Anne Tyler*. Jackson: University Press of Mississippi, 1990: 84-96.

Interviews:

[1] Brooks, Mary Ellen. "Anne Tyler"[M]// James E. Kibler, Jr. *The Dictionary of Literary Biography: American Novelists Since World War II*. Detroit: Gale Research Inc, 1980, vol. 6: 336-45.

[2] English, Sarah. "An Interview with Anne Tyler"[M]// Ed. Richard Ziegfeld. *The Dictionary of Literary Biography Yearbook*: 1982. Detroit: Gale Research Inc, 1983: 193-94.

[3] Forsey, Joan. "An Author at 22"[N]. *Montreal Gazette*, 1964(2): 18.

[4] Lueloff, Jorie. "Authoress Explains Why Women Dominate in South"[N]. *Morning Advocate*, 1965(8): A11. (Reprinted in *Critical Essays on Anne Tyler*. Ed. Alice Hall Petry. New York: G. K. Hall, 1992: 21-23.)

[5] Dorner, George. "Anne Tyler: A Brief Interview with a Brilliant Author from Baltimore"[N]. *The Rambler*, 1979(2): 22.

[6] Cook, Bruce. "A Writer-During School Hours"[N]. *Detroit News*, 1980(6): E1+. (Reprinted in *Critical Essays on Anne Tyler*. Ed. Alice Hall Petry. New York: G. K. Hall, 1992: 50-52.)

[7] Nesanovich, Stella. "The Individual in the Family: Anne Tyler's *Searching for Caleb* and *Earthly Possessions*"[J]. *Southern Review*, 1978(14): 170-176. (Reprinted in *Critical Essays on Anne Tyler*. Ed. Alice Hall Petry. New York: G. K. Hall, 1992: 159-64.)

[8] Lamb, Wendy. "An Interview with Anne Tyler"[J]. *Iowa Journal of Literary Studies* 3,1981:59-64.

[9] Brown, Laurie L. "Interviews with Seven Contemporary Writers"[J]. *Southern Quarterly* 21, 1983: 3-22.

[10] Harper, Natalie. "Searching for Anne Tyler"[J]. *Simon's Rock of Bard College Bulletin* 4, 1984: 6-7.

Dissertations and Theses:

[1] Askew, Jennifer Y. *The Accidental Tourist: Novel and Film*[D]. Florida Atlantic University, 1991.

[2] Brock, Dorothy Faye Sala. *Anne Tyler's Treatment of Managing Women*[D]. North

Texas State Univeristy, 1985.

[3] Cooper, Barbara Eck. *The Difficulty of Family Life: The Creative Force in the Domestic Fictions of Six Contemporary Women Novelists*[D]. University of Missouri, 1986.

[4] Crowe, Brenda Stone. *Anne Tyler: Building Her Own "House of Fiction"*[D]. University of Alabama, 1993.

[5] Dunstan, Angus Michael. *The Missing Guest: Dinner Parties in British and American Literature*[D]. University of California, Santa Barbara, 1986.

[6] Gainey, Karen Fern Wilkes. *Subverting and Symbolic Fictions of Anne Tyler, Jayne Anne Philllips, Bobbie Ann Mason, and Grace Paley*[D]. University of Tulsa, 1990.

[7] Gaitens, Judi. *The Web of Connection: A Study of Family Patterns in the Fiction of Anne Tyler*[D]. Kent State University, 1988.

[8] Hill, Darlene Reimers. *From Aunt Mashula's Coconut Cake to Big Macs: Reference to Food in Recent Southern Women's Fiction* [D]. University of Rhode Island, 1989.

[9] Landis, Robyn Gay. *The Family Business: Problems of Identity and Authority in Literature, Theory and the Academy* [D]. University of Pennsylvania, 1990.

[10] Lovenheim, Barbara Pitlick. *Dialogues with America: Androgyny, Ethnicity, and Family in the Novels of Anne Tyler, Joanne Greenberg and Toni Morrison*[D]. University of Rochester, 1990.

[11] Naulty, Patricia Mary. *"I Never Talk of Hunger": Self-Starvation as Women's Language of Protest in Novels by Barbara Pym, Margaret Atwood, and Anne Tyler*[D]. The Ohio State University, 1988.

[12] Nesanovich, Stella. *The Individual in the Family: A Critical Introduction to the Novels of Anne Tyler*[D]. Louisiana State University, 1979.

[13] Peters, Deborah. *With Hearts Expanding: The Journey Motif in Novels by Anne Tyler*[D]. Saint Louis University, 1989.

[14] Pope, Deborah Lee. *Character and Characterization in the Novels of Anne Tyler*[D]. University of Mississippi, 1989.

[15] Powell, Candace Alaide. *Missed Connections: A Horneyan Analysis of Anne Tyler's Characters*[D]. Thesis. Stephen F. Austin State University, 1991.

[16] Whitesides, Mary Parr. *Marriage in the American Novel from 1882 to 1982*[D]. University of South Carolina, 1984.

[17] Wolpert, Ilana Paula. *Crossing the Gender Line: Female Novelists and Their Male Voice*[D]. The Ohio State University, 1988.

[18] Quiello, Rose Maria. *Breakdowns and Breakthroughs: The Figures of the Hysteric in Contemporary Novels by Women*[D]. University of Connecticut, 1991.